# 内心的斑马

苍 耳 著

百花洲文艺出版社
BAIHUAZHOU LITERATURE AND ART PRESS

## 图书在版编目（CIP）数据

内心的斑马 / 苍耳著. -- 南昌：百花洲文艺出版
社，2017.7
　ISBN 978-7-5500-2280-5

　Ⅰ. ①内… Ⅱ. ①苍… Ⅲ. ①散文集－中国－当代
Ⅳ. ①I267

中国版本图书馆 CIP 数据核字（2017）第 118431 号

## 内心的斑马
苍　耳著

| | |
|---|---|
| 出版人 | 姚雪雪 |
| 责任编辑 | 郝玮刚　朱　强 |
| 封面设计 | 方　方 |
| 制　作 | 宋俊香 |
| 出版发行 | 百花洲文艺出版社 |
| 社　址 | 南昌市红谷滩新区世贸路 898 号博能中心 A 座 20 楼 |
| 邮　编 | 330038 |
| 经　销 | 全国新华书店 |
| 印　刷 | 江西千叶彩印有限责任公司 |
| 开　本 | 787mm×1092mm　　1/16 |
| 印　张 | 17.5 |
| 版　次 | 2018 年 1 月第 1 版第 1 次印刷 |
| 字　数 | 220 千字 |
| 书　号 | ISBN 978-7-5500-2280-5 |
| 定　价 | 36.00 元 |

赣版权登字 05-2017-197

邮购联系　0791-86895108
网址　http://www.bhzwy.com
图书若有印装错误，影响阅读，可向承印厂联系调换。

# 目　录

# 自 序

季节的轮换让我此刻置身于萧索的深冬。第一场雪后，草地透出
赭黄，树木凋零，寒鸟颤鸣着一掠而过。但冬天自有一种萧疏之美，
寥旷之美，仿佛是冬天为自己结出的果子。

回味这么多年的写作，越往后越感到一种霜意。这不仅因为生之
有涯，写作中面临的晚年意味着山寒水瘦；还因为精神生态的恶化，
个体的自由言说愈益艰窘，"灯火阑珊"不足以形容之，倒接近于
"独钓寒江雪"了；当然，对写作的敬畏也愈加深了，是不敢轻易动
笔的。

重新审读这本集子里的旧作，其写作跨度超过二十年，倘说它们
还存在某种一致性，那便是它们散发着卑微的、混杂的草间气息。草
间气息意味着写作中的价值取向和基本立场，它包括与时代、与主流
话语的疏离程度，也包括在写作王国对大路的弃置，对自成一蹊的渴
望。回首来路，暗自心惊那雨季的泥泞，那陡坡，那沼泽，虽不曾让
自己人仰马翻，满地找牙，但也相当狼狈了。眼见同行渐稀，四周寥
寂，前方一片苍茫，不觉又添几分寒意。

尼采说过关于"好的散文"的名言：只有面对诗歌才能写出好的
散文，好的散文是与诗歌进行连续而礼貌的战争，它的全部美妙之处
就在于不断地回避诗歌并与之作对。不可能有不与普通散文保持一定
距离的诗，反之亦然，好散文总与诗歌保持相当距离。尼采这段话有

点道理。完全诗化的散文其实并不好,而太过通俗的散文更不好。这意味着必须在诗性和散文性之间找到激活点和平衡点。当然,散文写作还必须处理现代与传统、在场与形上、描述与辨析、气与张力等关系。某些"新散文"文本过度描写,自以为"新",冗长而沉闷,是笔者所反对的。我是从写诗开始文字生涯的,后来又从事理论批评和散文随笔写作。文体的变换并非为了赶时髦,而是我们置身其间的世界越来越复杂和荒诞了,借助单一文体来传达这种复杂和荒诞显得捉襟见肘。博尔赫斯之所以用小说和诗歌这两种文体重复写作同一对象,是因为他在小说中"看见"在诗歌中看不见的东西,反之亦然。就笔者而言,在我的体验和思悟中不适合由诗歌来承担的那一部分,只能交给散文随笔了。不过有时我也在思忖,它们是不是承受了过多的重负?当然这重负的一部分,并非仅来自某个敏感而思辨的个体,而且来自比个体的生存更深厚更虚无的力量。每种文体都需要思考力的支撑,因为它不是对既定思想的学舌和修补,而是写作个体对当下存在的凝神、掘入与透析。对于世俗的、权威的话语,它注定只能是偏见和抗辩。然而文学并非哲学和历史学,它是置身其内又超乎其外的那个东西;而且文学的任何文体都有它本体的界线和限制,是否清醒地意识到这种界线和限制,决定了你在文体中能获取多大的自由度。

凡此种种,无不呈示着四围的脚印太多,几乎无路可走。然而最可怕的,是心中有"贼",胸中无"竹"。

我在《内心的斑马》中写道:只要有"思"在,就意味着"斑马"没有被"白马化",那黑色条纹仍散发着一种执拗的、拒绝同化的血气与个性精神。然而,谁看见了沈从文内心深处的斑马?谁听见了他的亡灵随斑马奋蹄而去?谁懂得这种斑马除了自由,别无故乡可返，别无他处可以存活和栖息?!

对于写作者而言，搏取自由与慎用自由，正如斑马之黑纹和白纹，同样是不可或缺的。

苍耳

二〇一六年十二月

## 访问逝者

我相信你的数世老宅是有神灵护佑的。且不说国势衰微时连年战火、盗匪蜂起，即便和平年代的天灾、动乱、拆迁，也足以让它消亡殆尽。我还相信，如果这座老宅一直空着的话，你说不定如影随风地回来过了。几年前的春天，我到"铁砚山房"私访过你。对你而言，返家的路类似从青田石阴面刻出的朱色阳文。不过，对访者来说，倘在途中迷了路，还可以看看你当年亲笔写给外省亲友的路条，"邓琰，字石如，住安庆北门外，问分水岭，问郭家塘，问白麟坂，问神霄观，问界牌石邓家大屋便是。自北来，由桐城到练潭问余家岭、罗家岭，问界牌石邓家大屋便是。"从乾隆六十年乙卯（一七九五年）起，这座四进穿斗式老宅已跨越四个世纪了。你的故宅已破败，楼梯有些摇晃，地板也朽了，门楣上漆皮剥落，老光阴漫漶其上，一片斑斑驳驳。然而我没见到你。恍惚之间，我被凝定在虚无的高处，唯见两百年的生死流波如阳凸阴凹的印面一刹那闪现。房子确乎是空的。自从曾孙邓绳侯死后，这里只诞生过一个男婴，即山人六世孙邓稼先，他尚在褓褓便被抱往北京。后来山人六世外孙葛康俞、葛康素，也曾在这座老屋中居留、栖息。此后，这里就不曾有人居住了。房子空得只剩下它自己，仿佛它就是虚无的铁砚，一年又一年地磨着黑白时光，而檐鸟的啁啾听起来像遥远的雨的回声。

当然，谁也不知道老宅有没有记忆，也不会有人领悟一座老宅的心境。反正我来时没有见到你。房子空得只剩下我这个过客——傻乎乎地立于大堂中央，听那刮了两个世纪的风仍旧那么呜呜地刮着。

一个人逝去了，他的幽灵还会回来的。我这样想。倘幽灵也感到孤单的话，那么这座老宅便很有些凄惶了。

今晚我重读了你的《陈寄鹤书》，然后上网细赏这幅元气淋漓的墨迹，从中体味你的胸襟、性情和书艺，恍若听到你的怀宁话，如沐皖河之风。此书沉雄灵动，若锥划沙，一波三折，直指本心。它让我看到一袭素袍、长髯飘垂的身影——你就端坐在我对面低诉与抗辩。后世公认你是书刻大家，可是当年你不过一草民耳。读小人物遗存的手札，给我的感觉是一次特殊的访问。而读大人物的手札或传记，我不曾有过类似的感觉。他们总是居高临下，口气强硬、夸张，眼睛盯着虚无缥缈的远方。

当然，你并非想与两百年后的我对话，而是执意索回知府樊某掳走的鹤。你双眼冒火，但强压怒气，委婉而述，以免冒渎知府大人，甚至伤及无辜的孤鹤——它已被你视为另一生命。记得筑"铁砚山房"那年，你喜得儿子传密，第二年往京口访老友，受赠雌雄二鹤。"山民年垂耳顺，得此以为老伴，询旷事也。"老友知道你对鹤情有独钟，气神相通——旧年秋，你作对联一副："万花盛处松千尺，群鸟喧中鹤一声。"再稍远点，你云游杭州灵隐寺，写过"海为龙世界，天是鹤家乡"的草书联。你在《陈寄鹤书》中说，此鹤已"百三十岁，可屈指而记者"，"元裳缟衣，铁足朱顶，鸣声闻于天，乡里以为异。谓'徒闻千岁鸟，今见九皋禽'。扶老携幼，日拥户外。"然而，既有喜，则必有悲。六年后（一八〇一年）冬天某日，雌鹤在溪涧饮啄时，竟遭"野人之厄"而毙，雄鹤孤鸣不已。仅仅隔了十数天，妻子沈氏竟撒手人寰。山人你迭遭打击，心伤至极，于是择三十里外的集贤关佛寺，将孤鹤寄养僧舍中。之后你竭尽所有，以十金助兰亭和尚建"寄鹤亭"以及东轩，修竹万竿，清荫满座，"施茶以济行人"。在作出寄鹤决定后，你在书中写下一段与孤鹤的对话：

尔乃胎禽，浮邱著经，云门鼓翅，华表飞声，带负霄汉凌云之志，恐终非贫家有也。尔有退心，亦听尔之翱翔寥廓耳？不尔羁也。今嘱尔寄一僧，以修尔龄，僧托于尔以辅成其名，尔无负山翁寄托之意，以徜徉于此尔。此地有修竹古木可庇荫尔；有青灯古佛可忏悔尔；……有钟鼓镗鞳声，可启尔海峤搏风，盘礴乎青云之志；有风雨草木摇撼之声，可触尔引颈高唳。……有僧癯然，形同尔瘦，心比尔劳，可称尔之侪偶，尔应惜其志而悯其劳。凡山中四时之致，雪月风花之候，阴晴雷雨之辰，尔皆得默领其常变。

山人你罕用第二人称，款款低语，口吻之亲昵，用辞之良苦，殷殷如对妻儿言。鹤乃通灵之物，听山民说完，便"有懊恼意"。于是山人"慰之曰：尔其安此，山翁时笠杖踌躇而来，谂尔于此。"我恍然了悟：在今人这里，"逝者"即死者。而在先秦时代，"逝者"远大于"死者"——它还包括那些已经或正在被灭绝、被消逝的事物，否则我们就无法理解"子在川上曰：逝者如斯夫"。人必与万物存于一处，即便死去也离不开青山、离不了泥土。"逝者"外延的缩小，表明物性世界正急速地人化乃至异化。人其实早已看不清"我"之外的万物了。

这样的世界怎么可能不险恶怪戾？

双鹤的命运如同一个谶语。你平日里担粮饲鹤，往返三十里，每月坚持不懈，但厄运还是躲不过去。写《陈寄鹤书》的背景是，你去扬州大明寺小住，忽得传报，安庆知府樊晋过集贤关律院，见鹤神异便强掳而去。你心急火燎赶回安庆，立即上书知府樊晋索鹤。纵观此书，你从几个方面"陈情"，软中有硬地敲打知府，在书末表达了决绝之意："大人若徒手而有之，山民能负袁郎中赠鹤之意乎？亦何以对此鹤也。而外议且谓太守有夺山人鹤之名，若以草野冒渎尊严而罪之，大人之力可移山，则山民化鹤、鹤化山民所不辞也！"足见你铮铮铁骨，已将生死置之度外。知府接书后，自知理亏，无言以答，没几天便将鹤送还僧院。

然而此鹤命运多舛，几年后集贤僧院发生一场蛇鹤恶斗，最终鹤不敌蛇，困厄而死。这几乎成了一个善不敌恶的黑色寓言。其时，你正在泾县书写《孔庙礼器碑》，得知消息后迅即赶回，兰台和尚已在竹院葬鹤。山人你强抑悲情，颤抖着为之题字刻碑——"鹤冢"。你的好友师荔扉有诗叹曰："山人清比鹤，鹤忍负山人。"自鹤死后，你卧病不起，半年后也随鹤而去，应了那句"山民化鹤、鹤化山民"的心言。像山人这样与鹤喜同悲应者，自古而今相当罕见。在书中我还读到一个细节，足见山人的定力：在京口得鹤后，"舟过金陵，孙中丞悦之，欲聘山民鹤，并以灰鹤二赠山民，此海鹳也，非鹤也，与鹤为奴，鹤不受也，却之，载吾鹤归。"鹤就是鹤，以海鹳冒充鹤，这是你所不齿的。

有意味的是，在山人小住的扬州大明寺，九十年后也出现一"鹤冢"，其碑铭曰："清光绪十九年（公元一八九三年）住持星悟和尚在平山堂前鹤池内放养白鹤一对，后雌鹤因足疾而亡。雄鹤见状昼夜哀鸣，绝粒而死。星悟感其情，葬鹤于此，并立碑云：世人不义，愧斯禽。"然而，今之游人只知此鹤冢，却不知彼鹤冢矣！

两百多年后，岂止是鹤冢湮没不见，集贤关连同那僧院也见了，甚至关口所依托的峻秀而葱郁的山体——也被开山炮炸得惨不忍睹。

山人死后被葬于生前看好的"乌鸦伏地"——据说其地酷似乌鸦踞枝。依我之见，那并非乌鸦，而是鹤，至少在山人心中它形神皆似孤鹤！死后他也要跟它在一起：二者构成了真正意义上的逝者。只有与原初的事物在一起，"逝者"才能"如斯夫"，世界才是完整的、圆融的。宋代有这样一首歌谣：

"鹤飞去兮西山之缺，高翔而下览兮，择所适。翻然敛翼，宛将集兮，忽何所见，矫然而复击。独终日于涧谷之间兮，啄苍苔而履白石。鹤归来兮，东山之阴。其下有人兮，黄冠草屦，葛衣而鼓琴。躬耕而食兮，其余以汝饱。归来归来兮，西山不可以久留。"苏东坡在《放鹤亭记》中录下这首楚地歌谣，几乎成了皖白山人及其双鹤的传神写照。不妨说，汲物之神可为至境，与物而化便是福分。这如同大地沉寂后微闪在地平线上的一道光。

那么，"在者"能等同于活着的人吗？利奥波德说："这些沼泽的最终价值是荒野，而鹤是荒野的化身。"这是西人眼中的鹤的形象。在中国古时，真爱鹤者固然有之，但大都还是出于矫情和伪饰。对山人而言，鹤是一种精气神，一种生死相贯的魂魄。后代乡贤陈独秀早年写下《咏鹤》一诗："本有冲天志，飘摇湖海间。偶然憩城郭，犹自绝追攀。寒影背人瘦，孤云共往还。"可谓鹤之精神的另一种表述。葛康素后来回忆道："居白麟时，祖母每每谈先父陈仲甫先生，故余幼龄即熟知陈先生。余早年丧父，是以先父友余尤敬之。后余居外家铁砚山房东楼，其间有三木橱，藏先外祖及舅氏与友人往返书信，暇时辄取读之，其中如曾国藩先贤手札，端楷书成；曼殊和尚短笺，字颇娟秀；均堪鉴赏。然较伙者乃陈仲甫先生书信也。先生作书，史笔跌宕痛快，字迹亦潇洒生姿。每于深夜，置浓茶一壶，挑灯阅之，趣味无既也。……先生为人书多作草字，信笔挥洒，有精神贯注气势磅礴者；有任手勾勒拖沓笔划者，一循情之所之。"

外祖即邓绳侯。其父葛温仲，其舅邓仲纯、邓以蛰，皆为陈独秀同乡世交，情同手足，东渡日本时又为同窗。在藏书楼发动拒俄演说时，葛温仲也是参与者之一。想不到的是，独秀晚年流落到江津的"鹤山坪"，仿佛命运的刻意安排。独秀拒绝任何馈赠，主要靠吃自种的土豆为生，其风骨，其正气，令人叹之。康素这段情深文字，旧景顿现，堪称这座数世老宅见于文字的最可宝贵的记忆了。陈独秀客死"鹤山坪"时，葛氏兄弟均在场，康素写道：

"入殓时，余亦在侧，举体柔弱，而目如生。默观遗容，怆然者久之。先生灵柩于是年六月二日，安葬于鼎山之麓，碑文'独秀陈先生之墓'，乃由余五兄书成，并亲自錾刻。"五兄即葛康俞也。为什么是康俞而不是康素书刻呢？这里还有一层关系：葛康俞乃独秀二姐之婿，他称独秀为舅舅。

"举体柔弱，而目如生"，让我猛然想到一只大鹤飞走了，远逝了，只剩下空荡荡的"鹤山坪"。七十年后笔者读此，仍悲从中来。在物欲横流的世界，达至"孤云共往还"之境界诚非易事，但"犹自绝追攀"的定力更显难得。对今人而言，与大地上原初的事物栖居在一起，已成奢求了。换句话说，活着的人，大都是"在"而无"者"，因而称不上是真正的"在者"。

我正是这样"在"而无"者"地活着，在高楼、噪音、尾气和烟囱之间苟延残喘。

"四顾何茫茫，东风摇百草。所遇无故物，焉得不速老。"那次来白麟坂探访你的老宅，没看到你的铁砚、你的江涛、你的笔歌墨舞，只看到你的曾孙之孙的大幅照片——当年最后一个在此出生的男婴邓稼先，长大后干出了一番惊天事业，成了邓家两百年来唯一的异数：偏离了从文习艺的根脉，搞出了核弹和蘑菇云！我在阅读中发现，邓稼先抗战时期避难、就学于江津，伯父邓仲纯在那儿开医院，陈独秀曾寄居于此，俩人必定见过面，真要聊起来话题可不少，独秀游学东洋与其父邓以蛰即为至交。国土沦丧，乱离惨痛，直接影响了他的人生目标和攻读方向——在西南联大和美国均专攻物理学，学成后毅然选择归国，在极艰难、极封闭的条件下从事着核研究与试验，其坚忍，其勇毅，其无私，酷似其祖邓石如。一次在罗布泊试爆核弹，从飞机上扔下后核弹未爆，邓稼先乘坐吉普向戈壁深处驶去。明知钚239在自然中的半衰期是24000年，侵入人体后的半衰期为200年，他仍冒着高辐射靠近摔碎的核弹。最后查明试验的败因是降落伞未打开！稼先因遭强辐射而患直肠癌，不久便英年早逝！然而三十年后，当颠覆、亵渎英雄成为时髦与噱头，竟有人怀疑、嘲笑这一细节，足见灵魂和道德中也有钚239！

离开铁砚山房时，我听见了那一声模糊而孤愤的鹤唳！此刻，我在想，它到底是来自云端呢，还是书墨之中？是来自泥沙俱下的浑浊此刻呢，还是风雨晦暝的迢遥彼处？

逝者已逝，但仍在此：这老宅，庭竹，老梅枝，雕刀，以及婴啼的回声、空空的燕巢……

二〇一一年十一月三十日

## 水落石不出

冬天是枯瘦的、单调的。这是书上说的。

现在我要写下的句子是："初冬的阳光照在斑斓得有点迷人的树林上。"的确，一切都静下来了，但不是那种空洞的静，而是一种充盈后的清寥和空旷。

我来到一个陌生的地方，随便找块什么石头坐下。我喜欢这种无目的的散淡方式。当然它是漫游而不是旅游，这无须多作解释。只要它是属于保持着大地原始气息的地方，都是我的流连之所。

此刻，我身后的旷野被连绵的丘陵起伏着，被入冬后仅剩的一只最小的昆虫蜂鸣着，以及被一片片或黄或红、或浅或浓的叶子连缀着。我坐在这儿有一会了。远处的村落只露出一角，更多的部分被遮没了，只有土地本身的流速能使它或隐或现。而一条只见河岸的河，没有任何流水的声音，只有枯黄的芭茅草倒向另一边，在一群卵石的喊叫中奔跑。而河那边的一湾树林，只呈现一抹慢慢洇开的水墨线条。

我感到恍惚，我说不出这是什么地方。可我肯定来过这里，肯定见过那棵树，那些橙黄的草垛。而那些我曾去过的地方，是不是就谈得上真正的抵达？比如"陵阳"这个地方，我先前无力触及之处，后来竟使我发现存在另一个陌生的它。

村野上空的太阳像熟透的橙黄杏子，被一抹淡雾罩着。我看见一条砍柴人的小道，绕过长长的山坡伸进一片洼地，然后曲曲弯弯地爬向密密的山冈。刚才，我经过水塘边的时候，发现长满荒草和牛蒡的土埂塌下不少豁口。其下的一片淤泥地上，到处都印满了牲口前来喝水的蹄花，而水面则倒映着一片柔软的熟麂皮似的天空。

距水塘不远的地方，有座被废弃的单间土屋，没有门，草顶上几只山雀子在啁啾。土路的一边是篱笆，上面爬着尚未枯萎的藤状物。最引起我注意的，是篱笆内那一垅垅焦黑的老麻杆，枯叶抖索着，像一群困守者，毫无疑义地显示着季节更替或年代轮转的威力。

现在我该写下这样的句子："一个农夫牵着黄牛在田埂间出现了。"我看见距他最近的是田畈，距他最远的是旷野。我是说，田畈只是近距离辨认的结果，而旷野是眺望整个空间所得到的浑然一体的印象，当然包括田畈、河流和山坡在内。我喜欢这样的旷野。旷野让我找回对大地的最原初的感觉。

我曾经回到过去待过的地方，但我发现一切都不像原先的样子了。回忆是另一种"回到……"，但很少有人意识到回忆也自有其限度。认识到这种限度，也许对我们更加重要。在一个加速拷贝的、闲谈的年代，过度的琐碎的回忆，一落笔便唠叨点过去的事儿，已成为现今另一种遗忘的形式。"谁能够从原路返回，而不被腌菜坛般的回忆所阻挡？"

因此这次我压抑住从心底蹿起的回忆的欲望，并坚持不用"我记起……"这样的句式。当然，这将意味着另一种空间和另一种方式。我希望置身在这相似又相异的旷野，能够静下来，慢慢清空自己，纯粹地感觉或者感动。

田畈里密匝匝的灰白稻茬，仍在抽出一丝丝油灯芯般的绿茎，霜冻使它们瑟缩着，有的已变得黯淡无光了。偶有一方犁过的田亩，细密的蚓状根须从翻卷的泥块上呈现出来，绛红色的，敏感的，仿佛旷野体内的毛细血管。

不远处，有一只乌鸦拨弄着暗黄色的牛粪，并在那儿大嚼起来。过了一会儿，它又噗地飞起。它掠过时，我看清它的模样就像这旷野，就像这路边隐入树林的村落，清亮地一闪。

高过记忆的旷野多么寥廓而充盈！哦请不要用内心的嘈杂干扰它的宁静，也不要絮叨无关的琐碎遮蔽它原状的浑一。一阵风掠过山毛榉和黄栌时，发出"嚓嚓嚓"的声音，然后又"喊喊喊"地钻入枫香的低语，再刮过水桦与楮树的交接处以及尖叶子的小榛树群落，便涌起一片"哗哗哗"的流淌声。风也是无目的的，漫游的，有时它简直代替流水在流。而我，不过是它其中的一个所吹之物罢了。

"流水流在旷野的流水上，它将漫而不溢，直到隐晦不明。"最后我写下这个句子，并想说：那些渐渐裸露的、我们自以为看见的石头，其实只是无边流水之一种。

二〇〇〇年十月十九日

# 墙上的墙

墙迄今仍是我们未曾解透的事物之一。甚至可以说，墙的存在本身就是一个奇迹。墙从远古绵亘到现代，从边境的烽燧伸延到浩大的皇城，直到当下我居住的陋室的四周。从窗口看去，密密麻麻的墙体构成了城市的骨骼、肌肉和表情（包括墙上的标语和广告）。在城市和乡镇，通衢和窄巷大都是在墙和墙之间穿行与出没。智者说，如果一堵墙想见另一堵墙，它就说："墙角见。"而愚者说，一个人想与一堵墙亲密接触，莫过于"不撞南墙不回头"。事实上，在墙角那儿，隐藏着许多不为人知的人的秘密，以及墙的秘密。

墙是人类社会形成的初级的和基本的标志。即便游牧民族也得使用各种材料装成的篷屋，以便把更小的血缘单位隔离开来。墙注定必须具备一种特殊身份，它始终处在一种边缘状态，站在内外、明暗、显隐、攻防之间，否则墙便不成其为墙。因此，墙的存在标划了类似边境或底线那样的东西。越过了墙就意味着突破某个区域的界线，从而进入它的腹地。因此墙的拒斥性在很大程度上表现为墙与墙的对峙、墙与路的交锋，甚至墙与手的冲突。孟姜女哭倒长城与耶路撒冷的哭墙，都是在这种漫长争锋中留下来的传说和遗迹。事实上，在墙那儿，一切暗面之物皆遁形了，隐匿了。只有人的反抗和诉说才能使它无所隐遁，诸如一代人的愤怒、诅咒或赞美必定显露在墙的脸上！你想想，一个孟姜女就可以哭倒长城吗？其实城墙上早已布满了愤怒的手印，那手掌拍打造成的裂缝像粗大的道路穿过黎明和夜晚，甚至震绽了死亡垛口上的蔷薇。柏林墙是冷战和专制的象征，如今它又成为缅怀过去的镜子。艺术家在它上面涂鸦，政治家在它面前作秀，至于那些弹孔般的眼窝和越墙者的尸体还会被记住多少？在巴以之间，在伊拉克，新的隔离墙会成为另一道哭墙吗？我在报纸上看到一张照片：一个孩子在向隔离墙撒尿，另一个孩子忙于在墙上涂鸦。正是在这里，我甚至听见了墙的笑声。

墙除了哭还会笑吗？墙的笑声听起来既稚拙又苍老，像喜剧中的老头在用一张瘪嘴说笑话。

但纸墙是惟一的例外。在我记事的时候，给我印象最深的是满世界的纸墙。那时候，凡有墙的地方都可能糊满大字报。大人们都不知疲倦地糊呵，糊呵，从早晨一直糊到夜晚，他们拿出了仿佛要将整个世界都糊上大字报的气势。于是世界上最漫长的纸墙出现了。当它出现时，人墙也随之出现。然而人墙总比纸墙矮一点。那时候，我只能在大人们的腿缝里乱钻，否则就只能望着人墙上的纸墙发呆：那上面有一行比人头更高的黑漆漆的标题，接着是一组像炸弹一样劈空而下的惊叹号！有一天，邻近一幢宿舍楼内有个教授"畏罪自杀"。在大操场开批判会那天，他的两个女儿在纸墙上贴了一张"与反动父亲划清界线"的声明。因那张纸没糊牢，下方的一角被风掀起，哗啦啦地响，"死有余辜"几个字也哗啦啦地响。晚上我看见那张纸被风吹翻了过去，像白毛女散乱的头发竖在墙上，令我不寒而栗。我听说二十世纪五十年代，有一位中学生只因说了"苏联并不是真正帮助中国，他们把中国的鸡蛋、苹果、好吃的东西都运到苏联去了"而被检举，被围在纸墙和人墙之间接受批斗，有人还责令其父"揭发"。可怜他父亲不愿伤害儿子，迫不得已选择了卧轨自杀。如果墙体在我的意识里出现，还夹带着一个苹果的碎片，请不要以为那是怪诞。

纸墙只会哭，不会笑。永远不会。

当然，从另一个角度说，墙的出现是为了从四面八方阻截路的，但反过来却逻辑在先地预设了路的存在，并让路从墙下或两堵墙之间曲折穿过。如果没有路，墙就不能貌似中间人，像冷静的法官那样置之度外地倾听人们的隐私和纷争。有一天，我经过上班的必经之地——市政府时，看见南边围墙边又聚集着一些人。等我走近后才发现，墙上新贴了一纸"呼告书"，下方署名是"四方城居民"。

"呼告书"的内容原来是四方城居民在抗议强蛮拆迁。我好多年没去过四方城了。但我仍不断在老辈回忆的文字中见到它。不仅如此，我叙述的一个历史人物韩衍，也在二十世纪初叶的四方城居住。一九一二年正月的一个夜晚，他根本没想到出门后就再也不能回来，从墙角射出的一串子弹洞穿了他，然后嵌入他背后那绵亘而来的古城墙。当他最后一瞥江城以及大片微暗的灯火时，四方城也薄得像一张纸，或者风中的一片落叶。

但此刻我看见，斑驳的老墙还是从纸上洇了出来，还有屋檐、老井和居住者捏紧的拳头。这是墙和墙相遇相击的另一种方式吗？信访局的门紧闭着。呼告书事实上就贴在距门不远处。现在看来，市府让信访局在南围墙另开门是有道理的。因为市府的东大门必须保持肃静与整洁，以便维持一种权力的威严。我突然觉得，开在围墙上的门更像围墙，当你觉得它是门时，你其实上当了。在这儿，门永远是为权力者设计的。这种暗藏玄机的权力象征常常被草民所忽视。他们以为只要有门就意味着道路可以穿越围墙了，可以更近地抚摸深藏在心底的某种愿望了。门其实是一种假象。它欺骗了我们，而我们并不知道。在我看来，它更多的是墙上的墙而已。

日本作家村上春树在耶路撒冷的一次演讲中说，在他内心的墙上镌刻一句话：若要在高耸的坚墙与以卵击石的鸡蛋之间作选择，我永远会选择站在鸡蛋那一边，不管那高墙多么正当，那鸡蛋多么咎由自取。村上春树也许忘了，所有的历史转折都是从"以卵击石"开始的，如果每个"鸡蛋"都忧惧"石头"的坚硬和不可战胜，那么历史将无法跨过这堵厚墙而向前迈进。

被墙规定的路已丧失了路的活力。可偏偏有些路为了获得墙的认可而从四野爬到大墙边来，而另一些路则像幽灵一样，在墙体森严的地方寻找一种可能并将墙也当作潜在的暗道。在这个意义上，墙本身就具备了道路的特质。

死者转身拐入他们的锁里
而我像门柄上的一只手醒来。明天
在古老的墙上行进，在它的
门上的地方有我那充满黑暗的
外衣。

（默温 《认识》）

尽管墙扭断路的方式很特别，但它仍是我们不得不面对的可能的道路之一。有一幅大型版画《鬼打墙——拓印长城》与众不同。它的制作过程是一群人在夜晚用巨大的白纸拓印长城，他们用手拍打金山岭长城的城墙，其声音之悠扬、之悲凉、之诡秘，如同一群紧粘在墙上的历史幽灵。以这种方式制作出来的长城拓片，竟有了一种重返原生态所带来的震撼效果。不管画家徐冰怀有怎样的寓意，他也许是希望在长城的古墙上窥见那隐没已久的道路。当潜伏在专制梦魇下的生满野草的民间暗道，像蜂群般的幽灵那样从深渊里浮升上来时，后来者必定会感受到那些已逝的孤独个体聚在一起的亮光和温暖。那些不可替代的思想个体才拥有灵魂，而坚冷的高墙没有，墙脚下喧嚣的人群也没有。

二〇〇九年五月中旬

# 英王府内外

我相信存在着一种叫做历史幽灵的东西。

当然，这样的幽灵并非随处都能碰到，至少在正统的史学家们所勾描的历史图表中不大可能存在。那儿的确太坚硬太冷漠了，缺乏幽灵饥渴时所必须有的存在的血肉，无人收割的野麦地以及超时空的丰沛雨水。尽管我有时能直感到它的存在，但仍无法告诉你它是什么。

八月的一天，当我穿行于任家坡拥挤的菜市，找到45—59号这座低黯而破败的砖木老宅时，我只能蹩过摆在门口商贩的摊子，将旧自行车停在"英王府"门廊下。一个光腚的脏兮兮的孩子，从门内看见了我。而我看到了另一种光线，或者说是一种与光线相反的东西。它栖落于满壁的尘灰和烟色之上，但我无法看清它所照着的幽秘里潜藏着什么。在这座建筑的残存部分与那毁掉部分遥相对称之间，我感到了一种无法言说的震撼，还有一些恍惚和无所适从。

屋内无疑充斥着一百四十年来无法避免的混杂而犹疑的气味。到处都堆放着日常杂物和工具，几个妇女在各自的门口拣菜或洗衣，但均被统一在滞重灰暗的色调里，只有侧面一点稍稍有些发亮。她们不过在证实这座老式建筑最切近的一个角色。我忽然想到英王娘。这个会使单刀的勇敢女子名叫蒋桂良，天京事变后她一直住在英王府内，直到一八六〇年安庆保卫战打得最激烈时，她携幼子陈天保被强行送出安庆城。那时陈玉成已做好拼死一战的准备。

然而，此刻我还能不能称它为"英王府"？如果我说我当下是站在曾国藩的"总督府"，也不能说我完全讲错。

这座王府的前身，是清康熙年间建的任塾宅第。陈玉成将它略加改造，占地约 14275 平方米，主体建筑由三组房屋构成，东西各蝉联偏殿，外围有住宅、更楼和花园等。十九世纪中叶的南方起义者们，试图在地上建造天国式的乌托邦，但落实在地上的基脚和结构，却很难保证它不是封建王宫或府第的再次翻版。悲壮的安庆保卫战之后，它一点没费事就成了曾国藩的两江督府，只不过将那满壁的彩画涂掉而已。赵烈文在日记中写道："督帅行署，伪英王府也。在城西门，府屋颇多，不华美，亦不甚大，满壁皆彩画。"后来它又被李鸿章那厮所占据，继而成了李鸿章从子李丹崖的太史第。

可以想象得到，第一批冲进英王府的湘勇们必定被那满屋的彩画惊呆了，以致后来粉刷它们时显得并不彻底，曾国藩入住时不得不再次下令将残存的彩画清除干净，不留一点痕迹。衰弱且患有头晕症的曾大人，必定怕见这些充满理想狂热的彩画，那里描绘的是一个奇异的离经叛道的世界。但这些光怪陆离的彩画并不单纯，它不过是一个畸形而诡异的混合物。这些来自南方蛮荒地区的起义者，以神话般的想象力和原始图腾色彩，将西方的天主教、黄土地意识，以及封建正统观念混合在一起。即便如此，这些彩画也比清宫里僵化的九龙图要有活力。比如壁画"飞凤奔马"上那匹白色马上竟空无骑手，查遍所有太平天国绘马的壁画都是如此。原因在于太平军反对任何形式的个人威权。清廷诬称这些起义者为"长毛"，倒也没说错。他们解开辫子长发纷披，以此表达与"辫子"王朝势不两立的决心。

颇有意味的是，一百二十年后，专家们为了考证它是否就是当年的英王府，曾小心剥掉覆盖其上的六层白垩土，果真露出了"飞凤舞狮""暗八仙"

"飞凤奔马""瓜瓞绵绵"等彩画。最下面一层必定就是曾国藩下令抹上去的那层白垩土了。一百二十年的沧桑变迁，在壁上积淀了六层厚的白垩土呀。那么，困守并最终战死的南方起义者，他们富于激情的悲剧性的游魂是否会随着这些重见天日的壁画而惊醒，并经受一九八一年安庆冬天的江风的猛烈吹拂？你不妨听听：在临近黎明时，又潮又黑的树枝冻上一层冰，大风吹得冰枝叮当乱响，就像铁镫的撞击声，仿佛一队肉眼看不见的天国骑兵，在扬子江北岸黑沉沉的树林里急驰，碰得马刀和铁镫嘎嘎乱响。

由此，我注意到两个被忽略的尖锐动词：涂抹与剔剥。它们隐含着遥相对峙的两种动作，交织于不同的历史现场并最终纠结在有关历史的书写中。涂抹意味着将拒斥的对象遮没掉，或者涂改它们，而历史的幽灵就在下面游离而出，徘徊良久。剔剥则意味着使被涂之物渐次呈现出来，还它以某种程度的真相。介于二者之间，你也许能看见幽灵一闪即逝。六层厚的白垩土呀，一百二十年历史的大花脸上，是不是也敷了这么厚的脂粉呀？

看起来，我已步入一百四十年后的老宅之内，但我必定仍站在那座英王府的外面，无法进入其中。没有英王的英王府是空的，黑洞洞的。一八五九年底英王已无法返回府内了。历经五次救援血战的英王，直到一八六一年九月仍被阻于集贤关外，遥望安庆城破时熊熊大火将江天烧得通红。英王血管里的血已经不像血，而像烧烫的水银了。我看见英王哭得像一块石头。他永远不能返回那里了。历史仅仅需要他再等待半年，同时也需要豆腐渣喂养的可耻叛徒来帮助他将最后的热血喷溅在那些彩画上！英王原本是可以待在天京处理朝政的，但他放弃了这一罩着黑幕的权位，主动请缨回到了安庆前线。这与他拒绝跟随有恩于他的石达开出走一样，可以见出英王陈玉成所具有的政治智慧。

发生在一八五八年前后中国两大敌对营垒之间的较量，主要是在年轻、慓悍、激情的陈玉成，与衰老、顽强、诡诈的曾国藩之间进行的。可以想见，披着长发骑在战马上的英王是怎样的英武而飘逸！尽管隔得很远，你仍能闻见那马汗和晒得滚热的马鞍皮子的混合气味。这与谨小慎微扎着长辫子、不会骑马、衰老而精明的曾国藩形成了鲜明对比。十九世纪中叶的中国就呈现在这种尖锐对比之中，并迫使王宫或王府之外的广大原野、稻禾、船只，以及鸟群加入到这种对峙之中。然而，解辫子的人却不敌扎辫子的人。问题也许在于"长发"都是一样的，只是"扎"与"解"的动作不同罢了。比如曾国藩在就寝前，岂能不把辫子解开来，以减轻噩梦中那条青花毒蛇对他"脑袋"的缠绞？再说藩大人还有擅长看相的本领，史传上说"国藩为人威重，目三角有棱。每对客人注视多时不语，见者悚然。退则记其优劣，无或爽者"，可他为什么就看不出大清王朝的"败相"？

历史期待着剪辫子的人，一直渴求他出现。尽管陈玉成做不到这一点，但英王依然是我心目中最后一位中国古典时代的农民英雄。他让我想起公元前的项羽和二十世纪的切·格瓦拉。然而在古典时代，农民英雄大都"长不大"，或者说他们衰老得太快了。比如洪秀全，这个大做天王且拥有大量宫女的南方起义者，如果说他定都天京前还算一个英雄，那么他衰老得实在太快了，比刘邦、朱元璋和李自成还要快，像所有末代皇帝那样满脸皱纹。因此他只能死在他的死敌咸丰皇帝的前面。"天京之变"的相互残杀，不过是将一个恶性循环的历史周期大大缩短了而已。而曾国藩是善于抓住并利用这些弱点的人。这导致了不该失败的骁勇的英王，陷入了曾是他手下败将的曾国藩精心设计的陷阱，蒙受了无法洗刷的耻辱。

但我以为，远离天京宫闱之争的英王是明智的：他可能害怕自己也衰老得太快。而死在二十五岁的英王是幸运的。他赶在自己没有衰老之前，赶在另一个恶性循环周期开始之前就悲壮地死掉是幸运的。

英王永远也无法返回那里了：是那里而不是这里，不是我此刻徘徊的地方——门外正传来麻酥酥的流行曲和回收旧电器的吆喝声，并闪过一个金黄头发的蜂腰肥臀的女人；门内那个脏兮兮的孩子撇下我，只将一双好奇的眼睛盯着地面，自顾自地玩耍着。然而英王只有远离了天京或英王府，他也许才能看清：王府壁上的彩画与外面广大的原野、无数饿殍和绵延不绝的逃荒者之间，存在着无形的裂沟与对峙；才能看清站在任家坡便能越过城墙眺见的古老大河已衰老得很久了。只是英王已来不及了。这个来自广西藤县的农民的儿子，甚至来不及注视一下他曾幻想过的天空，来不及抚摸它所热爱的庄稼和水车，或者摸一下那个脏兮兮的孩子的光头⋯⋯

历史止不住英王的血喷向彩画下面那苦难的大地，但英王的血也是贫瘠的，无法滋润那个更加贫瘠的年代。

我忽然感到在王府的内与外之间存在着一场暴雨的迹象。它也许已下了好多世纪，但却很少打湿过那金黄色的琉璃瓦，以及它下面的旗鼓石和上马石。"被久久围困的安庆城，人肉卖到了多少钱一斤呀！"清兵攻入安庆城后，像对待扬州、嘉定一样，任意抢劫，疯狂屠杀，全城大部分房屋被烧毁，妇女们纷纷上吊、投水、跳井⋯⋯。"人民"从来都是苦难的承受者，以及一方胜利时广场上的狂欢者，而不可能是俯看狂欢的人。湘勇和太平军均来自农民，都是"人民"的一部分。一场内耗性的漫长战争，只不过是一部分"农民"与另一部分"农民"在彼此杀戮。用血和头颅不断循环、演绎的中国王朝更替史，一直就缺乏从内部进行不流血的和平变革的内在机制。除了愤然起义然后相互血战，除了精心密谋然后格杀九族，一些人头颅落地了，一些人戴上了花翎。总督府不过取代了英王府，或者相反。

历史的幽灵总会在某个地点徘徊，但它只能影子似的存在，并作为秘密叫喊的一部分，以及持续不断的回声的一部分。

我在这座是英王府也是总督府的老屋待了一会儿。如今它成了文物而受到保护，因此与周围新起的建筑相比，便愈加显得低矮而破败了。如此看来，我的接近报废的"坐骑"停靠在它的门外是适当的。但我到这儿已无法见到英王了。英王呀英王。我只迟到了一步。英王骑着白马丢下英王府而去，他让它彻底荒芜、倾圮，让它开裂的墙体和瓦楞长出青苔和杂草。它回到了在它之外的昏暗的民间，无可选择地成了平民的居所，并让繁衍多少代后出现的她们和她们的孩子，在这个阳光强烈的夏日被我昏暗地注视，尽管她们几乎不会看我一眼。我又想到英王娘，她隐姓埋名地活到了二十世纪，近乎一个神话。天京陷落时她女扮男装才得以逃出，并携子辗转回到故乡湖北麻城，护佑着英王的子嗣艰难活过十九世纪苦难而悲郁的黄昏。那么她是否秘密回到安庆寻访过英王府，重温那发黄的迷离旧梦？这一点不得而知。如今，仅残存 3636 平方米的"英王府"是破落的，孤零零的。但我发现这座老屋的深处并不平静。它被两个分裂的自我咬啮着，撕扯着："英王府"和"总督府"仍在进行着看不见的厮杀和较量，却同时又被老宅的结构统摄在一起，以至于难以被我们察觉。

自从一八六一年刷上第一层白垩土后，这座没有英王的英王府就被各种各样的当权者所占据，并加以重新命名，以致后人难以找到它。但唯一的英王府仍在那儿，并始终是空空荡荡的，至今也没有人能占据它虚蹈的空阔。历史不可解之处正在于它仍是可解的。这也就是历史更多地让我们记住它的原因，记住它其中的一个响亮名字：英——王——府！

二〇〇〇年九月十日

# 青　花

那沉着、幽蓝的青瓷在昏暗的厢房里仿佛有一种微响。它是一种脆薄的存在。在狂乱易碎的年代，它的存在竟成一奇迹。

一九七一年寒冬，堂嫂来县城参加招工考试，顺便带我回陵阳的新家。那时我在青阳中学念初二。父亲不得不把家从乔木迁到这儿——他发现那座队屋的山墙有些倾歪，继续住下去是恐怖的。新家是一座两层徽派老宅，自柱础以上的墙面皆为板壁，上面的漆皮呈乌暗色——年代确乎有些久远了。但柱梁相接的木框架稳厚而精巧，即便青砖外墙倒了，房子也不会倒；更妙的是，雕梁画栋使这座老宅，成了一件徽派艺术品。高隆的天井飘泻着静寂的清光，从镶着玻璃的多面体的井罩透映出瓦灰而绵远的苍空。楼上环绕的雕栏和顶层暗红的漆板，使它的纵深有了层次感和质感。我必须承认，它突然改变了我对屋宇乃至整个空间的感受。照壁前有一个深酱色、镂刻精美的几案，后面则隐藏着通向楼上的木梯。

我踩着木梯咚咚地上楼。堂间斜顶上有两片亮瓦，四周的枣红雕栏不再鲜艳，蒙着浅灰，但仍让人想象当年大家闺秀扶临的云鬓倩影。我从明亮的右厢房转到昏暗无比的左厢房，那里面的光线薄黄、暗弱，西墙上仅有一扇玲珑小窗。这时我看清一个雕刻精美的木榻，上面置放着两个叠在一起的青瓷大盘，如同浮起在水面的睡莲。我小心翼翼地拿起上面那个，有点抓不住的样子，硕大，凉浸，沉甸甸的；盘面和边沿披缀着好看的翠蓝花枝，令人沁心。我长这么大，从未见过这么硕大、养眼的青花瓷盘。翻过来看盘底，一个大大的"清"字浮出来。我知道这是个古玩意。它上面的积尘清晰地印下了我的指纹。

我不知道在我之前，有多少人摩挲过它。那第一个端详它的人是谁呢？隔着几个年代的雾峦云巅，我无法看见他。他也不可能看见我。但是他和我都摩挲过这个青花瓷盘。我傻乎乎地想，这么大的瓷盘要盛多少菜呢？如果放在八仙桌上，又能放几个这样的盘子呢？不过，假定它真的出现在餐桌上，那可真的是满堂生辉呀。

还有那个雕刻花鸟的红色木榻。且不问那上面曾经躺过谁，那人曾经怎样吞云吐雾，反正两个青花瓷盘叠放在上面，倒不失为一种归宿。在昏黄的光线中，木质的和瓷质的，慢慢结合成一个整体——青花成了唯一开不败的幽蓝瓷蕊。

我感到奇怪：这可是生产队的队屋呀，瓷盘被遗忘似的放在这里，竟没人感兴趣，也没人打它的主意。也许它太大，不实用？事实上，在我家搬来之前，曾住过一个解放军的汽车连队。他们撤走时也没带走它。我们在陵阳栖居了六年，这两个青花瓷盘一直摆放在原处。我从未见过母亲用它来盛菜，或者摆放果品、瓜子之类。

然而不实用，并不足以让它们存留下来。我想还有它的超逸和精美，那种让你过目难忘的青幽透薄，使得铁石心肠的唯物主义者也不忍丢弃或者打碎它。

现在想来，在填不饱肚子的贫瘠年代，两个青花瓷盘因它的精美且大、它的无用而侥幸存留下来。它是另一种生命——只会有伤疤，或者碎裂，但不会有皱纹。

家中前后有两个院子。后门的院子大，前庭的院子小。但前庭有个小花坛，里面一直栽着细小而火烈的太阳花，以及一丛丛胭痕般的指甲花。据村民说，此宅解放前为保长的家宅，后来在土改中充公，成了生产队的房子。其家人也风流云散，不知去向……。我想知道原主人喜爱这些花吗？还是继居者喜爱它们？看来我是不可能搞清楚了。

一座老宅经历的变乱和沧桑，不是我辈能深切体验的。那里面有太多的伤痕和辛酸，也有不堪的惊惶和噩梦。而我曾置身于动荡的革命年代的褶皱中，如同指甲花的枯叶裹卷的一只小虫蛾——若干年后，它竟成了见证者。

我家搬离前，两个青花瓷盘被自称省文物部门的人收购。我一直怀疑它落入私囊。为此我责怪父亲为什么要相信他们。不久，陵阳来人说，那座老宅遭到拆毁，在花坛下面竟挖出了大量银元，当即遭到哄抢。它们当年就沉睡在太阳花和指甲花下面。那是老宅主人被迫离开前埋下的最后秘密。

但老宅主人不知道真正的镇宅之宝并非银元，而是那两棵硕大透蓝的青花。时间是一种酶。它帮助我慢慢回味它，消化它。我至今仍能在虚无中抚摸它们，仿佛抚摸我的青涩岁月以及那棵透蓝脆薄的前世生命。

二〇一三年四月十三日

# 刀　锋

　　每次经过天桥时，我几乎没发现桥上有行人。为什么叫白鳍豚天桥？后来有人告诉我，因为投资方是白鳍豚水泥厂。但我始终无法将这个钢铁巨物与白鳍豚那灰白柔韧的躯体联结在一起。有一次，我登上天桥，我终于可以触摸那斑驳的栏杆了。一种冰凉、凝滞、麻手的感觉，倒与想象中的白鳍豚的肌肤有相似之处。那微红略暗的肉质和骨头，从锈蚀的漆皮下艰涩地、缓慢地裸露出来。它的暗伤似乎被我触痛了，于是，那银白的躯体便在巨大的钢铁中扭动与挣扎。那一刻，一种难以觉察的颤抖从大地深处闪电般流遍桥身，以及我的手、脊椎、肾、鼻尖。

　　记得没有天桥时，这儿一度是事故频发路段。比如隔壁戏校一个女教师上街买菜，就是在这儿被车撞死的。听说她是回族，下葬时不用棺材，周身裹着白布，然后被置入洞穴。这个细节一直给我留下很深的印象。有一次我骑着车，在这儿被夹在两股车流中间进退维谷，无法动弹，类似一只白鳍豚陷入滚钩之中。事实上，这么多年来，肯定有许多生灵生存在一个与人类完全隔绝的世界，可是谁能知晓它们的死活和绝望？

　　但我经常从天桥下经过。一道巨大而沉暗的灰鳍闪现在上方或者前方。我就活在它的上和下、此和彼之间。我已混沌地活了大半辈子了。有人笑我很书生气，在浑水里也摸不到鱼。他说得对。我非但摸不到鱼，而且也摸不到虾子。当然，站在桥上是安全的，滚滚车流在下面平静地淌过。可我为什么还是隐隐感到不安？那种阴鸷之气究竟源于何处？事实上我不可能闻到滚钩的气味。桥上的我成了一个虚无的观望者：当目光穿过落叶纷飞之下繁华的、喧闹的冬日表象，我看到了一种正在扩散的湿漉漉的迷暗，仿佛庞德在地铁口所看见的那样。

有一年，我到陈独秀的墓地去。在接近集贤关的路途中，滚滚烟尘制造了一起又一起事件，那日头成了类似红心鸭蛋那样的玩意儿。这时，我注意到在高矗的烟囱口，那铅灰色且略带硫红的白鳍豚出现了。它滚翻着，甩击着，仿佛从滚钩和电拖网中逃逸而出。我承认这幻象与语词的魔力有关，但我还是被它张开的另一个巨大躯体所震撼。在它下面是某水泥厂的厂区，庞大、凌乱、混蒙，像一个患矽肺的、头戴面罩的农民工。在这里，你也许能窥见城市神话在当代被创造出来的小作坊。谁来阻止这种勇往直前的奇怪悖论？它的副产品是将一个时代的死亡幻象不断制造出来，然后鞭打着我可怜的想象力。当然，"唯物主义"在最近两个时代都取得了胜利：它先让天下人驱除物质，继而让天下物质驱除人。在陈墓旁的植被丛茂的枝叶上，我清楚地看见它的细小骨殖和尖锐嘶叫积了厚厚的一层，像时间的尘埃以及不为人知的历史隐秘。

回到家中，老婆正在厨房剖鱼。她手中的菜刀白晃晃得。倒剐，切进，转动，鱼鳞和血污翻了一盆。鱼鳔一瞬间冒出来了，惨白，坚硬，不堪一击，充满虚无主义的气体，它最后时刻的尖锐敌意由此显现出来。老婆知道我喜欢吃鱼。我的理由很简单：猪肉里有太多的激素，我不想再发育了。然而最近我在报纸上看到，鱼也吃饲料，鸭吃的饲料甚至有苏丹红。

……鱼在她手中突然一用尾，盆中的浑水立刻怒响，血鳞四溅，连鱼子也迸出来了。它最后的挣扎让老婆吃惊。这种抵抗仿佛是从死亡深处折回的光。她迟疑了片刻，用袖口揩了一下脸。现在它彻底放弃了抵抗，静静地躺在砧板上等待刀锋。老婆说，手指划了个口子，你来剁吧。

我接过刀把，表情却像一个懦夫。记得这把刀是我在白鳍豚天桥附近的超市买的：在众多悬挂着的锃亮刀具之间，售货小姐向我介绍说，"白鳍豚"是品牌产品。我无言以对。我知道这就是生活。叫它生存也对。这如同"河淹没了汽车公墓，闪烁 / 在那些面具后面。/ 我抓紧桥栏杆。/ 桥：一只飞越死亡的巨大铁鸟"。哦，特兰斯特勒默，你们北欧的那座桥，跟我的还真不一样哩。

此刻，我不知道是什么力量将如此暗弱的事物打造成如此亮利的嗜血之物？它收拢着厨房内黯淡的光线，震撼着砧板，以及"巨大的铁桥"，但痛饮的却是它自己的血。在刀刃停止之处，来自它内部的绝望将我刺得不知所措。

在虚暗的砧板上，两种血最终流在了一起。

二〇〇六年十二月十日

# 猎　户

　　我已不止一次地梦见那只豹子，那只血淋淋但依然凶猛的豹子。原因很简单，我跟它打交道的次数，远比那个获"打豹英雄"称号的猎手董昆还多。十五年来，我作为一个教书匠，几乎每个轮回都要在《猎户》这篇经典课文中与它猝然遭遇。我一遍又一遍地目击它的恐惧和绝望，反复地琢磨它、玩味它。在备课教案上，我将有关它死亡的骨骼结构小心拆开又装上，仔细剔干净沾在描述句上的筋、毛血、冰碴、碎爪，让陷阱般的伏笔技巧尽可能立体地展现在学生面前。这无疑出自一种职业癖好。当然，其中也含有对猎手的残忍和作家立意的杀伤力感到无比敬畏。比如，你在豹子的瞳孔、心脏等要害处，可以准确地找到一个个呼啸着的弹丸般的黑色动词。正是二者合谋，使这只豹子以及豹子豹孙陷入穷途末路。

　　其实，我是一个很脆弱也很胆小的人，仅仅在动物园见过豹子，但从未冒出过吃豹子肉的念头。因此，很难设想我会像博尔赫斯那样梦见"老虎的黄金"，并扬言要"寻找另一只老虎"。记得少时下放农村那阵子，也曾干过两次不同寻常的"狩猎"：一次是雪后跟邻居炎强上山埋设一种叫做弓的暗器，第二天收弓时发现一只倒霉的野兔踩发了机关；另一次是在麦地里捡到两个野雉蛋，我将它们放入正在孵化的鸡窝中，十几天后居然真的孵出两只小野雉，破壳后它们就乱跑乱窜，野性毕露。当然，例外的情形也有，比如我用粉笔在黑板上写下"猎户"时，遒劲得有点凶狠，仿佛宿敌一般。

"本文写于三年自然灾害时期……"每次这样开讲时，我都会产生很饿的感觉。那时喝的是稀麦糊，好几岁我都软塌塌的，不能走路。想不到几十年后，我站在讲台上会翻出那个年代的胃酸。我的文章背景介绍只得草草收场。同样，我也无法在开篇那段"一派热闹的丰收景象"的描写中流连过久。毕竟我不能跟作家相比，他吃得太饱，再不钻一钻高粱地什么的，还不得撑死？

你们想想看，那只金钱豹大概是饿极了，才决定下山找食的。它的窝里肯定有几只嗷嗷直叫的豹崽。这时，雪下得有半人深，正是铤而走险的好时机。当然，豹子不像人有酒喝可以壮胆，它孤零零的一个。它再狡猾也想不到各个雪道上都设下陷阱或爆炸装置。而这，正是两条腿的猎手谋篇设伏的拿手好戏。结果，在腊月十九日夜里，它被炸断了一条腿。可以想象得到，它几乎是跟硝烟同时腾空而起的，却扑了个空，栽倒在怪石上，因为周围根本就没有对手。它痛得嘶吼起来，浓血把雪地弄得黑糊糊的。

看似无对手，却又无处不在。这阴森逼压的氛围令豹子窒息，连景阳冈上的老虎也没遭遇过。豹子感到绝望乏力，可一想到窝里几只幼崽饿得嗷嗷直叫，它又挣扎着爬起来，拼命朝深山老林逃窜……

我从打猎小组"跟着血迹撵。四天四夜，累了就扒开雪堆蹲一会儿……先后打了二三十枪，豹子伤得厉害，可是还没有死"这段文字中，感叹这只豹子的惨烈和悲壮。它又冷又饿，一路洒着血，拖着那条冰棍样的断腿，直到创口被冻成硬邦邦的血痂。几次陷入重围，又几次死里逃生呀，你这长着豹子胆的野豹子！它实在想不起来何时跟这些两条腿的家伙，结下了如此不解的深仇大恨。它太孤独了。在惨白如昼的雪野中，它的豹皮仿佛燃烧着复仇的炽烈火焰！

在最后的生死攸关部分，你们尽可以发挥想象力。比如，豹子肯定坍倒在雪坡上，深陷下去的腹部剧烈地抽搐，满是铁砂的头部只有一只眼圆睁着。它这时才算第一次看清了对手的模样："宽肩膀，高身材，身脚粗大，力气壮得能抱得起碾滚子"，他正向它猛扑过来。那可不是当年的武松，手上握的可不是哨棒……

如果不是"打豹英雄"最终接受作家吴伯箫采访，豹子最后的殊死搏斗仍将无法想象："我头顶住豹子的下巴，两手紧搂住豹子的腰身，跟它打了二十多个滚。从绑腿拔刀子，因为冻了没拔出来，用右手使劲把豹子一推，不想豹子的爪子抓了我的右胳膊，从肩头一直划到手指……"，最后还是"老李给了豹子最后一枪，才算把它结果了"。

多么富有戏剧性哦！为了塑造"打豹英雄"的光辉形象，作者可谓煞费苦心。一组动词比连环刀还要锋利，又比蛇还要滑软。像情侣那样"搂住"它的腰身，该是多么令人销魂呵！这"二十多个滚"该用慢镜头才对。滚呀滚呵，一直滚过草坂坡和山花丛。豹子多笨多倒霉呀，临死前还被意淫的家伙猥亵了一番。我无法向学生们解释清楚，为什么董昆们不早点给它最后一枪？以至于有个别学生说，还不如港台武打小说精彩。这使我大为光火。

这么多年来，这只豹子先被董昆杀死然后被作家再次杀死，难道非得在我手里第三次被杀死么？它已经惨不忍睹了。但它从来没有乞求过，它那关闭的瞳孔里永远嵌着仇人的影子。那个"老李"似乎就是我，是我给了它致命的"最后一枪"！因为近视以及雪光太强的缘故，久而久之，我也学会了像董昆那样"眯缝着眼睛，好像随时都在瞄准的样子"。这使我对自己产生了莫名的惊恐。

我有一种不祥之感：我一讲完《猎户》这篇课文，它在黑的雪地上会慢慢呼出一口气；它慢慢爬起来，挣扎着潜入空白的虚无，直到下一个学年轮回时与我再次遭遇。

它的生命力竟如此旺盛而虚弱，令人捉摸不透！事实似乎已发生了潜在的畸变。它在不断地同我——一个仅仅在动物园见过豹子但从未吃过豹子肉的人——进行搏斗：它试图咬断这些文字的铁栅，以及那只正在板书"主题思想"的手。是的，作为教书匠，我领教够了豹子无休无止的挣扎与反抗。

　　多年来我已养成一种嗜好：琢磨这些文字的铁栅，点缀它，油漆它，并带领学生们参观，将豹子条分缕析。从那电光般的豹眼里，可以照见人类杀戮那些"手无寸铁"的豹子，该是怎样一种惊心动魄的伟大啊！

　　我一直不能忘怀，一九七二年，我在青阳城关一家收购站里，亲眼目击了几张豹子皮挂在墙壁上像燃烧的中国画！然而，比起"去年一年打猎小组打了四百三十六张皮子"的标准，这儿杀戮的野生动物还相差很远。纵情山水且擅画虎豹的国画家们，你们是不是该为此羞愧而死呵？你们不是想跟猎手比赛谁画得更真实吗？那你们睁大眼睛来收购站观摩观摩吧，它们几乎遍布中国所有的城乡！要知道，你们每画一幅水墨豹子图，就有一只豹子在山林里应声倒下。在这一点上，作家远比你们更"现实主义"。当时我是个初中生，对于山林王者充满好奇和敬畏，看见它落到这个地步，除了感叹"人定胜天"伟大正确外，是不会产生任何疑问的。那撑开的豹皮上有两个洞眼至今仍让我心惊肉跳——它依然觑着这个贫乏但高烧着的世界，觑着那些进进出出的冷漠的人群！它也许还听见豹崽幽幽的哀鸣。

　　很多年过去了，这些"中国画"一直被记忆挂在那儿，并将周遭的空气烧得发烫。

　　天气照例很糟糕。我备课《猎户》时从来不敢涉夜太深。一只豹子，总是不安地在线装书或精装书里来回打圈、张望。与此同时，我的门窗上又增加了几道铁栅。那些吃了豹子胆的人仍酩酊大醉，墙壁上挂着的猎枪依然"眯缝着眼睛，好像随时都在瞄准"主人的梦，因为在梦里随时都会出现豹子、华南虎、藏羚羊、兀鹫……

我感到虚弱。我也吃了"豹子胆"，可我为什么会如此虚弱、不堪一击？难道我还得把剩下来的"胆汁"分一羹给学生们吃么？而豹子的碎骨就像这些粉笔，不断地在黑板上写出优美的方块字。天气照例很糟糕。课文讲完时，时令大都在不太像年底的阳历年底。一九九六年的雪意在窗外的乌云中蕴蓄着，照例会比课文中的大雪要延迟一个月。

　　"天晴了。很好的太阳。"这一豹尾式的结语，意味着自我妄想症的膨胀接近结束，还是历史终将落入喜剧圈套的开始？

一九九六年二月二十八日

# 走进打击乐

　　打击乐的出现是突然的，迅猛的，可称得上猝不及防。暖融融的十一月，阳光像街上小伢子们手持的棉花糖，白花花的，又绵又长；面包亭里身着短绒裙的红发女子不时搔首弄姿，店檐下几个时装女模型不得不赤裸双乳迎向顾客，她们只会媚笑，尚不会表达愤怒。在僻暗的街角，有个烤红薯的老头在用草帽搧着风，等着饥肠辘辘的网虫们出来买红薯。猛烈的打击乐出现之前，甚至风已停止了，沿街的树上叶子绿得很有些慵懒，也枯得十分无味。

　　铮铮然！蓬蓬然！那是怎样迅疾的强音如冰雹一般横扫过来？肉质的空间突然飞旋着无数细小的金属碎片，仿佛偌大的锅炉盖被掀掉了。所不同的是，它在一阵猛似一阵的打击下聚拢，迸裂，再聚拢，再迸裂，涌动着类似冰川解冻时折裂、摩擦、撞击发出的声响，天空中似乎腾起一片冰点的亮光。打击！打击！痛痛快快地打击！连"打击"这个词也需要在铁砧上重新锻打！让它回到万物生发的相克相生的原始本源中去。

　　那么，那时候我正在哪儿？

　　我在老房子里清理陈年堆放的杂乱之物，准备搬迁他处。我打开一个破旧的老箱子。里面全是旧书，霉哄哄的，一些书上留下新农村钢笔划下的痕迹和鼻涕的黏液，笔记本里也上了不少霉，一块一块的黑色蝶斑。还有一盒贝壳状的蛤蜊油。它们这么多年就埋藏在老箱子里。费了很大的劲我才掰开它。油都干了。这是一座建于七十年代的红房子，充斥着破败霉变的气味。校方分给我七年了，我只断断续续地住过。在梅雨天，它潮湿的墙上常常趴着一些蜗牛，靠着青苔和自身分泌的白色黏液吸附着，似动非动。

我听得很分明，打击乐来自仅一墙之隔的戏校那边。我猜测这是一个刚组建不久的打击乐队。在他们新鲜有力的打击之中，带有几分不熟练、不和谐的成分，甚至我听见了最后那不规范的多余却刚猛的一击，仿佛在雪霰中砸下一颗硕大无比的雹球。

冬天似乎已不再凛冽了。谁知道这种状况还将持续多久？打击乐一消失，一凹陷下去，空间立刻就哗啦一声被各种嘈杂的声音所淹没：人声、车声、打桩声、流行曲、洒水车的电子乐，以及回收旧报纸的吆喝声。只有叫卖冰糖葫芦的声音，让我感到一点儿亲切。老实说，我想吃冰糖葫芦上的冰糖果子。很冰很冰的糖哦，像遥远的童年。你看我都流口水了。但我不想要那果子，也不要那红艳，甚至那糖也不要。我只要那子虚乌有的冰。

记得有一年省电视台少儿部来戏校制作节目，编导李晓地是我本家和朋友，他要我全程陪他拍。其中有几个镜头是关于打击乐队的。在一个偌大的简陋的演练屋里，我看见这些由学生娃组成的乐队：那稚嫩的孩子脸与他们面前的铜制的、蒙皮的古老乐器形成奇特的对比。指挥是一位老教师，西装革履，戴着白手套，拿着一根闪闪发光的细长的家伙。

电线拖得老长，灯光打好了，白亮得直刺瞳孔，其中有一盏高倍白炽灯由我举着。摄像机镜头像掷弹筒一样对准他们。乐队开始演奏，好像一支远征军踏上了风雪迷漫的迢迢路途。谁知正走在半道上，外面由远而近地传来鞭炮声和哀乐（这儿距南庄岭上的殡仪馆不远）。编导立即叫停，因为录音不允许出现任何杂音，何况是送别死人的音乐。待安静下来时，乐队再次开始。鼓槌猛地擂下去，铜钹嘭地敲起来，所有的青铜乐器、牛皮乐器一齐开火般地响起来了。"打击"得真挺不错呵。我虽是门外汉，却在一旁高举灯盏暗暗叫好（我怀疑我的姿势有点像扮相挺酷的李玉和）。谁知没过多久，乐声忽地又停下来。一根金属棒僵硬地悬停在半空，像指挥面部锃亮而尖锐的表情。指挥背对着我，他说，你们今天怎么没精神？难道你们不想上电视吗？你们不想让领导看到并受到表扬吗？编导也说了几句：同学们好好表现嘛，首先是端正态度，其次才是姿态优美，拿出你们吃奶的力气来呀！录音师在一边满头冒汗，他忙着洗带子、倒带子、换带子，而我的手臂委实有点酸了。

　　第三次叫停时，指挥显得不耐烦了，他发火。因为出现了错音、杂音、盲音和不和谐音，整个演奏甚至有点乱了，于是不得不宣布暂停。超强白炽灯灭掉了。屋内顿时昏暗无比，我眼前一团模糊，伸手看不见五指，却能看见指挥那根强有力的"第六指"。编导在旁边叹气，然后他说，不要把灯全关掉，让他们再练习几遍嘛。这时外面的清光已渗透进来了，有点阴沉和冷冽。我这才发现天气变了，阴云极不情愿地密布着它的战阵。

　　我记不清楚乐队究竟过了多久又开始"打击"。这支远征军扛着大旗数次折回起点后再次出发。风雪依然迷漫，他们显得有点儿悲壮。当然，那根闪闪发光的金属棒舞得我有点眼花缭乱了。这让我感到不安和困惑。强烈的灯光刺得架子鼓边那个鼓手睁不开眼睛；敲大锣的那个小同学，个子很矮，似乎被这样的场面弄得不知所措；弹木琴的女生表情木然，嘴里仍嚼着口香糖。而另外几个打铙钹的学生娃则显得漫不经心，面带一种奇怪的笑意。

　　我记起穆齐尔的话："人们只是在面对简单的失望时才哭，面对双倍的失望时就已经又能微笑了。"于是我也微笑了。

　　这是我所热爱的十一月底。我找到那把黑糊糊的老水壶。灌满水后它被放到了液化气灶火上。火有些发红，钢瓶没多少气了。我摇了摇它。一只蟑螂从下面慌张地跑出来，飞快地逃逸掉了。"卖冰糖葫芦喽，卖冰糖葫芦喽……"。

回忆中的阴云早已消失了，天气更加好起来。那座表情暧昧的红房子不久以后被拆掉了。我记得我把翻出的旧书和笔记本、新农村钢笔、菊花般的闹钟发条，又装入了那个老箱子。它们看上去像岁月无法整除的残余部分，很老派，也很酷。是的，烂掉底的小马灯、国光牌口琴和存有票据的皮夹子仍可视为那个冬天的余数之一。

　　这时打击乐又响起来了，切近而又迢遥。它们是青铜连续撞击所发出的清刚之音，是牛皮蒙住的死静空间快要被震破的撕颤之音，但也可能是一根灯芯草敲锣的声音，老鼠碰倒油瓶的声音，虎斑蜻蜓被蛛网粘住时奋力拍翅的声音。然而它能修复失忆者的脑细胞吗？能打断一个假寐者的鼾声吗？再次路过戏校时，我想起那个早已风流云散的小乐队。据说那个指挥得脑癌死掉了，他喝的酒至少有一大水缸，但他拒绝治疗，为的是将钱省下来给没工作的老妻聊度残生。不用说，日常生活中有一种粘滞着你的东西，类似透明的万能胶。这大约就是不仅蟑螂而且许多生物都长着漂亮但无用的翅膀的原因。

　　市声和沙尘越来越喧嚣了，盘旋的月亮被戳伤而云雀死于无形的丝网。打击乐！打击得再猛烈点，再凶狠一点吧！让水银柱的锈镝洞穿暖冬的粘滞直落沧海，抵达蜗牛壳以下的响亮零度。倘若你不能狠狠打击，不能从低陷下去的高处凿出冰来，再把它打成一片片薄薄而又清清的雪花，那么你就休止吧！滚开吧！你还不如把它们像废铜烂铁一样扔掉，再撅断那根闪闪发光至高无比的狗屁棍子吧！可是当我这样想时，老水壶里的水开始咕咚咕咚地响了。

二〇〇一年

# 它们飞

中箭的海鸥仍在飞，箭也在飞，这绝非童话中描状的图景。

一只鸟被箭贯穿仍在飞，这样的事恐怕在古代也不多见。最近，英国摄影师格雷厄姆·洛德斯在海边摄影时发现一只海鸥，脑袋被射穿但仍在奋飞——箭矢的两端都露在外面，仿佛它长出了两个角。摄影师惊呆了。

"你简直无法相信，这只鸟儿头上带着箭矢仍在飞，箭矢的重量竟没有限制它的行动。这只鸟儿看来一点没事。此时正值繁殖季节，我遛狗时常看到这只鸟和它的配偶。真令人难过。"摄影师最担心的是，"如果他们朝空中射击出现偏差，箭矢势必落在他处，伤及别人的眼睛。"

在古代，鸟儿被箭射杀是不稀奇的。人们常常把疾飞中的鸟比作一支飞箭，或者，把带羽的箭比作飞鸟。从前，我读过柯勒律治的叙事长诗《老水手之歌》：老水手率领一批船员驾船出海，被暴风雨刮到了南极，严寒使船陷在冰封的海面，危在旦夕，幸亏天外飞来神鸟信天翁，顷刻寒消冰释，死里逃生。然而老水手却射死信天翁，于是船又被风暴刮到狂暴的太平洋，船员们发现这是老水手杀鸟之过造成的，就把那只死了的信天翁挂在他的脖子上，以示惩罚。然而由于死亡女妖作祟，船员们纷纷倒毙在船上，只留下老水手一人活着。老水手恐怖而痛苦地度过七昼夜，终于幡然悔悟。当海上出现发光的水蛇时，他为这些动物祈祷。他因此获救了。

在欧洲，海鸥被认为是可以转世的鸟，它们的生命可以无限轮回。"海鸥盘旋在沉船的上空，用嗷嗷的鸣叫赞颂灵魂转世的信念。"（格拉斯《猫与鼠》）在古希腊悲剧中，合唱经常起到烘托和解说悲剧剧情发展的作用，格拉斯在这部小说中将沉船上空盘旋的海鸥比作合唱团，意在暗示主人公马尔克的悲剧命运。

孙犁在文章中也写过一件事：年轻时在海边，一位穿皮大衣戴皮帽的中年人，为了讨女友一笑，开枪射死了一只回翔的海鸥。一群海鸥因此受惊远飏。女友请船夫帮助打捞漂卷的海鸥，船夫愤怒地掉头而去！

有关海鸥的文化隐喻和文学描写，远不及此刻对一只在绝望中疾飞的海鸥的触摸。它忍住剧痛在飞。这种飞，痛不欲生，生不如死！如同西绪弗斯周而复始地扛着石头，永远找不到摆脱厄运的方式。它因头疼欲裂而拼命嘶喊。但嘶喊并不能减弱疼痛。除了飞，除了叫喊，它在最后时刻还能干什么？叫喊至少能将悲愤宣泄一下吧？

然而，这悲怆的影像很快引来一片喝彩，有人赞之曰"鸟坚强"。我想，海鸥绝对不需要这顶人类赐予的"桂冠"。它无法甩掉这支利箭，无法撕开这颗被贯穿的头。在天空，同样是飞，此飞与彼飞是不一样的。它这样飞，其实是在与箭矢进行肉搏，因而也是与自己在肉搏！

问题是，暗器像悖论一样贯穿头部，远比射中胸腔更阴险、更艺术——让你徒然地飞，胡乱飞，失却原先的恢弘目标，让过程一寸一寸折杀你。

事实上，海鸥对箭是熟识的，正像它们熟识任何一种天敌。这个无需老一辈来教导。它凭本能就知道谁是天敌。这个细长且锋利的家伙，它不像天敌先发出警告，只听到"嗖"的一声，便坠如一片飘零的落叶了。

这只海鸥左眼看到利镞，右眼看到了箭羽。它因这箭而痛苦，又因这箭而苟活着。它在飞，箭也在飞。顽敌紧贴着它，简直成了它体内长出的异物。

我在想，用那箭嵌入对象的脑袋，又不让它立即死掉，像一道黑影始终紧逼着它。这正是射手的诡计。让它带着箭矢飞行，这样别的海鸥看见了，才会双翅颤抖，才会喑哑无声。吓阻自由飞翔的图谋莫过于此。

我感到黯然。那么，它被摄影师摄入镜头到底是幸还是不幸？因为它被贯穿，被留影，它的痛苦便传染到我的身上。我感到切肤的虚无痛苦。我想，那个射手一定距摄影师不太远。甚至，他与摄影师很面熟，是朋友也不是没有可能。如果射手看到这幅摄影作品，一定会感到惊讶。他会谴责这种任意杀戮的野蛮行为："这是骇人听闻的，无法接受的，绝对地违法。太可怕了，为什么要袭击一只无辜的海鸟？"

世界是这样的，不是那样的。我担忧的是，如果它死不掉，它会慢慢习惯，进而像施了全身麻醉似的。如果它再活得长一些，它会以为那是从它体内长出来的。本来如此。本该如此。它会对别的海鸥说，你们怎么不长出角来？你们一定得了病！你们神经错乱了！你们统统是狂人！

二〇一四年三月二十四日

# 风筝引

有一年四月路过江边,发现焚烟亭附近的江天之间,斑斓的纸鸢在云色淡淡的风中浮翔,如热带海洋的鱼群在任意漫游。走近时发觉倾斜的沙滩上人气挺旺。孩子们就不消说了,连大人也像孩子一样撒欢。人们似乎在冬天憋闷得太久,突然在一个薄明的早晨跑出来,随便拣一处江滩来消受春的气息。

风筝在空中发出"格棱格棱"的清脆响声,非常好听,有点类似"古筝"。我想这大概就是古人叫它"风筝"的缘由吧。这么说来,它可以算得上是一种乐器了,一种用纸、薄绢和细竹做成的奇特乐器。放风筝的人自然也就是弹乐者了,只不过他必须借助风的手指。

一种奇特而飘逸的、魔幻般的不对称感——当你凝视这幅图景时,你会感到这条古老长河与风筝之间在形质、色调上构成强烈反差!在视线所及的莽莽苍苍的广袤大地与这些轻盈的小纸鸢之间,后者仿佛在提升大地内在的灵性之物。我猜想,牛顿肯定一辈子没见过东方人发明的风筝,或者他即便见过,也肯定没留意风筝奇妙的浮升之力。他只注意到一颗急速坠落的红艳艳的苹果。

当然,有一天他发觉自己也会像一颗苹果一样,成熟了然后急速坠地并在那儿烂掉。这证明了万有引力的正确性，因为一切都在向下坠落过程中不可逆转了。我们的生命、狂欢、梦境，以及我们与生俱来的短视和惰性莫不如此：似乎永远被吸附在功利的地面上，像恐龙和蝼蚁一样。不过，焚烟亭带给我的是另一种重力和加速度，它使我看见风筝下汹涌的江水流淌得更急了。

诗人济慈在纪念牛顿的祝酒辞中说："对牛顿的纪念真该加以羞辱呵！"因为"他把写虹的诗引到三棱镜上去分解"。这等于说，牛顿要把飞到天上的风筝沉浸到水里。但我们为什么还要纪念牛顿？因为他看见一颗苹果坠地了，不久他让另一颗苹果飞上枝头，并使后人仰望了几百年。牛顿手里也握有那根隐秘的"引线"，这正如爱因斯坦在无边的星空下把钢琴弹响！

记得小时候，祖母为我扎的瓦片风筝简单到了极致，它看上去像丑小鸭，不会发出鸣声，还拖着一条蝌蚪式的小尾巴。这样的风筝是笨拙的，有趣的，歪歪倒倒地在空中蹒跚。但这尾巴是重要的，其轻重长短直接关系到瓦片风筝能不能放飞。可它一飞起来，又经不住大一点的风。最终它们不是被吹掉尾巴，就是缠挂在树枝上，成了无家可归的"弃儿"。早年的风筝给我留下轻灵、柔弱，甚至惨淡的印象。

今年春天在石塘湖，一个来自古鲁国的风筝专家向我吹嘘潍坊的国际风筝大赛，但我对此没什么兴趣。后来他又告诉我，最强大的风筝能把人带到空中去。这让我感到惊讶，便问他可曾亲眼见过。他说，他眼睁睁地见过一个人被突袭的强风带到空中，那风筝有四十平方米大小。这是我从未听说过的。于是在我的脑海里，便不断翻腾着这个巨大风筝直上九霄的强力姿影。

这种雄劲内敛的升力改变了我对风筝的看法。"重力必须向上起着作用。"我记得穆齐尔说过这样的话。大风是风筝所需要的，并且是它必须借之循环、推动的血液。想当年"墨子为木鸢，三年而成，蜚一日而败"（《韩非子》），而后鲁班"削竹为鹊，成而飞之，三日不下"。比之墨子，我想鲁班肯定突然领悟了辽阔的亚细亚大陆的风之神。

但"风筝"之"风"是它自己的，是它的内在隐秘，并且一点儿也不吹动，它只凝止、澄明，轻如蝉翼。鲁班对"木鸢"的变构更得风筝之灵，足以为证。风筝因这内在之"风"而听见了风儿的召唤，它有许多话要飞上天空与风儿说。依我之见，各种风筝之高下优劣，就在于"风筝"之"风"各不相同罢了。那些出神入化的制作者和放飞者，他们为何时常在深夜被惊醒，我想就是这个道理。

风筝的轻灵、简洁和朴美，与庄周梦蝶式的东方智慧相通为一。如果你出神地注视过风筝，你或许会感到久久蛰伏的内心深处获得了一种释放和提升。注视风筝的飘荡和打量一只鸟的飞翔，感觉是不一样的。鸟儿来自万物的世界，而风筝源自于晦暗的内心，并与吹过万物的风达成和解与默契。将浮想联翩的想象化作形体并保持朴质、简单之本性，风筝是属于仅存的极少数可爱而空灵的事物之一。

仔细一想，人们天天谈论着下岗、股票、官员绯闻和水污染，倘在早春的某一天，人们暂时抛开这些问题和烦恼，而把一切交给风筝有多好！在我的感觉中，地球就像一个大吊篮，它之所以能吊在空中，是因为篮筐上系着许多或明或暗的风筝的引线，就像星星的光线一样。当我写下这些时，我的手心仍被其中一根引线绷得好紧，脉搏被勒得像鼓面一样。哦童年的风筝，在这个日益数字化、全球化的时代，难道你仅属于人类的童年？

一阵阵江风吹来了无边绿野的气息、急流的和云霭的气息。

风筝仍在空中发出"格棱格棱"的清脆响声，非常好听，很像一个清纯的女孩子在笑，也像她在拨弄古筝。后来我在明人陈沂所著《询刍录》里读到这样的记载："风筝，即纸鸢，又名风鸢。初五代汉李邺于宫中作纸鸢，引线乘风为戏。后于鸢首以竹为笛，使风入竹，声如筝鸣，故曰风筝。"这与我的猜测可谓不谋而合。

不瞒你说，我最想见的一种风筝，是用江边的芦苇作骨头、用旧地图糊成的风筝。可我仅仅在一本书中见过它，它飘摇在秋天无边的、霜白的芦荡上……

当你看见陈年风筝缠在树梢或者电线杆上，你该作何感想？它们残破了，褪去了往日斑斓的色彩。只因它有太长太长引线的缘故。这使它变得缠绵悱恻，难以毫无牵扯地飞向云空。被世间之物所缠所累，这或许正是它的苦处，也是它的动人之处。不妨说，这些残破褪色的风筝，是我们关于这个世界最朴素而动人的记忆之一。

当然，这样的记忆不需要任何回忆。它直接在那儿，在当下世界的现场，并且有风照看着它。

二〇〇一年五月二十四日

## 入夜的火车站

　　入夜的火车站，售票厅和候车厅均无灯火，但三角形的巨大徽标仿佛以主观意志的方式插入夜空。迟到的冬天瑟索着，似乎在不断加深着车站的孤寂和茫然。重要的是，空气中没有了那一声尖厉但不乏亲切感的幼兽般的呼啸，没有了它扬起的手绢样的细长白烟儿，它就显得陌生而遥远了。

　　也许今夜真的没有车次到站或启程。

　　站前的广场高低不平，左边的一溜绿铁皮排挡也空无一人。杂草从破损的龟裂的水泥地缝冒出来，废纸、水果皮、落叶，以及远处灯火投来的暗影，它们都在风中陈述着什么。我震惊于入夜的火车站，竟是这样一副冷漠表情。多好呵，仿佛这儿根本就没来过火车。根本就没那回事儿。那么，是火车遗忘了它，还是它遗忘了它自己？

　　从铁栅看过去，空荡荡的月台以及看不见的铁轨延伸在黑暗中，这情景突然让我回到三十多年前的一个空荡荡的黄昏。那时的我在芜湖一家私人诊所治病。我经常游荡在锈黄色的铁道沿线，几只麻雀停落在锃亮的钢轨上，不远处有秋天的杨树林和更远时光里的碉堡遗址。我看着它们发呆，直到前方一列巨兽般的火车轰鸣而来。此时黑暗慢慢降临了，广播里骤然响起《国际歌》悲沉的旋律。

当然也没有旅客，一个没有。但我希望此时出现一个旅客。他从昏暗的候车厅走出来，拖着沉重的行李箱，一副沉毅但不乏失望的神情。走到广场中央时，他会回过头来打量这个车站。他开始怀疑这座建筑。他有充分的理由怀疑它。他等了这么久，竟然没有等到火车，连亲密的旅伴都离开他了。现在他慢慢走出候车厅，仿佛从很远的发黄的年代漫游回来。我看见他的时候真的想哭。但他的沉毅的轮廓还是给我留下很深的印象。我想肯定有过这样的旅客。当他最后一个离开时，我正在空旷的火车站漫步。

一个月前我曾经是乘客或旅客，但此刻不是。我是一个居住者，是靠近这个火车站的居住者。更进一步说，我是这个冬天夜晚的散步者。我无意中蹓跶到了这儿。我没想过要与一个失望的旅客相遇。如果他是一个伤感的旅行者，我猜想他肯定停不下来。他的伤感还会带着他继续远行。

当爱因斯坦说"火车7点钟到这儿"，他其实是说，他手表上的指针指在了数字7上与火车到达这两个事件同时发生。手表和乘客不过是参照物而已，而我们就活在众多的参照系之中，否则我就不知道我此刻是谁，彼时我又是谁。

乘客是他者，而我自己就与他者为邻。

夜色覆盖了这片建筑，冷清与寂寥将它们包围。这是一个支线终点站。但它却靠近我的生活起点那个地方。咳，我就住在不太远的前边，那一片白天灰蒙蒙但夜晚却亮灿灿的公寓楼里。从那边向这边看，车站只是这个城市建筑的一部分，北面风景的一部分。是的，每天我都从那儿出发，骑着旧自行车去上班。不瞒你说，我的女友非常讨厌我的坐骑，并一再声称要将它丢掉。它是我从修车摊那儿买来的，看一眼就知道是重新组装的，没有牌子，而且是载重式样；除了雨水冲洗它，我从来没有擦过它；真的很土呵。它驮了我这么多年，深入到了我的日常生活最琐碎的部分。

是的，它无法与期待中那不断提速的火车相提并论。它的轮圈只能反射一点儿卑微的光。但它也会在下面快乐或痛苦地吱吱叫。它坚持着自己的慢，那种从来不需要别人承认它的慢。今年秋天我只搬了一小段距离，可是上班却需要骑车半小时。它靠近这个城市曾经边缘的地方：那儿的野草如今已没有往昔那么多了。是的，城市的形象和口号在不断翻新，却没有厚度，只有正面与背面，如同镍币。我终将远离这个不断膨胀、饱受污染的城市。而这个只有风来去的空旷广场，正是我要寻找的更边缘的部分。此刻我意识到了这一点。

火车站沉浸在少有的昏暗沉寂之中。我想它说不定是一个耽于回忆的老人。它对过去的过客都有记忆，尤其对这个冬夜不会丧失记忆。小时候，黑白片给我的印象太深了。几乎每一部片子里都会出现火车站。一听到火车的长鸣，我便知道故事就要开始了，或者临近结束了。当然，我坐过好多次火车，也好多次出现在月台。远行者与送别者，他们互相道别着，在列车启程那一刻仍不忘挥着手。这是现代人离别的典型场景。所以现在我在想象中听到那尖厉的长鸣声，就感到它有一种时光的纵深，一种沧桑的意味。

货物列车正在靠站
一种缓慢的铿锵声
轻轻铐住
沉寂的风景

（阿蒂拉·尤若夫《货物列车》）

这是同样沉寂的夜晚，却没有任何列车靠站。我的内心因这空旷而变得异常平静。报刊亭射出的灯光显得孤零零的，里面有个妇人在打毛线。她根本不拿眼光看我，自顾自地做她的活儿。我觉得她低头的模样，很像我下放农村时的一个邻居，可她早就得病死了。我看见更远的路边有一辆摩托，旁边站着一个男青年，人行道站着一个女孩，但她并不跟他说话，好像不认识。他们似乎跟我一样，靠近或经过这个建筑以及广场，但都与车站无关，与不在场的火车的长鸣无关。

　　但还是出现了一辆蟹红色的出租车。它一直驶向检票的出栅口，黑暗的阴影让它的身子有点发亮。它是不是有点儿傻冒？然而我重视这辆出租车的到来，尽管计时器里它显示的是另一种价值。这个世界仍是强硬的、喧嚣的、不可移易的。但这辆出租车，还是将"旅行"和"客居"连接了起来，使人重温驿站对于旅人的意义。那个失望的旅客或许会感到一丝暖意。因为车毕竟来了，尽管方向并不相同。

二〇〇三年十一月二十日

## 两种肾或斑鸠啼鸣

　　我看不见这座城市的肾，但能感觉到它。我的日常生存严重依赖它——密布在城市肌体里的繁密静脉和毛细血管，不断从地下带走各种污水（包括它的残渣、皮蜕、避孕套、地沟油），也带走不断被释放的欲望和被消费的梦。可是我不知道污水为什么会被排入湖中，在夏季来临时让我闻到一股令人掩鼻的鱼臭？我不知道外省那个掉进下水道、一个月后在江中找到尸体的妙龄少女，为什么会在宽阔的大街掉入敞开的"陷阱"？

　　我知道这只是一个隐喻。但有时我们唯有意识到某个隐喻，才能体味出近乎荒诞的存在。不过，当我有一天看到那个肾衰男子时，所谓喻体已变成本体了。

　　在一幢灰蒙蒙的筒子楼里，那个身患尿毒症的 Y 给人印象深刻。他不认识我。我在电视上认识了他。他与八十多岁的母亲相依为命。二十年前被确诊为尿毒症后，妻子离他而去。Y 就靠着透析活着，仅有的积蓄很快告罄。为了省下活命钱，Y 匪夷所思地用厨具、容器和简单的仪器，自制了一台"血透机"，又买来粉剂和纯净水配置透析液。这样一来，一次自助透析的费用不到六十元，仅为医院做血透的八分之一。我惊异于这个面孔瘦削、眼窝深陷的男子——他的创造力、磨损中的韧性和背向死亡的孤注一掷。至于巨大的不公正和隐秘的命运，则像蜂窝煤炉每天清晨按时腾起的烟雾，呛得他流泪，也慢慢将旧墙壁、老式衣橱和梦境也熏黑了。然而在他的瞳孔里，我看到了比烟尘更黑、比死神更隐秘的寂静——我想，正是这种寂静打动了我。

我听到了灰斑鸠的鸣叫像一块块血旺，盛在城市巨大的瓷盆里。灰斑鸠不叫时，城市陷入耀眼而媚惑的亮夜——连鸣叫着的无数草虫也刺"瞎"了。

而在Y的病肾下面，是城市巨大的肾。在我居住过的大湖城区，每逢下暴雨居民都会紧张不已。因为排水系统太过老旧，且患有"粥样硬化"症，难以承受持续的暴雨造成的内涝——南村那边白汪汪一片，一楼被淹没，浊水一直爬到二楼阳台。士兵们划着冲锋舟赶来救援，在污物漫溢的洪水中曲折行进。这中间确实产生过许多令人感泣的故事，仿佛抽到体外的血再度流回城市那孱弱的巨肾。问题是，这巨肾病得也太久了。倘若它患上了"尿毒症"，谁来为它进行"血透"？

我想象不出Y给自己做血透的孤单场景。他必须独自完成配液、穿刺、插管、调节脱水量、冲洗等程序。二十年后他仍顽强地活着，超过一般尿毒病人的生存期限。但最可怕的一天，是他自制的血透机被工商人员查抄，理由是要珍惜自己的性命以及别人的性命。没了血透机，无异于将他逼上绝路。但与整个社会的安全相比，他算什么？他被视为社会的"病肾"，当然也是城市潜在的威胁。

一座城市里出现两种肾。它们处于不同的体位空间，灰凉、纠结、非对称地对称着。二十年后他的肾萎缩成仅有核桃那么点大。它隐藏在城市巨大的肾的下面——那贫民窟中某个像树叶一样随风飘摇的身体里。"在错误之中没有正确的生活"。可是阿多诺没有告诉我什么才是"正确的生活"。在那个畸形的巨肾之下，卑微的草民们会有"正确的生活"吗？至于在"错误之中"自制血透机，是否可以视为对放之四海而皆准的"正确的生活"的无奈反叛？

二〇一四年

# 水手离去

　　一张新贴上去的讣告，出现在小区铁栅边的墙上——那儿的招贴经常更换。我的目光习惯地扫向它，却被履历里暗礁般的"水手""船长"阻滞在那里。这个逝者曾做过水手、船长呢。人的一生中，能当水手乃至船长是幸运的。

　　世上的人群熙来攘往，不是人人都能相遇并相识的。比如，我与这个老水手相遇，竟是在一张"讣告"上。我认识他时，他正用模糊的遗照上的模糊眼神，空茫地望着这个他已告别了的世界。

　　倘他活着时，即便迎面走过，我也不可能知道他曾是水手。当然，他还干过其他显赫的职务，比如主任书记局长什么的。然而比起水手船长来，竟一律黯然失色了。

　　在江上客轮穿梭的年代，我只做过船客。我从未想过干水手，更遑论船长了。以前江城没有火车站，迎送别离大都发生在江边码头。逢年过节，也免不了要找关系帮亲友买船票。当然，在我的周围不乏这个长那个长的，但罕有船长、水手的身影。在我的感觉中，他们似乎与日常生活相距甚远；但在另一维度上，他们又距我很近：作为一种象征和喻体，他们经常出现在文学典籍中。比如惠特曼那首长诗《哦，船长，我的船长》，曾被我反复诵读。

麦尔维尔最后一部小说《水手比利·巴德》更让我着迷。比利的纯真无邪和英雄主义气质，为那个时代普遍的精神堕落提供了一面镜子。然而，如此赤子也难葆纯真而不得不杀人。当人性被邪恶包围，谁能阻挡它不走向堕落？

有关江上旅行的记忆，在我可以追溯到二十年前——一九九三年九月去重庆，那是我最后一次乘坐客轮。尽管客轮在过峡途中搁浅，但此刻想来，那仍是一次漫长、温馨而又令人伤感的旅程。如今，码头、客轮、船票、候船室等，已如旧时堂前燕那样一去不返了；长江大桥建成后，连轮渡也绝少坐了。我写这些，并非仅出于怀旧，或者仅出于为没落的事物唱挽歌。坦白地说，我的周遭——世界或生活——已趋向奢华和虚浮，它的表面覆上了一层光鲜的薄膜。这是一个连垃圾也华丽的超速时代。不说网上色情泛滥，说谎成了家常便饭，腐败侵入社会肌质，即便接到一个电话或短信，也可能埋着不可预知的陷阱。世人愈来愈满足于虚拟生活和集体呓语，将自我隐藏在网名之下，偏嗜豪奢、暴露、炒作和偷窥，不屑于简单、朴素、原真和旧物。那种粗犷、原始、与自然肌肤相亲的生存方式，也与人们越来越远了。比如，面对这条亚细亚巨河，我们仅自得于岸边静观，在华灯下优雅地眺望江景，却漠然于它漂卷的垃圾、横流的污水。你也许会对涨工资津津乐道，对个人的遭际喋喋不休，然而对白鳍豚、中华鲟之存灭，可曾焦虑过、失眠过？

"水手"停留在一纸讣告上。他没有铁锚和橹，也没有烟波和水草。

一个船长离开了"船"，便只剩下"长"了。逝者生前也当过"主任""局长"什么的。在世人眼里，这职务似更被看重。你在装潢雅致的办公室里抽烟，批文件，练字，看报纸，有时找女下属谈话。你试图抵制官场那一套。你的声调最初是高平，慢慢地变成仄声，最后只剩下低哑的去声了。你因这抵制的不彻底而慢慢上瘾，如同抽烟，继而在戒烟和抽烟之间不停地变奏。

你离那个水手越来越远了。"局长"遮没了岁月深处的"水手"——哪怕是一点点有关"水手"的记忆，也慢慢流失了。这似乎是不变的世俗法则。

一个水手离开了"水"，便只剩下"手"了。它肯定将被强力定语所重新制约，诸如"一把手""第一推手""老手""对手""咸猪手"。这与麦尔维尔刚好相反。他早年做过海上水手，《白鲸》出版后经历了商业失败，他长时间停止了小说写作，直至后来担任海关稽查员。他晚年生活惨淡，除了疾病缠身，还有长子自杀、次子早逝给他带来难以承受的打击，但在这种困境中，他默默地开始写作《水手比利·巴德》，直到去世前三个月才写完。他死时孤寂黯然，连一张讣告都没有。在我看来，这时他与那个勇猛的年轻水手合而为一。三十年后，学者在一个铁盒子里发现这部手稿，如同发现一个老水手隐秘的航海日志。

流水深处的水手必定是孤独的。他在那儿，你看不见他。这个"局长"也看不见他。而我只看见"水手"，看不到那个"局长"，看不见那只"手"。

私心而论，"船长"是比"总统"要重的，但"船长"也会犯错，甚至铸成大错。而"水手"是一群具有自由精神、勇于牺牲的斗士，如同比利·巴德，在"强风之中收缩中桅帆篷，他在那儿，顶风跨坐在帆桁的端口，脚踩镫索像是踩着佛兰德斯骏马的马镫，双手拉扯横帆角上的耳索像是在拉拽缆绳，那姿态像极了年轻的亚历山大，在勒束烈马卜赛孚勒斯"。在黑云压顶的浪涛之上，船长理应坚毅、淡定、而且幽默，水手们则激情昂扬一如闪耀的航标。

如此看来，一个人离开"水手"，也类似一条白鲸离开水和岸。最终这条白鲸会失去双鳍，以及嘶吼。你曾是水手。对，是水手，不是别的。这很重要。那是你的另一个自己。

一纸讣告上停留着"水手"。这最后的纸片，载着一个逝者残剩的信息在风中战栗。你的生涯从月黑风高的河流开始，结束于打着呵欠的平庸的办公室。

哦，船长，在殡仪馆为你送别的人群里，也许找不到当年的水手兄弟。

不过，在弥留时刻，倘有船索、绞盘和锚，有船头犁起的浪花从你的脑海里一闪而过，也就够了。至少它表明有个老水手来为你送别了。

第二天经过时，这张讣告便不在了——它被"茶叶销售信息"和"寻狗启事"交叉覆盖了。阿门。

二〇一二年三月二十四日

# 浔阳楼即景

一登上这座楼，你就知道我会向你描绘江上的浑然气象，以及两岸的景致如何如何，而此刻我要做的，却与之相反。我不能因为伫立在一座古意盎然的名楼，就可以渲染一番你从任何一处江楼上都能瞧见的风景：江流滔滔，巨舸，防洪墙，塔吊，树，垂云及二三点飞鸟。再者，我发现一个纯粹意义上的旁观者，他难以在"情景交融"的意境里找到立锥之地。

我不禁想到一个问题：一座不知牛年马月的江边小酒楼，是如何演变成这三层三檐、青甍黛瓦、回廊曲绕的宏伟建筑的？这就像一支潺潺流传在民间的谣曲，是怎样变成了一长调富丽堂皇的宫廷乐歌。而那残剩下来的一堆瓦砾，又是怎样在民间重新长出并改名换姓地存在着？

我想循着曲曲幽幽的时光暗道，在那万户灰甍中找寻那黯淡、低矮的唐代小酒楼，那映射在窗纸上的一抹青灯的暗晕。毫无疑问，我会在那儿撞见几个酒鬼，怀才不遇者，老秀才，琵琶女，绿林汉子，遭贬的官人，甚至逃跑的边卒或越狱的囚犯。他们的脸部都一律模糊不清，在昏暗的灯下说着昏话、胡话。

现在，我看见的就是这些人。他们聚在一起划拳行令，插科打诨，对酒而浪歌，或嚎叫，或窃语，竟将那胸中块垒连同一肚子酒菜，吐得满地都是。

杯盘狼藉之间，谁也分不清哪是笑哪是哭，哪是天哪是地。"王侯将相，宁有种乎？"一切铁定、绝对的东西开始松动，并有了可笑的相对性。贵与贱，生与死，贫与富，皇冕与荆冠，地狱与仙界，在那些白多黑少的醉眼里竟成了纸扎的，布做的，恰如妖媚的老板娘成了调情的对象。一筐筐色情语、顺口溜、黑话，此时成了最好的下酒菜，盛它的是盘龙戏珠的青花瓷大碟子：正宗的权力话语与之掺和后，便遭到亵渎和戏弄。

宋江那厮正是此刻进了"浔阳酒楼"。他一个人喝闷酒，长吁短叹，一头乱蓬蓬的头发，眼神凄惶，看上去比施耐庵笔下那家伙要狼狈，要孤苦。他只是一个被官府追缉的案犯。他写的那首所谓"反诗"，只不过宣泄了怀才不遇、其志难酬的个人牢骚而已。但它毕竟传达了那个皇权时代仅剩的一点个人声音，尽管这受阉的、病弱的"个人"尚须酒神壮胆。不管宋江此人真实与否，结果如何，他倒是在"浔阳酒楼"里"雄"过一回。这样有血气的瞬间，对于个体而言实在太稀罕了。因为任何游离的个体，在专制机器下都难逃反复被阉割的命运。其实，宋江们被"招安"，不过是其内在精神的"雄性"不断被阉割掉的表征与延伸。所有内心渴望"招安"的家伙，你们不要再侈谈什么"自由"了！你们有什么资格嘲笑太监呢？

以我之见，寒伧而灰暗的民间小酒楼，是中国古代最世俗、隐蔽而又最具个性和思想活力的边缘场所之一。这使我想到本雅明描述西方世界的咖啡馆、布鲁诺观测天象的瓦顶、巴黎艺术沙龙，以及中国晋代的竹林、宋明的茶馆、清末藏书楼。我想在这座宏伟楼阁里找寻的，就是这么一个影子，一点痕迹，哪怕是一块石头、一撮纸灰也好。但我已不可能找到了。

在二楼东厢内，我目击那首著名的"反诗"，又一字不差地再次书写了一次。每次书写都意味着一次改写，一次整合，以便不断接近那种宫廷式的精致和优美，并与这堂皇森然的建筑相称。我是个悠哉悠哉的游客，混迹于一群游客和官员们中间，流连忘返，纵目江天而发思古之幽情，欣欣然做激扬状、豪放状。看来，"浔阳楼"已不复具有民间的、私人的性质，而是成为高高在上的庞大话语体系的一部分，或者它本身就是一个微妙象征。

显然，我无法看见白居易那年的枫叶和荻花，寒波浸着冷月；那"门前冷落鞍马稀"的，岂止是那个"犹抱琵琶半遮面"的漂泊女子？逝水滚滚东流，一切红尘之物最终都不过如此。倘一身青衫的白乐天，不是那"天涯沦落人"，他是否还能感泣于那琵琶的幽咽？其实，在远离京都的地方，一个遭贬的江州司马，竟听出"小弦切切如私语"是不值得奇怪的。笔者后来读《与元九书》，便觉其生命之悲凉之凄伤洇湿纸页："又不知相遇是何年，相见是何地，溘然而至，则如之何？微之知我心哉！浔阳腊月，江风苦寒，岁暮鲜欢，夜长少睡。引笔铺纸，悄然灯前，有念则书，言无铨次。勿以繁杂为倦，且以代一夕之话言也。"司马知否？那 曲琵琶便是另一种酒，另一种言说。而这封信在一千年后，于我恰如酒，恰如"小弦切切如私语"。

然而，不管今之秋风是否依然萧瑟，刮过去的，也许就亮成一千年前那客船上的一抹青灯；刮不过去的，是不是已凝成这小卖部里的汽水、口香糖或者冰淇淋？

我已不可能找到那灰瓦顶上的一小片亮瓦了，但你仍可以想象，傍晚时分被江风惊醒的酒旗仿佛昼伏夜出的枭，一个劲地抖着翅膀。而那爬满苍苔、黯湿的板壁，环绕着丛丛黄芦和青竹，此刻是否被几只虫子和蝴蝶的调笑声压得有点儿弯了？

谁知道这些轩昂气派的廊柱打哪儿来！还有这些高悬在雕梁画栋上的大红灯笼！让我感兴趣的是，真实的"浔阳酒楼"与《水浒》里的那座究竟距离有多远？而眼前这一座，又分明是依小说里的模样仿造的，并由另一位"宋公"题上"反诗"，恍若历史上真的存在过一样。恰巧，三楼上有位八十多岁的说书艺人穆老，正绘声绘色地说着武大郎与潘金莲那一段。他后来对我说，原先的"浔阳楼"在老火车站附近，是个很寻常的市井小酒店，至于那个"琵琶亭"碑，谁知道被弄到哪儿去了呢！其实，这些考证对我已不重要了。似乎没必要在真实和重构之间划一道明晰的界线，一切远逝的最终都变得迷离惝恍，明明灭灭……

一九九九年九月，一场断断续续的秋雨，在古代的浔阳城和流经此地的江面下着。水势依然浩大，苍茫依然汹涌。我的肚子饿得咕咕直叫。沿着街我一边走，一边找着可以填饱肚皮的地方。我感到，一个从高处射向低处倾斜的锐角，正尾随着一个人的影子，延伸到民间的积尘、蛛网和烟染之中。哦，小小的民歌、剪纸和酒楼，它们经历了多少年就仍将延续多少年。

一九九九年九月十日

# 桐枞之间

一

古桐城从地图上看更像一只凤鸟。这片土地自周代就建置桐国，因境内遍植桐树，紫蕊如云。一轮轮楚风吴雨，明霜清霰，斯地人文郁勃，野草不绝，如牵长江而引枞川，在历史之葳蕤枝叶中仍不时闻见凤鸣。到了现代，古桐城一分为二，"凤鸟"的下半身归枞阳，上半身仍归名于桐城，对草民生计并无不便，但就文化地理而言，倒有几分隔膜了。诸如"枞阳出人，桐城出名"这种说法，比较典型地折射了这种尴尬状态。桐城派诸大家确有不少根在枞阳，挂果在桐城，最后叶落归葬于枞阳。倘以凤鸟的目光视之，那不过是朝代打在身上的一道道阴影罢了，无非是油桐之与梧桐，抑或桐树之与枞树而已。重要的是风雨如晦之时，仍能奋鸣不已。

从山川大势看，桐枞大地起笔高峻，泼墨而来。且不说西北重峦叠嶂云冠高耸，经中部丘陵波涌显身姿丰美，然后至东南部原野一如巨翅平展；更有桐地大沙河、挂车河、龙眠河、孔城河，汇入南部菜子湖，经枞阳闸而注入长江。地脉如斯，气脉亦如斯，文脉何曾断绝？

又一个雨季来临了。枞阳友人打来电话，邀我去看桐城派留下来的遗迹，并说那儿新近发现了刘大櫆故居。胃口被吊起来后，欲望便如梅雨中的梅子。

三十多年前，我曾在枞阳的江心洲上教过两年书。那是两个遥遥相望的沙洲中的一个，其本质就是孤岛。每到周末，便搭帆船过渡到另一洲，然后转乘白荡湖轮船回池阳。洲上的农户都很穷，学校也简陋得很。每天晚自习才发电，十点后复归漆黑，代之以蜡烛或煤油灯；没有自来水，衣服搓好后，须到不远处的江湾里漂洗。教室顶头一间，临时辟作单身宿舍，两人住，另外加上不请自来的老鼠们。为此我收养了一只流浪猫，那是一只被火烫伤的跛脚猫，虎斑皮，白脚掌，精瘦精瘦的。在这片恍若世外桃源的地方，穷困、扭曲、倾轧并没有绝迹，它们如同水耗子，从来就不曾受阻于四面环水！事实上，跛脚猫是对付不了水耗子的。我离开那年，它死掉了，因同事喂了过量的小鱼而撑死。这是我的悲哀。我把它埋在江湾的一处沙丘里。棺材是一个装粉笔的纸板盒，尽管薄了点，但它毕竟有了栖身处。在沙丘那儿，它可以与一丛丛芦苇、沙坑里的小螃蟹做伴，还能看到绿鹭栖停的乌暗的舢板，闻到沙岸升起的网罾里活蹦乱跳的小鲜鱼。

二

此行的第一个关键词：遗址。遗址固然仍是"址"，但它的存在已倾圮、荒芜。首站是探访朱光潜故里——麒麟镇岱鳌村吴庄。入村后，发现朱家老宅已不复存。朱光潜堂侄、八十五岁的朱世青老人指着下面那片青葱的林间，说，就在那儿。在这块遗址上，除了几丈高的杂树以及密布的阴影，竟找不到任何墙基的痕迹。借助周围的村屋，我还是窥见了它的栖居者以及恍若从亮瓦上漏下来的薄光。

当然，你可以在遗址那儿往下刨。下面必有柱石，必有碎砖，直至"民国"以及"晚清"。但刨掘不是守护，亦不是敞亮。朱世青老人须发银白，面容清癯，嗓音跟生铁皮似的，好像很久没跟人说过话了。他可能是吴庄最年长的"留守者"。我觉得叔侄俩长得太像，后来看到宗谱中的朱光潜像，同行者也以为然。不过在宗谱中，朱光潜谱名叫朱来润，字润霖，上面记载着他与朱熹的血缘关系，追溯下来，朱光潜应为朱熹第26世孙。朱世青没见过堂叔，但他记得朱家老宅正厅有个大条案，上面供奉着祖宗牌位和朱熹画像，两边挂着吴汝纶书写的四条屏，上款题有"海门仁兄先生雅教"，海门即朱光潜祖父朱文涛，可见朱家与吴汝伦交谊颇深。朱世青说了一点从老辈们那儿听来的传闻：朱光潜早年在孔城读高小，脑子并不灵光，后来跌了一跤，狠吐了一回，这一跤跌得好，开窍了。众人皆笑，老人并不笑。

也许遗址可以称得上固化的"记忆遗骸"，或者时间碎片垒于其上的虚无建筑。而与遗址相对的，是"现址"。

朱世青的"现址"是一座楼房，里面光线昏暗，堂心正中贴着大红的年画和对联，最炫亮的是墙上的钟面和桌上的小电视机；最黯淡的莫过于菜坛子和农具了。不难想见，朱世青对堂叔的学术生涯和生存状态完全隔膜。他们原本就生存于不同的空间或块面。堂叔弄了一辈子笔杆子，而他挥了一辈子锄把子。尽管彼此都逃脱不了时代的急流，但经历的漩涡却不尽相同。朱世青在最原始的意义上，从事着大地上最简单的劳作。他肯定没听说过堂叔说过的话："悠悠过去只是一片漆黑的天空，我们所以还能认识出来漆黑的天空者，全赖思想家和艺术家所散布的几点星光。"但这，并不影响他在风吹草低的旷野劳作的姿势，以及坐在门口独酌的自足与得意。当天空"漆黑"下来时，他仍是那些耕播者和持守者之一，大地因之有了生机和人烟，那"几点星光"也因之有了可照之物。

离开前，我和他在"现址"合影。我忽然想到，这辈子倘不能"散布"一点"星光"，至少不能增一分"漆黑"，否则不如到乡下挑大粪去！在乡村，"现址"总是与遗址错杂在一起，仿佛活着的人与墙上的遗像生活在一起。我注意到，在遗址附近有一大片高过人头的茁壮的玉米地，在低垂的雨云下发出窸窸窣窣的响声。老人显然挑不动大粪了，但经他侍弄的庄稼长势良好。

至于有些看上去仍鲜活的"现址"，其实已"死"了。最近在一组图片上，目睹一个村庄迅速成了活生生的遗址——村民都逃走了，连狗都跑光了，荒无炊烟，所有房子的外墙、窗户、门扉和烟囱都爬满了不知名的密密麻麻的藤蔓和叶子，阴碧森森的，让人瘆得慌。在另一组照片上，我看到了祖孙二人和一条狗守着一个空空的山村。那些长满杂草的院落，锈在门上的铁锁和被风撕扯的残破门联，黑洞洞的卧室，冷寂的土地庙，只因他们仍在而拒绝成为遗址。这感动来得悲凉，无奈又染上一层茫然，荒寂堵住心口——你想叫喊却发不出声音。"只有面临虚无，才会想起存在。"

三

六月的扬子江北岸，梅雨淅沥，原野缥碧。

进入横埠镇周庄时，不知是树木过于浓深还是历史太过阴晦，光线呈梯度下降。刘大櫆故居坐北朝南，因此我判断我们是从北边入村的，在经过其长兄的墓地后，才靠近这座"失而复现"的老宅。二百八十年前，刘大櫆写过一篇《缥碧轩记》。现在我们真实地进入"缥碧轩"了，但眼下它只是故居东边的一片阴潮的荆丛。在这座慢慢坍塌的老宅的苔墙上，白石灰醒目地刷着"危房严禁靠近"字样。也许三百年沧桑不足以传达的残酷尚须它来点染一下？也许正剧之后必有个小花脸向我挤眉弄眼？可以肯定的是，它是数朝以来官方权力对它的首次"关照"。然而，"危房"不但无法阻止"进入"的欲望，反而激发了它。我们拨开后门的障碍物，蹑进去了。

"故居"因此成了此行的另一关键词。所谓故居，其实是名头或权力的专利。草民的草屋子永远成不了"故居"。刘大櫆乃一介布衣，以塾师为业，间以写作。但他的名头比任何顶戴花翎都持久。问题是，建筑乃易毁之物，三百年战争频仍、天灾人祸何以竟让它幸存下来？

刘宅看上去破败得只剩下空空的架子了。故居原为三间两进，四水归堂。如今内隔墙大半坍塌，楼上罩板悬在半空，穿斗架构已变形，柱斜梁倾，雕椽凤瓦亦散落一地。探首厢房，里面的家具灰沉沉地错杂一起，连老鼠们都逃之夭夭了。我想到"折叠"这个词。数百年时间竟被"折叠"进如此狭暗的空间里了。在衰残和幽昧中，仅剩一口天井一如既往地倾泻着光瀑，井檐四围松脱欲坠的黑瓦也无法阻止光的进入。稀疏的雨点从上面飘下来，流入与之对称的、铺满青苔的方形石槽。哦，天井成了"危房"中唯一的恒定之物，以及朝向虚无的通灵之物。"樾"乃北斗星，他一生是离不了天井的。

在《缥碧轩记》中，刘大樾记述家父在居室以东的偏屋里读书，"右树以桐，左植以蕉"。因家父"兀坐其间，几席衣袂，皆为空青结绿之色"，于是将此屋命名为"缥碧轩"。后来他的父亲患足疾，卧榻两年，芭蕉竟枯死，仅存桐焉。然而我无法在故居东边找到那株梧桐了，倒是向南的墙边长着一株，但不知何树，却嵌入墙体了。"樾"同"魁"，多出的偏旁"木"字，想来必是墙里的那株树罢。家父自嘲道，芭蕉枯死，"是恶睹所谓缥碧者乎？"即是说，那棵芭蕉是因厌恶那个"缥碧者"而枯萎的吗？此话寓意颇深。刘大樾以上三代出秀才，皆与进士无缘。原指望大樾中举，谁知他以诗为文，与科举八股圆凿方枘，因此也屡试屡败。家父很倔，不服气，又说出下面掷地有声的话：

学以致其道，而闻道者未见其人，求安之心害之也。吾分之所当为，吾求而不得，则虽高堂邃（貌），层台曲沼，其亦何裨？求而得之，则虽在苍烟、白露、圆秒之中，皆以缥碧视之可也。奚必区区于是哉？

老父告诫他：你小子不必汲汲于考状元，去探求那自性之物吧，即便它在"苍烟、白露、圃秽之中"，仍可视为"缥碧"。刘氏父子并不看贱自己，因为缥碧者，实乃心中之本色与性灵。黑格尔有句名言："自由就是在自己家里。"这句话很切合刘大櫆。他一靠近庙堂便黯然失色，一回家便重获生机。他鄙视官样文章，宣称："自古文章之传于后世，不在圣明之作述，则必在英雄豪杰高隐旷达之士之所为。"

不过，刘大櫆终身未娶，无女人，亦无后嗣，活得还是不潇洒。这其中的痛苦、怨恨、尴尬、无奈，他何曾在文中有所抒写或暗示，却屡做旷达状，倒愈显惨淡孤苦了。

刘氏后人告诉我们，这座老宅一直住着人，直到十几年前被遗弃，由此才开始破败，才变成"危房严禁靠近"。我突然了悟：它一直以"现居"的形式延续着，完全隐没在民间、乡间和草间，这才使它躲过三百年的改朝换代、战火、革命，以及匪患。离开时，我忽然发现它不过是刘大櫆散佚在天地间的一篇小品，晦涩也罢，简拙也罢，任凭风雪读，月光读，抑或秋蝉读，幽灵读，只是不要读破就是了。


四


游览方苞故里后，正午已过。踏进小镇一家酒楼后，我注意到角落里酣睡着一只虎斑猫。它显得福态、慵懒，在猫儿和鼠儿都幸福的年代，它四肢发达是应该的。

土菜当然好吃。大家边吃边聊，似乎都有意回避康熙年间的"南山案"，也不聊戴名世腰斩于市，方苞等人打入死牢。"尝尝蒿鸡山药汤，很好喝的！"蒿鸡？陈瑶湖的野蒿鸡？我早就听说过它的美名，没想到在这儿与它相遇。朋友说，蒿鸡会飞，很难捉。以前用钩子钓，头天夜里将钩子串上带毒的昆虫，蒿鸡吞下后，很快就不中了。不过此种捕法有一弊病，就是捉到的皆是死的。后来改用网捕，蒿鸡固然是活的，但蒿鸡性子烈，关在笼子里不停地冲撞，它们宁愿撞死！经他这么一说，我对肉香一波波的诱惑产生了某种抵制。又一位朋友接上话茬说，蒿鸡是一种情鸟，比鸳鸯更忠贞。情侣中的某一只被捉后，另一只不会走远，极易被捉。这便是市场上贩卖蒿鸡不卖单只，总卖成双成对的缘故。这确乎让我大开眼界。朋友补充道，后来发明了一种用音乐捕蒿鸡的妙法，即播放事先录制好的蒿鸡求偶的叫声，吸引它飞来，让它堕入精心布置的透明的丝网。唉，这伎俩，未免太下作了吧?!

我真有些不忍下箸了。这固然有些虚伪。但那念头确乎从脑海中划过一道闪电。喵——，那只虎斑猫大摇大摆地钻入桌子底下，理由不言而喻。我有点恍惚，似乎那只跛脚猫又活转过来。可它面对今日的同类，以及更多的水耗子，怕是要发抖了罢。

五

道路在林间穿行，狗的叫声透过杂树林传过来。南风把细小晶亮的雨点从桐树上吹洒到车前窗，也把一串串女贞花的清馨吹进来。下午去吴汝伦墓地，脑海中回旋着大师的智言——时来谁不来，时不来谁来，觉得有点像咒符又有点像谶语。

车停在朱家湾的松岗边。我们徒步而行，先是砂石路，然后是草埂路。到处都散发着嫩叶和湿泥的气味、暮春浓烈的辛涩气味。这是草木疯长的六月，距墓中人病殁已一百零二年又四个月。向导原是这个村的，也带错了路，连方向都弄反了。也难怪，这些年草木疯长的程度远超他的想象，波状的岗丘地貌被改变了。只得停下来等向导的消息——他探路的身影慢慢消失在蓊蓊郁郁的浓碧之中。时来谁不来，时不来谁来？但苍鹭来了，从黯淡的云霾背后，它悠然飞起，拖着两根筷子似的细长的腿；红蝴蝶蓝蝴蝶来了，它们栖停在水塘的菖蒲和绛红的茨蕾上。一棵棵小树蓬勃怒生的地方，秋棉刚刚出土，地瓜开始爬藤。当然，梅雨又开始下了。灌木丛中的鹧鸪约好了似的发出啼唤：行不得吔哥哥，行不得吔哥哥。

时不来，哥哥我来了，怎地行不得？

不待打听，水塘对面的柳荫中晃出一农妇的身影。她知道这拨人是寻墓的。她指着相反的方向说，墓在那边。于是她成了我们的另一向导。她带我们走向越来越深的草埂、越来越浓密的岗丘，而阴云压得比一百年前更低了。那年，吴汝伦去日本考察教育路过马关，友人请他题字，他挥笔写下泣血般的四个字：伤心之地！在东京，他因支持爱国留学生的正当要求，被驻日公使蔡钧诬告而开罪朝廷，回国后他拒绝去京师大学堂履职。一百年后，他的阴宅仍被荒荆野草覆盖着，以至于我们必须俯身钻行于带刺的灌木丛，任凭雨水和草粉打湿衣衫。马关！马关！几只丝绒样的土褐色的丸花蜂嗡嗡叫着。青碑上的铭文均已漫漶，但看久了，“马关”二字仍从青碑内面浮出来。农妇说，此墓被盗挖三次，遗体被拖出来，好惨哟！

《圣经》上说，光照在黑暗里，黑暗却不接受光。

墓前的黄荆丛披挂着紫白掺杂的花串儿，散发着微醺的久远年代的混杂气息；而一丛丛芭茅开着酡红的花穗，被一阵风吹弯后沙沙地响着。一看这荒荆野草如此茂盛，便知道祭扫的人很少。挚甫生前寥落，死后亦寂寞。

呜呼！桐琴先毁，枞钟后哑！

离去时，我被墓左的一大片野蒿子花所惊！尽管在塘边、草埂也有它们零星的影子，但如此汪洋恣肆，热烈而纯粹，像羊群一样涌来的野蒿子花，我从未见过！它们无人栽种亦无人收割，郁郁芊芊，自性开落，却以高高低低的白瓣黄蕊簇拥我、抚摸我，如友人久别重逢那样。我们停下来，不再说话。我无由感动了。这片在风中涌荡的野蒿子花，我把它视为这个世界上最素朴最虔诚的致敬和缅怀。时来耶？时不来耶？只要它们在，还在乎谁来谁不来！

六

桐花落尽，春天临近结束。除了稀疏的雨声，一切都是寂静的，空气湿重得能拧出水来。在"之"字形的乡间土路上，我们的车如同硕大碧叶上的金龟子，刮雨器似乎替代了历史深处的钟摆。

大地苍古、辽阔，河流像一支支幽幽呜呜的洞箫。上午去吴庄时，车半途停下，向导说那便是岱鳌山。但见一片青碧湖水荡向彼岸，那边群山逶迤，于苍黛中偶露赤褐色的奇崖悬岩，好一派峥嵘气象！

接近黄昏时，透过车窗，我瞥见一片杂木林中，有一棵野桐，其干甚直，其枝甚茂，新萌的嫩叶嫣红若江花。寻常所见的桐树，一般叶子宽大，开白色或紫色的花。我想，桐木是制琴的上等材质，而桐国出产桐油，想必润滑过春秋战国的辚辚车轮。至于枞树，又名冷杉，干茎高大，松叶柏身。古时枞木可作太庙梁材，亦可作击钟之槌。回想我的孤岛时期，那口悬挂在树上的校钟，确乎是用枞木作钟槌的。

记得洲岸上疏疏落落地长着桐树和枞树，春天桐树以紫花或白花迎我，秋天枞树则以乱纷纷的黄叶送我过渡。一九八一年冬下大雪，过渡时没了船，结果只能呆立在洲岸看那天上的雪团无边无际地飘坠下来。平生第一次目击天空如此悲怆又如此轻盈，无数旋飞的雪团在与亚细亚巨河相触的一刹那，竟如墙上烛影寂然无声。其时江心缓缓驶过黑如炭描的拖船，雪团披缀着它们，恍如大野幽径了无声息。这时你才发现天空也在奔流，一直在奔流，而巨河正从头顶飘若纱幔，无数飞飏的苇絮擦脸而过。苍天有大善而不言，巨河有大悲而不语。那一刻，岸边没有人，树上也没有鸟儿，身后是大块大块的秸秆枯立的酱褐色的棉田，也有小块补丁似的过冬的小麦地。再看那土筑的农舍、榨油坊、屋檐下斜靠的小船儿，以及忽开忽合如同一把黑扇子的灰喜鹊款款飞过⋯⋯

坐在车中，我忽发奇想：三百年前我不定也是一只撞入"天网"的蒿鸡呢。

二〇一五年六月十七日至二十日

# 在迷津

迷津是一个迷茫又迷乱的双重事实。尽管世界上所有的地图都没有标明迷津的空间位置，但这只能证明它的存在是狡狯的。那么，它是与生俱来的沼泽地，抑或浓雾遮天的渡河口？当一个人从娘肚子里出来，就意味着被抛入一个充满自明和假象的世界。于是就有哲人、布道者充当指点迷津的角色，他们告诫世人要警惕迷津，其次是走出迷津。这种陈词滥调让我们的耳朵听出了厚厚的老茧。世上有许多东西要靠自己慢慢琢磨。比如，我们一出生，充满迷雾的世界就会替代被剪断的脐带和母体；我们一走在路上，就意味着迷津已像驴皮水袋那样驮在身上了。迷津其实是那些吸引我们并让我们堕入其中的东西。在迷津里，你分辨不出方向和里程，以及到达目的地后又会怎样。这像不像鱼看不清布满香草和诱饵的水塘？

道路生成迷津，正如我们生成道路。有一千条道路就有一千种迷津。而双脚是那种让迷津持续涌出、显现并环绕我们的东西。迷宫只是对迷津的仿拟和游戏，当我走进公园的迷宫之中，我感到的恰恰不是迷惑而是类似捉迷藏的乐趣。迷津之所以受到人们躲避和指责，皆源自它总是与歧路甚至邪路相提并论。想想看，如果没有迷津，神也会褪去光环并轰然倒地；如果没有迷津，被人穷追猛打的历史也会不知所措，瑟瑟发抖，那些御用的刀笔之吏将会失业，直至下到阴间也无事可干。

迷津看上去似乎与河上的渡口有关，只不过那儿终年浓雾深锁、舟楫难渡罢了。很长时间以来，我就居住在一条亚细亚最阔大的河流的下游（开始是南岸的池州后来是北岸的安庆），一年年的季风将草泥、水鸥和渡舟的气息吹入我的居所。这儿自古就是兵家必争之地：从三国征战到太平天国都是著名关津。我好多次在艳阳高照下过渡，但每次内心深处都会阴霾乍起，仿佛被撞沉或自沉的船只从江底浮起。我至今说不清那是什么原因造成的。

事实上，我就居住在迷津之地。我打懂事起就被告知，你生在其中的世界是光明朗照、了无阴影的，人们都很诚实，思无邪，说谎的只是算命瞎子，干坏事的是少数"地富反坏右"。"真理"真是个好东西。它一度成为迷津里流通的坚挺货币，质地绵韧而透薄，并且我手里还攥有大量诸如领袖语录、英雄格言那样的小额纸币。与此同时，没有水印头像的真话或私语都被鉴定为假钞。指鹿为马的关键在于高科技防伪标志。这种悖谬一直延续至今。那时候我嘲笑电影里那些身陷迷津的人，他们如此执迷不悟，甘愿充当别人的马前卒或替死鬼。再后来，我受到了更多的阳光教育，完全能听懂广播并浏览报纸了。比如，读到轮船出现险情时，大副就被船长指认为坏蛋，我相信了。船长还说有一个海盗就睡在大家身旁，我也相信了。后来船长命令：为了防止恐怖活动和行船安全，每个水手、乘客上船都必须按手印，我更确信无疑。于是大家都活得异常放松和轻松，我自然也成了生活在伟大航道里的幸福公民。也就是说，我的精神户口已转正为城堡户口（类似城镇户口）了。我听到这样一个段子：一个缅甸人牙疼得要死，去邻近的泰国看牙医。牙医问他："难道你在缅甸找不到牙医吗？"缅甸人回答："当然有。问题是，在缅甸人们不准开口。"难怪那些被指为愚者、傻子和狂人的家伙，往往被后世追认为迷津中的思想者和先行者。


我们被允许在侏儒和恶棍的舌尖上尖叫

但不允许喊出纯正而又慷慨的词语

在这种严酷的刑罚下哪个敢宣称

他自己是个迷路的人

（C·米沃什《任务》）

除了我隔壁的一个盲人和隔壁的隔壁的一个聋子，大凡所有的人都相信小路会误入歧途，既然一条大路可以直通罗马。有必要再回头看逝去的黑夜吗？"一切向前看"吧，迷雾既已驱尽，前路必定一片光明。很早以前我不知这是诡计。后来"一切向钱看"成了主流，经济杠杆造就了诸多"单杠冠军"。于是新时代的人们都成了精明人，远离愚公、傻瓜、痴者。这似乎注定了社会要发展到"一切向肉看"，大腿、生殖器、隆胸术、脱衣舞、探头，已成为全球化时代的"最后的晚餐"，下半身写作、身体写作也跟着饕餮一番残渣剩肉。这里没有任何迷雾，有的只是鸳鸯浴和权色交换的一片朦胧。

事实上，人们在面对历史所感到的迷惘和困惑，并不比面对现实来得少、来得慢。御笔之下的历史如同一个植物人，你每天为他按摩和输液都是徒劳的。而一旦找到解药，还有可能叫醒他。倘面对一个装睡者，你有什么法子叫醒他？有一则笑话说：夫妇俩坐在小汽车里，丈夫开车，妻子问"亲爱的，你没感觉我们迷路了"？丈夫答"你有什么根据"？妻子答"这条死狗半小时前已轧过一次了"。当人们狂奔在金光大道上能看到"死狗"吗？即使看到了也可用"螳臂当车"加以指认，如此也就无所谓"迷路"了。

从本原的意义上说，迷津源于在者，而在者与道路同在。也就是说，不仅因为有了水妖的歌声，才有迷津存在；也不仅因为有迷津存在，才有路边的黑店以及迷魂汤。想想看，我们内心的魔鬼藏得多么深，多么超逸，谁也不认识它，但它忽悠了我们。浮士德一开始并不认识梅菲斯特，蒲松龄也并非与狐仙有什么宿缘。唐玄奘向西而行渡过葫芦河，面对半夜里想杀他的石磐陀，突然瞥见的正是那个魔鬼的投影。

在上帝的眼里，迷津也许只类似镜子似的明亮水洼。这当然情有可原。可是，当好奇的孩子们追问"上帝是谁造的"，我们又该如何回答？那些身陷迷津者往往貌似明白人，甚至被公认为导师、布道者和心理医师，他们用真理和训诫教导人们，规约人们，一切谬误和偏差均在他们的注视之下，尤其他们的手势每每给人劈空破雾的感觉。然而，当我们稍稍偏离那把权杖和价值尺度，一切均变得十分可疑，坚实而灿烂的金光大道也变得虚浮不定。而这，可称之为迷津的某种次生特征，抑或迷津得以隐瞒真相的诡计。

走出这沼泽吧！
六须鲇颤抖着发出笑声
当松树使出全身解数。

（特兰斯特勒默《巨大的谜团》）

这么说来，在你眼里，在我眼里，在他眼里，一直能看见小妖似的雾气也就不奇怪了。这至少说明，道路也是一个会迷路的孩子，它与行路者一起艰难成长，并饱受梦魇的折磨。喜欢指点迷津的美国专栏作家安·兰德斯说，"每场聚会上都有两种人，想回家的和不想回家的。麻烦的是，他们往往跟对方结了婚。"这是一种喜剧式的消解，戏谑地道出了人生的某种迷茫和纠结。在我看来，一个迷津者除了内心的迷惘，肯定还潜藏着近乎挣扎的热度——地泉般喷涌的血气和运思，否则便形成不了刺破迷雾的幽蓝光线。

只是我想知道，当一只手掌从迷茫的记忆草径上轻轻拂过，远涉而来的人们为什么总是泪水盈眶？

二〇〇七年四月下旬

# 去卢沟桥

　　去卢沟桥方向的人很多，但站牌上并没有"卢沟桥"这一站。招手车上的售票员把头伸出来，像卷心菜里面爬出来的虫子，脖子扭着，冲这边尖声吆喝，媚笑，把车皮擂响，从她的红唇里蹦出的地名很烫手，似乎我已等了很多年，只等她这么一声"深情"吆唤。

　　历史究竟是什么东西？它需要我也钻进卷心菜啮咬一番然后到达它隐秘的根部么？卢沟桥，你活了八百年的老时光，足以把我的一生变成惊蛰那样短。然而这是八百个冬天后的又一个冬天。好像有点冷，又有点麻。中巴车走走停停，它的速度是温吞吞的。只有在这突然爆发的流行曲里，厄尔尼诺的冬天才开始肉滚滚地扭哪。"爱，喔，草率的爱，只有臭鼬，在月光下觅食"。这是罗伯特·洛威尔几句诗，大概没记错。窗外闪过高大而萧瑟、好像吊着许多小虫子的白杨树，黄油般的阳光从树隙间漏下来，把前面的巨型吊车和一个蜂腰肥臀、红头发的女人，涂得有点灿烂了。

　　中巴停在了桥头，可以说是把我"扔"在一个似是而非的地点。这是与之同名的新桥。我体验过各种似是而非状态，因此没感到有什么不对头。从新桥到可以望见的老桥，还有一段现在时需要穿过。我很惊讶，桥下竟没有一点河水，只剩下一万年的沙子在奔淌……

没有流水的永定河肯定很渴。不像我，早上喝了一海碗北方的玉米粥，还有夹火腿肠的大馍馍。有意思的是，半道上遇见一大班人马，他们在路边停下一长溜"蓝鸟"。他们黑压压地朝这边河沿晃过来，正好把我夹在中间。坦白地说，我原打算迅速逃离这个"方阵"，他们一看就是当官的，头发后梳，大腹便便，领带随风摆动，不时指指点点。我缺乏这些标记和表征，如果置身其间会很快暴露身份，或者被弄得滑稽不堪。但我一看见庄严的摄像机从下面的沙滩向这边仰拍时，便情不自禁地激动起来。我懂得新闻与历史的拜把子关系。谁不想挤在前面"抢"这样的镜头，在"历史"的风景里成为历史的一部分，不会速朽的一部分？我想象不出我变得"高大"时是个啥模样。反正河里没有水，挤掉下去也不会淹死，连鞋底都不会潮。

历史已经或正在发生，它的泡沫部分从来都是溢彩流光的。我看不见历史吞进又吐出的东西，但我无疑被"吐"出来了。现在我握着一张门票，从铁栅口进入老桥。几个游客向栅口边走边谈，我也是游客之一，彼此都有一点共同的气味。从栅口进来一些当地过桥的，不用买票，铁皮票亭竟能一眼将他们与游客区分开，便是明证。不妨说，游客是那种幽情横生的松散团伙，五湖四海，南腔北调，刻上"某某到此一游"，然后吐一地瓜子皮。在乾隆的风流韵事像蚊子一样加速繁殖的市井嗡嗡声中，作为游客的我，终于亲眼看见了他的御笔真迹"卢沟晓月"。乾隆也没有忘掉题写"某某到此一游"。时间中的游客，到世上来走一遭都想留下点什么。凭借一块石头，谁都想求得不朽，不当过客。只是电视剧《雍正王朝》尚在运演八王夺嫡的"历史"空间，这个穿开裆裤的弘历呀又尿了一次床。

空空荡荡的桥上，阳光很好。几百个狮子在桥栏上很生动，跃跃欲试。多不容易，一种神态保持这么久，都风化了。它们看上去模样都差不多，几乎每个狮子都套着项带挂着铃铛。我伸头在它们的后背看了看，连带结都雕得松紧有度，似乎早就准备好了对付八百年后这偶然的一瞥。我突然发现存在着一种叫做"历史的时髦"的东西。时髦是当下时尚的产物，但"历史的时髦"，却是历史与时髦的悖反结合，一种在骨子里流传的"时髦"。没有什么比狮子的雕像更时髦也更久远，尽管这种时髦被叫做"文化"的东西遮盖了。

当然，"文化"是个好东西。它是一个无限大的饼子，可以随便撒上芝麻胡椒糖精什么的，诸如厕所文化、烧饼文化、裹脚文化、娼妓文化等等。阳光的确很好，懒洋洋的。我不知道，这些狮子距我更近，还是距桥头的古碑、华表和乾隆的御笔更近。我猜想其中总有一只心不在焉：它在想象一片落叶还是一粒沙子的脚步？

然而，一个人站在这样的桥上会感到彻底孤立。这种孤立是沙砾色的，无法分辨的。它滚动，飞起，被吹入卢沟桥巨大而沉郁的阴影之中。我是一个迟到者，八百年后来到桥上，桥还没有走远。在它被保存下来的、一长片原先的桥面上，深凹突凸，辙沟累累。我认定其中最深的辙沟，是吱纽吱纽地穿过北方平原的独轮车留下的。我不能不震惊于这种被史书和日常闲谈所摒弃的细部：它使无边重叠的岁月以及被忽略的卑微之物得以现身。只有它，保持着与漫长历史、生存的那种"可怕的对称"。"手推车／以唯一的轮子／发出使阴暗的天穹痉挛的尖音／穿过寒冷与静寂／……彻响着／北国人民的悲哀"。

逝者艾青，一九三八年的目击者，先于我听见了它……

桥西头铁栅内，有十几个卖古玩的摊位。我一一浏览了它们。这会儿，我看上去像不像一个在行的买客？卖主都是中年以上妇女，她们不会忘记告诉我哪些是"真"的，哪些是"假"的，以及识别的种种技巧。这里包含着一个她们认为行之有效的奇妙逻辑：只要向你指出哪些是"假"的，仿制的，"真"的才会成为真的，可信的。一个老太婆见没有什么头客，便把凳子挪到巨碑的围栅前，眯在那儿晒太阳。我和她随便聊了几句。她说她很早以前不在这儿，解放后才从东北老家迁过来。然后她努努嘴，对着河说，去年水可大哩。这时，她满脸的皱纹收得很紧，不像刚才在摊边时朵朵绽开。看来，西北风是最真实的，勿需诡辩的。太阳还是比"逻辑"好。但历史必须在黑暗中忍受这些逻辑，并隐藏无数个无意义的瞬间。

我花了十元钱，照了一张立竿见影的快照。"咔嚓"一声后，她把相纸塞入衣服里面焐了焐，然后递给我，诡秘地说：天冷，焐热了就更清楚。瞧，一个游客，就是这样和卢沟桥叠印在一起："他"一定在平面上感到了这个女人的体温，然后"他"孵出了微笑，很灿烂的笑。我该满足了。我折转身，由西向东。一列火车，从距此不远的钢铁的"卢沟桥"上呼啸而过，仿佛是新桥在同这边的旧桥打招呼。我禁不住又回过头来。那西岸的树丛中有一个游乐场，可以望见里面有旧飞机和老坦克。西北风吹来流行乐和孩童们的叫嚷。我忽然想，进入游戏或者卡通片的历史该是怎样的景象呢？比如，日本人可以在游戏机和卡通片里打赢"二战"，并重新占领"卢沟桥"。

一个人在这样的风中会感到彻底孤立。卢沟桥没有芦花飞扬。历史孑然一身，仍将孑然一身。在即将远离的路上，我看见通向永定河的裂沟里有坚白的冰。

一九九九年二月二十八日

## 与战死者夜谈

　　没有星星的夜里稀稀落落的虫鸣像光线。我知道你们忌惮人间杂音。我把电视的音量扭小，低得像祷告，像风吹荒松。但埃及广场上的呐喊依然滚沸。他们举着标语和鞋子。这毕竟是另一个世纪了。残蝉鸣树间，玄鸟逝安适。你们要寻觅的是一九三八年。那是另一座山体上的悬崖以及叠页岩中的编号。我关掉电视。我看不见你们。但挖掘机依然在挖掘，它似乎径直开进了我的客厅。"在本地高速公路施工现场发现了许多遗骨"，画外音是一个女子在报告新闻事件。钝硬的弹片。锈迹斑斑的钢盔。残损的枪筒和扳机。那是你们潜伏在深渊里的最后防线。仅仅因为一个偶然。仅仅因为那台挖掘机多挖了一个小坑。还有，老天在一个劲地下雨，上面的黄土被雨冲刷掉了。于是你们的战壕垮塌下来，裸露出草根下面那排列齐整的遗骸方阵——尽管被历史和现实所遗忘，但却被雨水和野草一一辨认。

　　你们的遗骸方阵阻挡了挖掘机继续推进。而骨头上面是异乡的泥土、无尽的昼夜，以及一个又一个时代喧嚣而来，又喧嚣而去。

　　当地老人找到一块碑文，为你们战死者的身份提供了佐证，"一七六师以单薄兵力，对抗优势之敌，团长谢鼎新，代团长蔡朝焜，皆以巷战冲锋，先后殉职，团长褚兆月亦以伤重殒命道中，又阵亡中级军官二员，下级军官十八员，士兵二十六名……其三攻安庆，剿敌为最巨……溯自南宁出师，越时六年，转战数省，大小百战，歼敌数千。我亦阵亡中级军官六员，下级军官八十九员，士兵三千六百八十一名，而伤者不与焉。兹之公墓，所葬为三分之一，而地之未复，及道远莫致者，又不与焉……天柱古为南岳，今乃作国殇之幽宅……桂林山水，秀甲寰区，挺生人杰，武侠文纡……西南万里，转战前来，一朝赴义，千礼增哀，昔日睢阳，志存杀贼，魂魄犹雄，日星比照，河流赴坚，岳色摩空，伐石作铭，以实无穷。"

你们死于抵御日军入侵的惨烈战斗，然后大部分被草草掩埋了。没有名字。没有坟墓。只有碧血黄沙！只有白骨幽灵！你们是无名的战死者。老人吟诵了一首当年的潜地民谣："吃菜要吃白菜心，嫁人要嫁广西兵。广西兵，好良心！"这是滚烫的民心竖起的碑，比大理石汉白玉更坚固，更长久。

凛凛岁云暮，蟋蟀夕鸣悲。尽管那场血战已化作云烟，但惨烈死亡的气息仍恒久地绵延在皖河两岸的草野之中。遗骨和遗恨纠结在一起，而荒草、乱石以及遗忘遮没了你们。在睡梦里，我与一个战死者的亡灵相遇，于是我和他有了下面的对谈——

"很想知道壮士多大岁数了？"

"不知你问的是活龄还是死龄？"

"活龄和死龄不一样吗？难道死后还会长出另一种岁数？"

"当然不一样。战死者跟别的死亡不一样，死神嫌我们血腥味太重，并不诚心收留，因此让我们归零后重新生长。"

我为之黯然。掐指算来，你们在地底下活过来的岁数也远远大于我。我知道了，那场抵抗外敌的血战距今多少年，你们从死亡的反面长出的岁数就有多少年。另一种算法是，你们被遗忘了多少年——墓碑被挪用、被践踏了多少年，你们重生的骨龄就有多少年。可是幽灵也会老吗？我实在想象不出幽灵苍老了会是什么样子。

"不过，归零后我们长是长，却永远没有青春期了。"

"怎么可能没……？"

"我们战死在血气方刚的年龄，死神不希望我们再死于血气。因此下令跳过它。"

我默然良久。你们死时大都是处子，没尝过恋爱的滋味，更不知道女人的滋味。听说二十九军敢死队赴长城抗击日军前夕，曾有这样的细节：一个警卫员对赵登禹将军说，"晚上要接敌了，不知是死是活，我长这么大，还没见过女人的妈妈（曹州方言：乳房）。"空气一刹那为之凝固，雪地齐刷刷跪倒了一片。这时，村民中有个女孩毅然解开扣子，把衣服一层层扯开，一对未发育成熟的乳房白花花地绽露出来，令敢死队员眼前一片眩晕。痛饮一杯壮行酒后，他们毅然决然扭过头去，挎着大刀奔赴喜峰口杀鬼子。

"你们也有类似的经历或想法吗？"

"青松生南国，焉能无女萝？日军进攻迅速，桐城被占后，潜山已陷多面合围，我一七六师转战潜山，哪有时间想这个呵……哦哦……哪个不想呵，伤彼蕙兰花，结根漓江边……"

远处的皖河吹来一阵宽阔的带土腥味的风，激起两岸茂密、葳蕤的阴影发出碎语。我在黑暗中想多呆一会儿。荒草以茎尖触碰我，那是你在暗示我吗？

我递过去一支烟："请问壮士的家乡在哪儿？"

"还顾望旧乡兮，长路漫浩浩。不知你问的是生乡还是死乡？"

我惊愕地睁大双眼："死后也有故乡吗？那你们的死乡在哪儿？"

"当然有。我们战死在异乡，也埋在这里。悲歌可以当泣兮，远望可以当归。亲人远在漓江，不知我辈死在哪儿，这片黄土自然成了我的死乡——这么多年我听不懂皖河蛙鸣中的土话，听不懂墓前一桑树、一梓树何以巢覆鸟散，却触摸了它们深藏的秘密。"

"什么秘密?"

"一切生命的气息均源自河水。那些利欲熏心的,心胸狭隘的,死抱陈见的,是不可能听懂这巨河支流的秘密。这么多年,我们不得不学会在黑暗中谛听——这条河养育我死后的生活,以及我的儿女们……"

"你说什么呵?你们的儿女是谁?"

"你当然不知道。那些被践踏的野草是我们的儿女,那些被贬斥的乌鸦成了我们的信使。至于我们眼中的英雄,恰恰是你们看不上眼的蛐蛐儿。"

"太诡奇了!你们真的崇拜蛐蛐儿?"

"你真的没见过蛐蛐儿怎样搏击怎样渡河么?如果没见过,你不妨到皖河边走一走。第一个蟋蟀勇敢扑向水边,被水冲去了,第二个又扑上来,又被大浪冲走了,于是第三个、第四个扑上来——直到他们的尸骸堆积起来,堆成了一座桥,其余的便过去了。……"

我无言以对。阴阳两界,也许一切价值都是倒置的。但你们的忠勇超越了一切界限,像所有形式的生命,既可以是一匹马,几块石头,也可以是一群蝗虫,一片低徊的云……。我忽然有所悟:蟋蟀乃精魂所化之虫:形若土狗,梅花翅,方首长胫,即便面对趾高气扬的凶猛公鸡也毫不畏惧!

太阳每天照常升起!它照耀着遗骨在下而遗忘在上的皖河!集团政治从来都是昏聩的、魔幻的。那是一个无底的断崖和深涧。六十多年了,竟无人知晓这些荒山野岭埋葬着最悲壮的死亡。村民说,以前这些遗骨偶被掘出便散落各处,甚至被当作垃圾加以清除;当年的碑石,有的被撬走当作门槛石,有的被胡乱置放在猪圈里。……

我愕然,愤然。

促织鸣东壁,音响一何悲!我感到一种莫名恐惧。那个庞然大物的投影几乎淹没了客厅。楼上传来爵士乐的震响,它释放着巨大的虚无以及喧哗中的静寂。穆巴拉克成了铁笼子里的困兽。而在法庭外面,民众被盲信和阴沉的力量撕裂成两派。恐惧、茫然和悒郁悄悄地袭来，然后寄存于我，快要把五脏六腑掏空了。

初春的江城很有些寒冽，一阵夜风撩起窗帘。想必湖边那片灰黄色已冒出一丁点绿意，黑蓝夹杂的无名鸟正将残冬最后的叶子惊落而下。林间悲风，欲渡无桨。然而，那骷髅的方阵忽然齐刷刷地望定我——写作中的我仿佛成了隧洞里漫飞的幽萤。我意识到，它们能否被人们重新认识和对待，将关涉如何对待生命、家园、思想，宇宙中的星星，以及树木和空气。

而河流必将悲怆深藏于河沙之中。

二〇一一年十月三十日

# 日常的凹陷

本地某天的一张报纸上，有一则寻人启事吸引了我。

它介于一版与四版之间的报缝下端，但它一下子吸住了我的目光："一九三八年六七月间（即农历端午节前夕），麦黄草长得老高，日本鬼子开始攻打安庆，我家七口人出安庆西门，走小路，由怀宁县洪镇汗马村陈家祠堂，经潜山县、太湖县逃难到宿松县城内，接着又从宿松县的长岭铺逃到湖北省蕲春县张家塝镇。在逃难的途中，某天夜半，把我的小妹濮火珠丢给一贫苦农家做童养媳（当时3虚岁，现在65岁）……"

一个光秃秃的个人记忆深处存在的事实。它是孤零零的，只有他自己能够证明，但却无须证明。在它的旁边，刊有美机轰炸塔利班阵地的新闻，也有英德利制衣有限公司的招工广告，以及报纸广告部的广告。在我注视下，花花绿绿的报纸的即时性和平面性，与这一凹陷下去的黑色时间，因突然拼接而猛烈相撞，仿佛大地上陡地裸现一道深深的裂沟。六十多年的历史跨度，和"寻找"这一行动本身使之持续散发着强劲的磁力。当然，麦黄草仍在皖江大地上一个劲地疯长，它几乎成了那发黄的特定时空的唯一见证。

"一九三八年……"这样的开头显得异常刺目。它简直像一部小说的开头。是谁把它弄错了地方？转而一想，并非只有文学才具有突接和假定的性质，历史本身不也同样如虚构般散发着扑朔迷离的气息？况且，存在于当下情境中的历史更具偶然性，更无法逆料。现实给予人的悬念常常因身在其中而被忽略了。在未知面前手足无措的人们，宁愿相信算命先生一派胡言，却不认为已逝或将逝的历史也存在虚构的特质——它们具有历史逻辑所无法解释和框定的散漫性和横逸性。

这是一位七十四岁老人埋藏心底的遗憾和痛悔。它一年年地蔓生着，枯黄着……。在这种心境中进入回忆如同被罩在玻璃灯罩中。你看见他，但他并不在此。这则启事不过是回忆中垂挂了六十年的许多酸果中的一枚而已。他不可能意识不到时间的强大，却必定暂时克服了对时间深渊的恐惧。久远年代的悬隔不能阻止他找寻亲人的想法，因为心底的麦黄草一直疯长着，并与六十年前土道旁的麦黄草混成一片。

"濮火珠，我是你的大哥濮德善，74周岁，现住在人民路炮营山一巷一排……"这则启事接下来写道。

显而易见，接续中断了六十余年的线索来找寻，不是说不可能，却实在比较渺茫。这里隐含了一个假定：经历了兵荒马乱的年代，他的妹妹依然活着，姓名也未改，并且能看到这张报纸。假定性在生活中是随时出现的，像蜜蜂突然带来的一缕花香，只是人们并不留意罢了。没有假定也就没有可能性，而虚构只是假定性之一种。这则启事正是朝向假定性敞开的，它是对现实可能性的一次探寻，如同蜗牛向墙隅伸出了它的触角。启事所提供的是十分含混的时空标识："走小路""某天夜半""一贫苦农家"，这些词组都语焉不详，有点像卡夫卡小说中通向"城堡"的路。一九三八年大逃亡的细节，在记忆中竟是如此湮没难辨。"走小路""某天夜半"，在我看来极具个人生存时空的象征意味。但我相信这是真实的，既符合历史现场的真实，也符合记忆本身的真实。历史并非只存在于重大事件之中，它的毛孔同样布满在寻常巷陌与田间泥道之间。

唯一不变的是皖江原野的麦黄草，自一九三八年以来依然春绿秋黄，大片大片地蔓生在草民栖息的旷原和山坡上。

我曾教过学生怎样写"启事"。"启事"这一文种是当下的，应时的，广而告之的。当它承载了这么一个难以"启开"的个人历史事实时，便产生了相当大的摩擦和内部冲突。因为六十多年的黑暗纵深将这一文种给撑破了，好像装满稻种或草籽的口袋那样裂开了。因为这种裂开，我看见了那黑得有点发亮的所漏之物……

二〇〇一年十一月八日

在途中

　　我正在叙述的风景或经历与记忆似乎无甚关联，但它们确实是从车窗外向我涌现、延伸，并从一个冬天进入到另一个冬天。它们在不同的维度上与车厢相对：平行或者交叉。它们在缄默，呼吸，枯干，流淌……。事实上，你无法看清它们：哪些离你远，哪些离你近，哪些已经或正在消逝，哪些消逝的至今尚未抵达。倘若情形不是这样，那么现在，它们在车窗那边同样能看见我。

　　我正在离开什么，并且打了一个喷嚏，冬天因此得到一次证实。小小的铁皮盒一旦安上四个轱辘，它们就能跑，就能带着我兜圈子：由 A 至 B，然后像倒带那样由 B 至 A。一个空间在另一个更大的空间里，必定像抽屉或风箱那样来回运动。我很久没出远门了，衣服穿得少了点。但思想似乎并不怕冷，它进入冬天，而冬天本身就类似一种抽象思维：冷峻，坚硬，水落石出。

　　我必须去 B 城，为一件很功利的事。但是上车后，我对去 B 城突然感到茫然、虚无，甚至对自己也感到陌生，周围的一切随之变得像跑光的底片一样无意义。这种情形类似《旧约》时代，上帝对犹太先祖说："你必须去耶路撒冷，你不能去耶路撒冷。"问题是，我已坐在中巴车里，并且正在叙述它。

　　冬天已变得越来越模糊了。在麦当劳化的不断膨胀的世界，雪下得肯定越来越少。但云层好像比先前更低一些，更暗一些。田野里有人，有草堆，也有麻雀，还有石头一样的白色之物。显然，野鸽子在飞。很多年我都没见过它了。我想起圣灵在《新约》中呈现为一只鸽子。那么，野鸽子似应介于圣灵与性灵之间，因为它多了一些大地的野性和土味。

坐在我左前方的司机一直在调整速度。车门旁那个胖女人是收费的，她正与乘客——一个很瘦的家伙——为几角钱脸红脖子粗地讨价还价。细节着实很生动，但对它进行现实主义描绘已无必要。同行的 C 告诉我，他小时候在这一带呆过，那时候他外婆家有好多好吃的，还有一个水竹编的蝈蝈笼。有一年发大水，他差一点掉到水凼里淹死。我也向他提及孩提时代有趣的事儿。可是回忆只能使我接近叙述和叙述中的风景，而不是过去的那个我。

绵延不已的树林后面是同样绵延不尽的江水。那伪装成灰绿色的皱巴巴的表面随意晾挂在没有叶子的枝杈间，如同婴儿的尿布，几乎没有一点儿光。而在江水后面，那淡入淡出的依旧是树林，是分不清此岸还是彼岸的防护林。显然，树林反向而驰的速度比江水更快一些。有的时候，前边突然出现一大片被忽略的、缺口似的空旷，无遮无拦，仿佛是大水的入口处，没有鸟影，也没有草迹。车身猛地摇晃了一下。

不用说，在这忽地转亮的瞬间，我经历了它们以及想象中大片大片的芦苇。车子好像停了几次，下去几个人，也上来几个人，都照例要摇晃一下，然后扶住什么。车厢内的人也并不见少。尘迹和雨痕沾满玻璃，乍一看去，像是谁随手胡涂乱抹留下的。

堵车还是发生了。黑鸦鸦的长蛇阵足足被阻一小时，最后每个乘客掏了一元钱。在经过事发地点时，我看见许多人，其中一个老头在大声责问，一个老妇在路边呼天喊地：他的儿子刚从南方打工回来，晚上竟被车撞死，可肇事车已逃之夭夭。此地段介于两县交界，因而两地互相推诿。那老头看上去有点像悲伤的约伯。约伯尽管"每逢思想，心就惊惶，浑身战兢"，但他还是比一般圣徒多了怀疑反问的精神。他责问神："恶人的灯何尝熄灭？……

神何尝发怒，向他们分散灾祸呢？……他所做的，有谁报应他呢？"

换言之，上帝一思考，人们是否也会发笑？

后面有人接连打了几个喷嚏以及哈欠，可是依然没有看见结论。刚刚逝去的景物好像又在前方出现，只是夹杂着几只不知从哪儿来的山羊，白的和褐的，在形同虚设的大堤上啃草——草色与土色几乎没有区别。

我昏昏欲睡。C则横躺在最后一排座位上一声不吭，谁知道他在做怎样的好梦。爱伦•坡说，当他想知道一个人当时的思想，他就根据这个人的脸画出其轮廓。车厢内的光线越来越微暗、昏黄，他脸部的轮廓大部分沉浸在斑驳模糊的阴影中。然而，窗玻璃如同牙关似的咯咯打战，不一会儿它颤开一道细缝，刀片样的风猛地刮过我的下巴。窗玻璃随即被后面的手再次关紧。看来，越是通明无碍的地方，越是布满看不见的缝隙。

我知道我不能想太多。如果想得太多，那么它随时可能会像下面的轮胎爆掉。我感到一股莫名的回风，吹得后脑勺生疼，仿佛一种更大的思维的旋涡让我置身其中。它们看不清我的脸、眼睛，以及正在伤感的鼻子。这就是久违的冬天吗？舍斯托夫说："人应该怎样同上帝争吵？"而弗罗斯特却说："同世界进行一次情人的争吵！"那么我是喜欢上帝的世界，还是喜欢情人的世界？

在到达目的地之前，车厢内几乎空空荡荡了。我和C，还有几个脸皮紧绷的乘客，都一律成了剩余者。颠簸的车身使我想起乡下的簸箕来。现在轮到它们不停地旋转、簸扬：光阴和痴梦像稗谷一样飞逝，只剩下一片惘然……

下雨了，雨点小得无法辨别，只见前方的刮雨器在左右划弧。柏油路已黑得有点闪闪发光了。突然一个急刹车，差点使C从座位上摔下来。因此我不得不暂时停止叙述。不过雨意仍在持续，我的头发被它弄得有点潮湿了。

一九九七年五月

## 体内地图

　　旅顺不认识我。它在一个叫黄海的海边待了很多年又很多年。东鸡冠山不是那种见到游人就龇牙咧嘴、笑脸相迎的家伙。它在我到来的这个暮春，一直把头颅深深地埋在被海风倾泼的豪雨中。

　　然而抵达旅顺时，却有一种似曾相识的感觉，好像我的前生来过这里。是的，我感到一种既火且冰的东西从心渊中升腾起来，带着气泡、火成岩，以及蓝海带。旅顺，它在我体内一点也不迢遥。它与我相邻。它距我出生之地仅一公里，距我的成长不到百米，而距我的写作不过十米。它暗黑的颜色不是人为添加的，而是由一个世纪所有夜晚的黑色素沉淀而成。

　　当然，小贩在叫卖旅顺地图。他们手中招摇的地图，甚至引来了一两只海鸥。而旅顺就在我的脚下，在我的沧桑视野里起伏成黄海和青山，因此它也在海风猛灌所激起的阵阵耳鸣中。大凡旅游不过在重复同样的游戏，类似卡尔维诺所说的尖脚猫游戏——游客来了，游客踏过了，闪光灯了；游客还带来了墨镜、口香糖、老婆或情人。游客像海浪一波波地冲上来了，不断冲刷着这个滨海的观光景点。这是对的。游客需要一种类似酒精的东西刺激一下。导游说旅顺不对外国人开放，要留意哦，这里有很多便衣呐。游客说，干脆不拍照了，以免泄露一九〇四年的军事机密。

东鸡冠山像一个被捆绑者，它的双臂裸露着紫红的岩色。它被迫在雨中再度成为历史的见证者。但它的鸡冠在迷蒙细雨中反而更红了。至于俄军的机枪阵地、壕沟、暗堡、指挥所、兵营、弹药库，在导游小姐的扩音器里自动炼成俄式猪油或巧克力。成建制的日军在各种暗堡组成的迷宫里被歼灭。日军战死五万多人，但最终还是攻上东鸡冠山的"鸡冠"。旅顺湾里的俄舰随即遭到毁灭性打击。日俄战争期间，除了清政府宣布可笑的"中立"外，这儿的中国人到底在干什么？看看吧，图片上有一群日本兵在砍杀一个中国人。几个俄国兵在绑架另一个中国人。头颅、残肢和辫子像粉碎的鸡冠花，涂抹着旷原那暮春里的肃杀之秋。

据我所知，他们有的做了日本人的侦探，被俄国兵抓住杀头；有的做了俄国人的侦探，被日本兵抓住杀头。当然更多的成了麻木的看客。这些看客不知道下一个被杀头的将轮到他自己。在旅顺，中国人被杀头是不需要理由的。他们是"示众的材料"、祭旗的材料，以及示众之"众"。其中一组镜头制作成幻灯片带到了日本，在仙台那里被当时唯一的中国留学生所目睹。这个来自绍兴的留学生愤怒地放弃学医，拿起笔来，决心疗救精神上的"东亚病夫"。但直到他死时，也没有看到太多的希望，而他自己一语成谶地成了"狂人"。

该看见的你们都看见了。看不见的你们依然看不见——那是一幕幕隐秘在晦暗深渊的惨黯图景。

前天上午，我和同事下火车后坐出租车。我问的哥：听说金融风暴中大连不少日韩企业卷铺盖溜掉了，韩国人坏还是日本人坏？的哥斩钉截铁地说，最坏的还是中国人，日占时期最坏的主意都是中国人出的。同事赞扬的哥很健谈，很豪爽，并递给他一支香烟。到达宾馆后，一看计价器是24元，这才发觉的哥绕道了，比事前所知的要贵十块左右。的哥给我们上了第一课！入住宾馆后，发现里面有不少日本游客。早上吃自助餐时，我看见一个日本老太夹菜时掉了一块在桌台上，她捡起后放到自己的盘子里。过了一会儿，同事看见一个同胞夹菜时也掉了一块，他迅速捡起却丢进原来的菜盆里。

对导游小姐而言，从东鸡冠山到旅顺口不过一条游览路线而已。重要的是，其间精心设置了"价廉物美"的购物超市。

——那就是旅顺口！看到了吗？当迢遥的黄海突然距我只有咫尺之远，我的脸是不是有点儿"黄"了？

"旅顺口"刻在一块岩石上，被忙于拍照的游人围得水泄不通。其时天仍在下雨，咸味的风吹得海鸥一只也看不见。而岩石前面就是一望无际的汹涌的海，是一点也不黄一点也不蓝的黄海。它下面是看不见的 1894 年的甲午海战、1904 年的日俄海战。当然，黄海也不认识我。但它肯定认识另一个人——最后的桐城派传人吴汝伦。上个世纪初他渡过黄海访问日本，路过马关时被要求留字，他当众写下四个大字：伤心之地！令在场的人无不动容。

在另一意义上，旅顺口正是这样一个黑洞洞的入口：我们和我们的先人都打那儿来。它成了溶解在无数个体血液里的集体意识或无意识黑箱。当我作为游人来到这里，竟有一种重返血糊糊的大地子宫的感觉——"旅顺口"曾经是一节历史的宫颈。

海边相当冷。我坚持在雨中与汹涌的黄海合了一张影，我拒绝拿伞。这是我表达对"旅顺口"复杂感受的一种方式。职业相师手拿镶满玉照的招贴板在人群里钻来钻去，"十块钱一张，现拍现取。"同游者忍不住"咔嚓"了一张，他的光辉形象霎时被镶在圆瓷片里，不过照片的背景却变成了阳光蓝天白云……

爱伦堡曾在回忆录中写道：1904 年，"我还记得两件使我大为惊讶的大事——俄军溃败后旅顺口的被围和契诃夫的死"。一支军队的溃败和一个作家的死，本来并不相关。但是在爱伦堡那儿，二者被置于同等重要的地位——契诃夫小说对俄国人及其社会的剖析与批判令人印象深刻；而一支军队的溃败，是源于国家基脚及五脏六腑的朽败。当它成了烂桃子时，针刺它的那个人也死了。而同一年，清国溃败的速度远超俄国，茫茫国土穷困得只剩下宫廷了，只剩下颐和园的画舫和慈禧的盛筵了。最可怕的是无边的"无声"——既没有契诃夫式的诞生，也没有契诃夫式的死亡。即便黄海发出愤怒的咆哮，也一样消蚀于"无声"。

回安庆后，我仔细看了那张照片，我微耸肩膀站在黄海的前面，那一刻黄海之雨的重量被我感觉到了。我想，一个完全陌生的地方，当它与一个夜游者猝然相遇，它带来的震撼必定源自体内的那张地图。

二〇〇九年五月十三日

# 云　根

　　春日偶翻五年前的《世界文学》杂志，读到韩国诗人姜恩乔的一段话："所有的云都有根。根伸展着抚摸大地，大地行走至今却不知有云根，大地只管行走。"我觉得有意味，又心存疑念：天空中的云都有怎样的根呢？行走的大地何以不知晓？

　　这个问题萦绕心间良久。某一晚，忽忆起年少时皖南丘陵的雷暴，尤其是雷暴屋动瓦响地横扫过后，村庄上黑云如兽四处奔散，暗淡的天空慢慢变亮时，前方的山脊线上有时会涌起一幔乌云，从中悬垂下来象鼻状的长长的管子不断地扭动着、缩伸着。这时村人会兴奋地喊："快来看喽，龙戏水！"其实，那就是龙卷风，一种能掀掉屋顶的猛烈旋风。可是那一刻，谁知道这近在眼前远在天边的龙戏水会在哪个村庄上空肆虐呢？现在想来，那也许就是云根罢。你瞧，那又长又粗的巨躯的下端类似根蒂，它伸入大地汲水显得多么焦渴呀；再瞧其上厚厚的云幔，不正是怒角峥嵘的蓬勃树冠？如果雨云没有根，那么它又如何保证自己不渴死，又如何将老天的恩泽普施四方？

　　站在龙卷风之外可以静心欣赏它，置身其中就很恐怖了，其摧毁力不亚于横扫美洲的飓风。后来读贾岛的诗《题李凝幽居》，其中有这样两句：

过桥分野色，移石动云根

看来中国古人对此早有独见了。他们认为云"触石而出"，故称石头为云根。那么，我们是否可以说，石头是泥土的另一种形式，或者泥土原本就来自源初的石头？石头作为大地的一部分，还需要行走的大地知道吗？正像人在行走时还需要知道血液在流动吗？大地之为大地，正在于它不知有云根在。然而，人只要移动一下石头，也许便牵动了高高在上的云层或云空。这大约是人们所想不到的。有一年龙卷风袭击了我所居住的村庄（村庄有一个很诗意的名字：云桥），所到之处鸡犬升天，牛棚如神毯飞起。可是肆虐过后，尽管棚顶已不知去向，但无法撼动的石磙还在那儿。那时的晒谷场是泥巴地，夏收前必须用石磙重新滚碾、轧平。村人移动石磙时，它的四沿均已恣肆着草叶，磙的下面是潮湿的泥土、蚯蚓和白生生的草芽儿。这似乎有点不可思议。稍有乡居经验的人都知道，看似钝拙的石头其实是最敏感的。大凡天要下雨，云必先"通知"石头：水珠儿从石头上细密地渗出。但自从移居城市后，我对这种经验渐渐淡漠了。

其实，石头中既有至柔之水，也有至坚之铁（古人称为"金"）。自从祖先懂得从岩石中提炼铜和铁后，人类历史才从石器时代进入青铜时代。观赏隋建国的雕塑作品《结构》系列（1992），诸如石块们被网状钢筋不规则地勒紧，或者在岩块之间拉起数条铁索，便不难体味雕塑家对石头与铁的关系的哲思："金属从石头里出来，然后又和石头发生作用。好像人类创造了文明，文明又反过来对人加以束缚。当你找到了一个意义，又立即对这个意义进行怀疑。于是又希望返璞归真。"当然，石头中还有木纹，有凝固的岩火，有琥珀般的动物图案。它们与石头处在相尅相容的关系中。在白垩纪早期的蛙类化石上，你仿佛可以听到两亿年前的蛙鸣声。

每天我生活，每天光的大海

升起，我似乎看到

石头里的眼泪

好像我的眼睛在地面下凝神

（勃莱《反对富人的诗》）


　　石头里岂止有"眼泪"？它还涵纳了诸多异质之物，否则它又何以达到"有容乃大"的至和之境？这也许就是中国古人称石头为云根的原因。大地说到底是石头构成的，泥土也是一种石头。罗兰·巴特在讽刺布热德主义时说，他们"一般对脑袋的不信任（鱼从头部开始腐烂，布热德的人常这么说），其命定的不幸，显然是因它所在的位置，在身体最上方，靠近云天，远离了根"。布热德主义不信任脑袋的原因，竟然是因为它"靠近云天，远离了根"。究其实，它否定的不是脑袋而是它具有思考的功能。在中国哲学看来，人介于天地之间（即"云天"与"根"之间），并达到三者合一。但如果撇开身体最重要组成部分——作为思考器官的脑袋的话，那实际上等于否定了人本身。从这个意义上说，人的脑袋既是身体的球根，也是天空赖以生长、撑开而大地得以显现的云根之一。

二〇〇七年六月中旬

# 无弹奏轰鸣

　　喜欢听钢琴并跟它有缘分，却从未想过制造这乐器之王的场景和流程。此次北京之行，有幸到冼星海钢琴厂游览一番，直接触摸支撑形而上之音乐的物质性载体——巨大的厂房和轰鸣的机器。它像一匹烈马被分割成几个肢体，每个肢体被固定在专门的车间制造，各种零件的加工由不同流水线上的技工来操作。事实上，钢琴的所有构件在这儿不知被复制了多少次，成批的"马腿"或"马屁股"占据了一个个巨大的车间。

　　穿梭在一个个车间里，刺耳的噪声搞得我晕头转向。看来，能弹奏莫扎特天堂般乐曲的物质性钢琴，其源头充满了各种各样的噪声——钢琴正是由这形形色色的被刨光的噪声零件组装起来的。我首先感到的不是自身渺小，而是一种被沉默状态。"你不沉默，我强迫你沉默。"一种类似胶布那样的透明之物封存了我。我甚至感觉不到心跳在何处。我试图喊流水线那边的女儿，结果一张口，声音仿佛被大风吹得无影无踪。

　　时间呆久了，我感到我的存在也被拆卸成一堆声音的零件，比细小的簧片还小，简直是一堆无用的、蜷曲成团的金属刨丝。它跳荡着，快要飞到空中去，与那声音的无用的碎片缠裹在一起。"只有面临虚无，才会想起存在。"于此，我经历了被高级噪声剥夺后惟余空壳的感觉，因为那正是虚无感，类似于掏空后的红色蟹壳被丢弃在餐桌上。

而冼星海塑像就站立在厂房前的寒风中，是他而不是我更久地站在这儿，日夜倾听着这混杂的噪声的碎片。

当然，我随时可以逃离这儿，或者躲到外面抽一根烟，但我没有。也许我要体验的正是这种感觉。坚韧的物质结构在震响，在整合，一只声音的巨兽在显示它无所不在的锃亮和强悍。

当作曲家的脑海中游弋着无数音符的小蝌蚪时，这儿也在孕育着、堆叠着、打磨着各种声音的零件。这是两个平行存在的看似毫无关联的存在事实。人们一般认为巴赫的赋格曲《十二平均律》极为精确，我发现这儿的每个零件也同样精微到忽米。你不能不承认，在这一点上，物质的精密结构正在为形而上的飘扬提供了良好的基点。

在车间到车间的间隙，我感到北京年初的寒风那有力的击键，敲击着刺槐和白杨那枯掉的和没枯掉的部分。我稍稍停顿了一下。我的沙眼在风中又流泪了。北京的风和风中的沙粒哦，在排列整齐的巨大厂房之间辗转并呼啸着刮过。

最后，我们一行人来到调试车间，仿佛进入了高潮。这儿的声音更是震耳欲聋，因为至少有几十架揭开琴盖的钢琴同时在接受检测，而每一架钢琴上又有几十个小钢槌在连续敲打金黄色的琴弦。当然，若听一架钢琴调试，我想它敲击出的声音一定清刚有力。问题是，那么多的钢琴同时各弹各地机械反复，简直是不断切削着一堆堆声音的金属刨丝。只不过有一些银白的碎屑，掉在我的身上就哑掉了。

这儿所有震荡着的钢琴都处于"无弹奏"状态。调试师们在其间走来走去。所有的钢琴上都没有那双优雅的、白皙的手。为什么在这儿我感到噪声中的"无弹奏"，而在其他地方想都没想过？我想此刻不是我，而是我的思维被吸附到肯定它同时又否定它的旋涡之中。这种在内部对抗着的强大力场，比它表面的轰鸣更令我震动不已。

因此，我目击了这样一个潜在事实：它们正被一双无形之手摆弄着，敲击着。也可以说，它们此刻正被"无人"弹奏着。"无人"也是一种人。他可能是无数的、集合的人，也可能是空无所有的人。我想我曾经受到的窥视和挤压，肯定有一部分与这个"无人"相关。

"无人"你干得多棒呵！你到底想把我怎样？

它们正处于被缺席状态。被缺席，意味着一种灵魂、一种可能尚未出现。后来我想到，当我被沉默时，我周围的琴槌仍在敲击，舌条仍在卷动。是谁让我无法沉默，也无法言说？言说，仿佛是在一个时代"小商贩般的正常智量之上，添加了一个过重的阑尾"。

毋庸讳言，我喜欢那巨大而明亮的三角钢琴。在我的感觉中，它一直处在午夜的黑暗大厅，静静地等待某个人来弹奏它。它其实是一股不可阻挡的急流暂时凝固在那儿。当然肯定会有一个人来溶化它，激扬它。不管它蒙上了多少灰尘，冻结了多久，都会有一个人带着他生命的全部热度向它走来。

他要为这黑暗空旷的大厅献上一支用生命谱写的曲子。

而这，正与写作者的境遇庶几相似：他在黑暗中无声地说话。因此，当下我关切的是，在我写作时，是否也会处在一种"无写作"状态？我的手是否只是庞大而空虚的"无人"的一个小指头？

二〇〇一年七月四日

# 猪流感式

空间里相邻的物象往往具有猪流感式的传染性。比如，当我从东鸡冠山来到旅顺蛇博物馆，就有一种恍然从本体进入喻体的感觉——后者作为冷血动物，恰好是对发动战争的冷血之兽的比拟。然而这并非旅游设计者的初衷，仅是我个人瞬间感触而已。我认为，空间必须具备了颈部淋巴肿瘤的特征，才会通过甲型H1N1式的联想将两者联系起来。无论是东鸡冠山还是蛇博物馆，因为历史或现实的原因，它们被原构者以及导游的解说充分地"膨胀"了。而我，不过是游离于两者之间的一只"蜘蛛"而已。

在去蛇馆的旅游车上，我浏览了一下邻座的某家篮球报，获悉姚明左踝骨裂再次告别季后赛，而休斯敦球迷又一次爆出交易姚明的呼声。难怪北美大陆要流行猪流感了！姚明受伤后接受了采访，他有一段答语别有意味："我说过，进了第二轮，就好像给公社的粮食都交够了，剩下都是自己的了。"这是典型的姚式幽默。按福柯的说法，我们并非生活在一个同质的、空的空间中。相反，我们生活在一个布满各种性质、关系集合的、可能同样被幻觉所萦绕着的空间中：或者轻的、天上的、透明的空间，或者黑暗的、沙砾的、阻塞的空间。"臭虫什么时候 / 第一个发现 / 我们比蝙蝠更可口？"（奥登的诗）"人民公社"作为虚幻空间，一眨眼与NBA的狂欢空间集合一起，便具有后现代拼贴的辛辣效果。

然而，进入蛇博物馆中，你自以为是的"喻体"便消弭了。你必须直视这些形态各异的庞大的蛇的家族。蝮蛇、蟒蛇、土板蛇、眼镜蛇、蜂蛇、五步蛇、竹叶青……，它们盘踞在钢筋混凝土的巨大穹隆下。它们才是真正的冷血动物之本体。它们原本如此：冷得有生命，冷得有血气，它们只靠这点冷血活着。外面是暮春了，但它们不准醒来！它们必须继续"冬眠"！呔，这有什么大惊小怪的！如今"反季节"已成常态——不论是大气层在"反"，还是现代科技在制造"反"。如果你不"反"，反倒显得反常了。

唯一的例外是，白蛇在这里受到了高规格的垂青与眷顾。显然，这儿也是一个被分成等级的异质空间。"白娘娘"被置于蛇馆的中心位置——在古典的红房子里盘蜷着，在春日里做着冬眠的好梦。游人们对此也投桃报李，用钱钞和镍币表达膜拜之情——

"白蛇娘娘，你醒一醒呀！"

"白娘娘，求你保佑我！"

我几乎也被传染了，体温也升高了，因而对它产生兴趣了。比如我开始探究：文化传统中的奇诡意象是怎样从符号层面堕入冷血实体上来的？从原创角度看，白蛇这个意象的符号意义是经过特殊的熬煎和炼制，即由实体到变异再到复合的涅槃过程。然而，在蛇馆这儿，只需拙劣的拼凑——将雷峰塔置于白蛇的红屋旁边，强迫游客产生特定的符号意义之联想。但无论怎么乔装描眉，它仍真真切切的是一条白蛇而已。更要命的是，白娘娘可以与雷峰塔相融相洽了，她不再是被装在一个小小钵盂里，然后埋在地下，被一座塔镇压的那个"白娘娘"了。法海禅师也不必逃到蟹壳里避祸了。这也许正是商业文化"脸面"上的"妖气"：一个神奇而凄美的爱情传说被轻易消解掉了。在这里，连同情和爱慕皆以金钱来表达。而香火之盛，也该让法海禅师忧虑了。如此看来，鲁迅先生未免有点天真了，以为雷峰塔倒掉便倒掉了，却不曾料想会有各种各样的"雷峰塔"，以及它们的赝品会猪流感式地大量浮现。

　　这让我也面临一个难题：当我直视红屋里那条盘绕在树桩上的白蛇时，我是将它视作冷血动物之本体呢，还是认作爱情传说中热烈而虚幻的喻体？我有一个堂嫂最怕蛇，怕到不敢吃面条，一吃面条就要吐。也许她该来这儿体验一下？白蛇娘娘也许会改变她对蛇的恐怖印象。问题是，许仙们，白娘娘的无数粉丝们，至今还没有一个敢冲到跟前抚摸它一下的。符号的幻觉一旦遭遇冰冷的真实，便如一堆红气球遭遇针尖。这是否也可以视为一种"空间坍缩"？

　　如果进一层追问"对我们的生命、时间和历史进行腐蚀的空间，腐蚀我们和使我们生出皱纹的这个空间"（福柯语），那么我该如何审视环绕我的与生俱来、不断轮回的酸性空间？

二〇〇九年五月十六日

# 石钟山纪行

过去我常常，——几乎是每年，都要带领一帮学生到"石钟山"去，由东坡父子做导游。持斧的小童仍未见长大，但斧头的刃倒锈蚀了不少。铿铿然，那似乎已不完全是石头的声音。而一阵风便吹来了那扁舟。此时的舟人有点苍老，咳且笑，如栖鹘的磔磔声；一〇八四年六月丁丑的月光，从水、天、绝壁三面映照着我们。因为人多胆壮，巨岩自然也不像"猛兽奇鬼，森然欲搏人"了。东坡先生——向我们描绘了那大石独拔中流，"空中而多窍，与风水相吞吐""噌吰如钟鼓不绝"的堂奥。最后，我们都免不了要"叹郦元之简，而笑李渤之陋"了。因此说，我对"石钟山"实在是太熟悉不过：方块字码成上山的梯级，石头参差如词，跌宕流转的语气微波入焉，涵澹澎湃……

一九九九年的秋天，我从九江进入彭蠡之口，真的去了一趟石钟山。几场大雨过后，长江连同鄱阳湖一带水势看涨，轮渡的距离大大延伸了，口边排着长蛇般的过渡车辆。我只得搭乘民船，渡向大水彼岸的双钟镇。水波浩浩渺渺，使人无法感觉出它的流向：它从哪儿来又流往哪儿去。而尚未建成的跨湖大桥正从头顶一寸寸地漂过……。这是否也是一种共时状态？比如苏迈此时正用手逗弄着舷边激起的水花儿。没想到，郦道元所谓"下临深潭"

竟深藏于这般浩莽无涯中。

我似乎是专为探寻"石钟"而来。在蓊蓊郁郁的山上，我四处找寻东坡叩问过的石头，尤其是仆童用斧头敲击的那一块，以及水中多窍的那个大家伙，甚至也包括唐代李渤"访其遗踪"时遇到的那对"双石"。我想听见石头的钟发出的奇妙声音，哪怕是残留的钟的碎片也好。最省力的，莫过于在"石钟亭"敲击——正中竖着一块不规则的大石头，正面雕"千古奇音"，背面刻"石钟"字样，可我无法使它发出石之钟声。

真实"真"到了极限，大概就是这样子——它粗糙、坚硬得有些锉手。在这个湖风浩大的阴晦的下午，"石钟"穿过迢迢言谈触摸了我的感官。接下来在"泛舟岩"，我倾听石窍中风水吞吐的声音，实在想不出来它跟枞阳浮山的石头有何不同。

然而，这又确乎是彭蠡之口的峭岩。一座熔岩的山，亿万斯年地崛起于汤汤碧流之中。站在清浊亭上，我一边啃着梨子，一边纵目远眺：湖水南来而清，江水东去而浊，浩浩然，浑浑然；轻舟徐来，秋雨绵绵，直到桑落洲、梅地洲一线，两水才紧紧拥吻，黄碧相间如蜡笔涂就的稚拙线条。这自然大化，这含蕴石山的秋染的江天，清凌凌的，静到极处便可听见它隐隐作响。

至于江中渚洲只浮出一脉浅浅的绿。水涨鸟飞，水落草黄。在山上的商店里，我买了本《石钟山志》，是清代人编撰的。粗粗翻了一下，发现历朝来此踏勘、游玩并留下诗文的，其数量之多颇令我意外。苏子不过是其中之一罢了。他们有一个共同的主题，即探寻此山命名的由来以及由来的由来。

命名如同棋盘上落下的第一粒子，其后的阐释者在上面落下第二粒子，第三粒子，后来者又落下第四粒子……，而到了我这儿，棋盘上已是密密麻麻、星斗满天了。当我带着苏子的目光来探寻石钟山时，我不知道自己距真实的石钟山还有多远。

我猜想，"石钟山"的命名者，或许就是彭蠡的渔民，樵夫，卜者，或者部落王中间的某一个。他们于斯劳作、嫁娶和繁衍，自然会发现它的大美和种种妙处；在行舟、醉酒、唱谣，或祭祀中，他们会以不同的音节叫喊它，讲述它，敲打它；而这对称的两座石山，最终会被其中的几个音节或词语网住，固定下来。任何远古的命名都藏有它潜在机缘和当下情境。对这座山命名的神秘时刻，谁也无法追溯和复原了。换言之，阐释这个诗意的命名，并不存在最终的唯一答案，又何必要分出正谬来？每个亲临其境的人，都可以通过体察、抚摸不同的"神秘时刻"，来对既定命名进行个人化的重新命名。至于格物式的探测、勘察、解释，也不应视为权威性的唯一定论。如果远古那个命名者知道后来者为此而大伤脑筋，穷究于幽思苦索之中，想必会掩口窃笑吧？

看来，苏子的那份自信并不可靠，甚至有点独断论的味道。他那一步棋，怎么就能"吃掉"李渤的那粒子？唐人李渤这样写道："忽遇双石，倚枕潭际，影沦波中，询诸水滨，乃曰：'石钟也，有铜铁之异焉。'扣而聆之，南声涵胡，北声清越，枹止响腾，余韵徐歇。若非泽滋其山，山涵其英，联气凝质，发为至灵，则安能产兹奇石乎？"何其妙哉！李渤真乃诗者的目光，秋水的心境。那么，曾国藩又何以能"吃掉"苏子的那粒子呢？他在《读东坡〈石钟山记〉书后》一文中说："钟山以形言之，非以声言之。郦氏、苏氏所言，皆非事实也。"曾氏无非是依据"石钟之片石寸草，诸将士皆能辨识。上钟岩与下钟岩，其下皆有洞，可容数百人，深不可穷，形如覆钟"而已。

他们其实各有自己的视角和领悟。这其中，"阐释命名"更多叙述兼说明，它传承于格物穷理的记游传统。只有"重新命名"是属于诗性的，带有以我观物的个人色彩，或者以物观物、以山水观山水的悠然心境，比如苏子对夜泊绝壁和发现"石钟"过程的描绘便是。但那只属于苏子个人的体验和发现，无疑成为石钟山命名的神秘魅力的来源之一。

斯蒂文斯说过，人须有冬天的心境，才能看霜、看雪。不错，我来到了

"石钟山"，我看到了什么？我看到在它的上面，众多古代和当代的"古迹"，很文化，很幽然，而山却不为所动。山毕竟还是山，山上的石头仍是石头，蚂蚁仍是蚂蚁，树木被焚后再长出的仍是树木。亿万斯年的大水，还是那样冲激着它，摩挲着它，让它有声或无声地浮荡起水天之间那一片清远，那一片濯人心怀的澄澈。于此，石头即便发出寻常之音也是美妙的。

然而，我们无法不面对那巨大而无形"石钟"，那历代命名者和阐释者所厚积的文化屏障。他们异口同声地说，我看到了东坡所描绘的"石钟"，它的声音美极了。我不也是这样向学生们渲染的吗？"我去过那儿，石钟的声音真是妙不可言。"这当然也对，但那肯定不是无边秋水中的这一座，存在于客体或个体之中的这一座，而是那一座，仍旧是那一座。坡公后来在《跋石钟山记后》中说，他游钱塘东南，皆有水乐洞，"泉流空岩中，皆自然宫商。又自灵隐下天竺而上至上天竺，溪行两山间，巨石磊磊如生羊，其声空砉然，真若钟声，乃知庄生所谓天籁者，盖无所不在也。"诚哉斯言！

至于我自己，似乎更喜欢在真实的石钟山和众多命名之间穿行与游弋。我想从石头和词的两边双向进入，并在其间徜徉、玩味。果能如此，也不虚此行了。

一九九九年九月十五日

# 在峡夜中航行

夕暮初降后，江津号继续着一九九三年秋天的航行。西陵峡如同两扇提前关闭的墨黛门扉，黏稠的幽暗从四面围抱的岩缝钻出，并渐渐扩散开来，而陡峻的巅尖部分依然抹着靛青色，萧森的树木如寒烟腾漫，使三峡的初夜多少显得与平原不同，危耸而奇崛。下午过葛洲坝后，江面渐窄，山势看陡，浓柯荫蔽处不见秋日，待雾岚四起时，西陵峡已呼之欲出了。江津号似乎不是自己驶入第一道峡口，而是被一股凶悍的涡漩力猛烈吸入的。这是我第一次在三峡里溯流而上，向着陌生的、雾锁的神秘西部曲折穿行。妻当然也是第一次。她站在船舷边被峡风吹乱了头发，一脸兴奋。当世界只剩下波涛冲刷船头"哗——哗——哗——"的喧声，以及一二只峡鸟飞掠而去的凄鸣，连峡谷中连绵危岩和嵯峨阴影，也被浓夜吞噬掉了。

一阵暗涛响腾慢慢浮上耳际。乘客大都回舱了，外面只剩下夜风中的喁喁私语。我原以为能听见"两岸猿声"之"空谷传响，哀转久绝"，亲历"猿鸣三声泪沾裳"的阴惨凄厉，可什么也没听见，除了风声和涛声。在峡暮里，我开始艳羡郦道元"猿鸣至清"的耳福了。我想古人诗文中的"猿声"，也许就是猴叫罢！能听到猴子嚷嚷也不错呀。因此入峡后我一直在寻找猴子。据同舱的金老说，一九六〇年他经过这儿时，猴子们从绝壁上一个扣一个悬吊下来，很好玩的。一抹夕照下，我只看到半山腰上有户人家，一畦畦芝麻、高粱或玉米，呈现于苍黛与赭黄之间。山羊倒是有的，皮毛却是深褐色。连"猴声"也听不见，怎不使人大感寂寞？

当夜的帷幕从峡巅完全悬垂下来时，江津号射出的灯柱拢聚着、烁闪着无数灯蛾的霜白粉翅。这猛插在深渊般峡空的锐直灯柱，因闪晃着无数蛾翅而变得碎银般耀炫，仿佛在不停地向上滚涌。我无法数清究竟有多少只这样的灯蛾，但我感觉整个三峡的灯蛾都汇集到这儿来了！在这条幽幽窄窄的路上，它们甚至化成了光的浪沫在滚翻，激溅。似乎，这是可以奔向天国的遥迢大路，它们祈望着幽冥中神灵的召唤。奋力扑击又保持翩翩之姿，那蛾委实不易。它们是慢慢血消玉殒的。它们难以达到熔身且融入其中的尖峰时刻，只能以血肉之躯攀援并垒筑通往光之峰巅的道路。这是它们的幸抑或不幸？不过，人们对灯蛾误读得还是太久了！它们是温善、柔弱且胆怯的。它们仅仅因惧怕暗黑而逃往亮处，或者苦苦挣扎在浓黯与刺亮之间。我用目光捕捉到距我最近的灯蛾，看清它的翅膀上有微小如蚁的斑点，仿佛呈露着难以掩饰的孤弱和私语。它们肯定需要输入比自己强大的血液来支撑自己。船过三峡大坝工地时，灯火璀璨并没有改变夜蛾们追随江津号的意志。在这个世界上，谁不是夜蛾一样的短暂者？至今，我仍将它们视为航行在峡夜的亲密旅伴。

在船头，我又看见那个红发女郎了。她与壮硕的男友在喁喁私语。因为逆着灯柱，那飘逸而起的发尖部分燃起一抹桔红。她高大而白皙，穿得很露，很性感，看上去像白俄姑娘，在江津号上吸引了众多船客的眼球。她非常喜欢我女儿，并在一起合影。妻与她也熟了，晚上同在一个浴池洗澡，还相互帮着搓背。妻说，不同的是我用指甲抓，她用手掌搓。这大约是南人与北人的细微差别罢。后来红发女郎来到 27 号舱玩，她看见我女儿在弹电子琴，十分好奇。可她不知道，背这么重的家伙旅行真不轻松呵。我问她是哪里人。她说她是满族，家在哈尔滨。第二天，红发女郎主动留下通讯地址，希望日后联系。

峡夜中的汹急湍流只能感觉却无法看见，或者仅凭巨峡中跌来撞去的江风，你便能知晓江津号逆行得十分艰难。哦，何处去觅时间深处的葱茏故乡？白天听金老说明天将经过白帝城，夜间便处于浮想联翩状态，仿佛那就是我久久向往的灵境圣地：吉光绽放的白帝城浮隐于云蒸霞蔚之中，清荣，素净，高旷，静秘。雪塔如丹顶鹤孤绝地耸着，顶尖枫红灼灼；蓝宫殿如汉赋般地平缓铺叙，金黄翘角纷飞于万绿丛中；而峻茂之悬瀑直下千尺，飞漱寒涧，如山涧的灵语。也许，本源之乡并不神秘，它就在那儿，简单而朴拙。庄子在《则阳》里说："旧国旧都，望之畅然。"庄子以故乡喻本真，人若能归复本真，便恍如还乡。要言之，返乡一如归本，归本一如归真。白帝城在我心目中便是如此。

巨峡的拂晓滞缓而涩青，云雾深锁，迟迟不见绯红喷薄。这时，舱里有人说，船抛锚了，一夜没开！舱内顿时炸了锅。但我不怎么相信这种说法。住在上铺的那个少妇（她在海口一家歌舞厅做老板）说，真倒霉，坐了一条烂船。对面铺上那个做了重庆女婿的桐城小伙叫道，这下完了，误上贼船啦。后来证实没开是事实，是半夜抛锚的。舱里人都跑到顶上大厅找船长论理。船长不在，里面人说进巫峡险象环生，不遇紧急情况不会抛锚。后来船长见到了，一副没睡醒的样子，撂卜一句话：船半夜坏了，啥时开不知道。这真够荒诞的。难道在黑夜中我所感到的航行是虚假的？或者在夜里航行的江津号压根就不是这一条？因为看不见景物作为参照，船开不开谁也不知道。也有人说，船长怕触礁，所以有意抛锚。但我们都能感到船身嗡嗡颤颤的，这是江津号仍在航行的唯一证据。一切都像在做梦，大家也的确都在做梦。再说，梦本身也会航行和漂流……

　　对搁浅这个问题，我一直无法锚定。难道你是在另外一个时间里航行了一夜？次日上午，船过夔门后现出一湾浩缓沙岸，白帝城竟在煤尘浓烟中蓦然裸现，使你无法确信这曾是梦中或诗中的真实。那么究竟哪个是真的？也许一切都无法回到实存中来，它只存在于素气浮云之上。一年后的一个夜晚，当我在另一片江水中航行，我在想，那条船真的坏了么？或者夜航的真是另一条吗？"我呼吸着两种腥味，两种牙齿／仿佛只有绝路一条。／'鱼呵，慢点。'我躯体的疼痛／正逼近虚无的桅尖。"（拙作《大渡口之夜》）当一个人的灵魂比他的躯体要缓慢时，那么他肯定落伍于浪花缤纷的时尚生活。也许，这才是他在既定的我与可能的我之间徘徊、游移的真正原因。当然，你的笔若无法使"另我"重新在白昼之夜溯江而上，那就只能在这儿搁浅了。

一九九四年

# 向南，向南

　　进入高河站月台时，天又下起了大雨。傍晚的雨点击打在人们的脸上、手臂上和旅行包上，凉凉的、麻麻的感觉与大地那暗下来的沉寂混合在一起。这时火车来了，像雨季一样长的火车从雨幕的另一边隆隆开了过来。我们在这儿启程，搭乘过路列车，车厢和铺位早已预定好了。

　　带空调的硬卧车厢如同闷罐子，将驶过皖河后降临的原野上的潮漉漉的夜晚与我隔离开来。并非仅仅乘客需要降低温度，这个轰然前行的庞然大物也需要维持它体内的温度和湿度。日光灯亮了。我带来一叠报纸和书，以便打发火车上的寂寞和无聊。一个叫罗里·斯图尔特的苏格兰年轻人，辞去待遇优厚的公司职位，徒步穿行于土耳其、伊朗、印度、巴基斯坦和尼泊尔等国，正跋涉在阿富汗那强盗出没、狼群遍野的茫茫荒原。"汉堡包，方便面，火腿肠嗳！"红色餐车推过来了。杰宁难民营惨状。足球黑哨。一阵汽笛长鸣和强风将车窗玻璃震得颤响。这是两列火车迎头对开时卷起的尖厉呼啸。这个瞬间令人窒息，陷入短暂失忆状态。另一列黑色车厢仿佛属于另一时空。可是饮料车又推了过来。"喂，来一瓶可口可乐。"据说麦当劳和星巴克已开遍南方，看来还没开到向南的火车上。没过多久，同一的夜晚再次降临了，好像一个巨大沙漏在倾泻墨汁，并反复研磨着它。

两小时后，顶上的日光灯灭了，底角的黄灯仍亮着。女乘务员开始查铺。要知道，在夜晚质疑一个人身份的声音是异常尖锐的。所有的辩解都显得苍白无力。我曾经在去北京的列车上混入一个上铺而被赶下来。嘿，你可不是个省油的灯呵，仨人只买了两张硬卧票。哈哈，在手电光的射程之内，我曾经是一个身份不明的人。而此刻对面铺上的婴儿哇哇哭起来。与列车的晃荡相混杂的夜啼具有了一种纵深感。人类潜意识中对夜晚的恐惧是多么根深蒂固呵。不过睡眠还是香甜的，火车如同一个大摇篮。前妻与我的铺位连号，同是下铺，可是却隔了一层板壁。因此我听不见她梦里说了什么。

第二天晨光初绽时，我不知列车已驶过哪些站台，正驶入哪个省份。迷迷蒙蒙的无边际的旷野在车窗外缓缓移动，树木，沟渠，秧田，牛群，农舍，水塘，呈现出旷野辽阔而又茫远的表情。同时我感到它内在的神秘，它的浑朴如一。大地没有疆界，也没有页码。而夜色不过是它的黑皮封面而已。吃完方便面后，我开始了新的阅读：博尔赫斯的小说《南方》。"列车吃力地停住了，几乎就停在原野的中央。车站在铁路的另一边。"小说不过几千字，但它叙述的时空框架与我南去的情形相差无几，甚至二者具有微妙的互文关系。达尔曼是一个在双重影子下生活的游离者，他的内心充满了幻觉和对世界的质疑。现实损害着他，回忆让他更加远离自己。同样，达尔曼也在列车上阅读，但博尔赫斯不告诉我他在读什么书。

"城市在列车的两边破裂成为郊区。这个景象，以及随后出现的菜园和田庄，耽搁了他打开书来看。"这与我相反。正是这篇小说耽搁了我打开另一本书。问题是，列车进入了漫长而昏黑的隧道。我不得不抬起头，但什么也看不见。这种状况当然不会持续太久。几分钟后晨光又噗地绽开在另一边的出口。可我还没读几行文字，列车又咯噔一下驶入隧道。我原以为火车钻几次洞也没啥大不了的，谁知后面隧道如夜晚的尾巴接踵而至，令人错愕。每次进入时，我只得放下书本，等待落幕般的昏暗快点过去。可是当越来越密的隧洞频频打断小说的叙述时，我索性停止了阅读。我意识到现实中的隧洞作为另一节车厢存在的可能性。列车也不再是从"车站出发时的样子：草原和时间已经穿透了它，使它改变了形状"。白昼被压缩或者被切削于多个昏黑的隧道之间，像奶油夹心的巧克力饼。看来列车无法绕过这片裸露橘红色岩石的多山陵的广袤区域。

我不打算重新阅读了。我躺在下铺的一堆毛毯上。车厢内光线的明黑成了我判断地势的有效根据。当明亮持续了相当长的一段时间，我知道列车正行驶在一片坦荡的平原。反之便是裸露橘红色岩石的连绵峻岭。对博尔赫斯来说，平原只意味着将叙述的节奏放慢一点，再放慢一点。但对达尔曼就不一样了。"达尔曼几乎怀疑自己不是仅仅旅行到南方去，而是旅行到从前的年代去。他的这种幻想，被列车检票员打断了。后者看了看他的车票，对他说：列车并不在惯常的那个车站停车，而是在前方的另一个车站停车。"

我的车站在更南边一点的地方。不，不是河源，是东莞，列车员同志。植物们开始染上了热带地区的某些特征，茂密而葱郁。尤其是那些果树林成片成片地涌现，仿佛为了显示那个站点即将到达似的。是呵，我吃过它们树上的荔枝，但就是没见过结这些果子的树。那么，低纬度的南方就是从这里被我确认的吗？现在，在我的对面坐着一个带孩子的女人。她同我们一同上车。她长得并不漂亮。她说她的目的地是深圳。她说她曾在安庆七中对面开过铁皮屋。她说她跟了一个港商并生了两个孩子。但她何以只能呆在深圳，而无法去更南边一点的香港？我开始打量这个出生在南方的孩子。小小的脸庞无疑具有南方人的某些特征。这是否意味着另一个南方，并注定从我的对面开始？

我听见许多人对我说：我从南方回来。其实每个人都只能从他们各自的南方回来。他不可能从一个完整的南方，从"速度就是生命"这个时代口号中的南方，或者"像椰子一样多汁"这个通常比喻中的南方回来。而我此行的目的快乐而简单：去看弹钢琴的女儿！她小小年纪就一举考入了星海音乐学院附中，并开始独立生活了。因此南方对我而言已显出几分亲切，几分愉悦。那么小说《南方》中的南方，对达尔曼意味着什么呢？"命运对于过错总是盲目的，只要有一点点的放纵，命运就会变得冷酷无情。"事实上他难以从那儿返回了。他必须同一个向上抛着刀子的陌生人决斗。

列车停靠在站点后，我看见站上还停靠着另外的货车和客车。货车的每一节车厢上都标有白色编码，像一群蜘蛛，非常清晰。我们似乎早已习惯给所有的事物标上白色的记号。事实正是如此。它似乎正在卸货或装货。而客车好像停留了较长的时间，看上去整个地被不断涌来的空间压得喘不过来气。从一个隐秘的角度看去，它的表皮似乎剥落了，有的车厢裂开了，里面的椅子和台子歪歪倒倒。没有乘客，也没有餐车。它好像从一个很遥远的地方开过来，开不动了，便累得趴在这儿。只有一二茎野草从车窗里窜出来，开着花儿。

南方。南方。一个从未去过的站点对我而言是神秘的。那里有一条著名的河流和一大片三角洲。那里也有皖城聪慧的学子们。但南方的阳光已先行照耀到我了。先是蕉绿色，然后变成橙黄和朱砂红。天气变得晴朗而干燥。这似乎是加速度所必然带来的奇特变化。我正在经受这种变化最初对汗腺的考验。

一星期后，当1404次列车载着我从广州返回，经过那裸露着橘红色岩石的多隧道地区时，夜色浓重得我什么也看不见。黑夜轻易地抹去了隧道的存在，或者使隧道不再成为隧道了。而留在南方的终将留在南方，包括那个女人和她的孩子以及大片绵延的荔枝树林。不过我想此刻的南方，在某一间小小的琴房里，那盏灯仍亮着，如水的钢琴声使夜晚不再孤单。这是我们越来越复杂的生活中最简单的美丽。当然我没有忘记达尔曼。他早已完成了决斗。结果无须多言。而博尔赫斯真的睡着了。现在我不可能通过明暗的变化来判断了。我是通过火车的声音以及风声的变化来感觉隧道了。列车钢轮撞击铁轨的轰响在进入隧道后变得沉闷无比，强大的风声呼呼地刮过玻璃，带有过往年代蓄积的全部力度和湿度。一切都是昏暗的，黑魆魆的。但那些富于活力的幽远之物，因此又暂时回到了我的身边。它们足以让我意识到入夜的夜空正在隆起为隧洞之上的隧洞。这种持续的盲目和茫然，反而使我内心的阅读停不下来。尽管列车在向北，向北，但它仍是我向南旅程中的一部分。

"达尔曼合上了书，让自己就这样地生活下去。"

二〇〇二年五月十二日

# 晚行笔记

一

一条被我走着的路，与另一些路区分开来的界线，仅仅在于这条路根本没有路灯，甚至有相当长的一段，连居家的一点微弱灯火也没有。我有点不习惯走这样的路了。一条路拥有了属于自己的黑，实际上已将它与白昼的那个自己区分了开来。从这个意义上说，在亮如白昼的城市之夜，这狭长的昏黑却让路暂时找到了它自己。

二

雨为什么要在这个时候下呢？很小很细的游丝，零星又飘忽。雨其实也在赶路。它从很远的地方来，要到另一个很远的地方去。我和它相遇在半道上。在我认为它向下走时，它很可能正在朝上走。我的外衣有点潮了，说不定它误把我当成了归宿之地；而我正在找寻的，也许正是它启程的地方。

## 三

当我什么也不想时，我听见了自己的脚步。它踩在大块的坚硬上面，同时带起更细小的坚硬之物。当然，脚步后面会有另一个脚步跟着。此刻我听见了它。它显得非常清晰，孤独，峻急，它想超过我。

## 四

昏暗时分是一个临界点，它在空间上是否有相对应的距离？一个人可以在行走中思想，但思想如果不会行走，谁能为它安上假肢？如果人一生都笼罩在一种光芒下面，那他肯定从未抵达过。

穿越思想的却只能是思想，而不是行走。

## 五

在我走过的路当中，肯定还有没有被我走过的。而我尚未走过的路，有的肯定已被我走过。

## 六

雨开始转为细雪了。我惊讶生活竟也是这样的，而我却无法改变它，甚至当我怀疑或指责它时，我仍然是隶属于它的一部分。风像另一条路奔过来，撞了我一下，然后向灯火迷茫处奔去。细雪染白了路旁的杂草，以及袒露在深冬里的一切，但不包括那只栖于寒枝上的乌鸫的鸣叫。

## 七

一片叶子哦！

它落在我的脚边，它想象这是一棵树的根部。反过来也可以说，那是我正在飘落，在它的步履中，我需要重新长出，但是不是这个枝头？

一片叶子可以落尽所有的秋天，但一个人能否在冬天把秋天再走一遍？

## 八

在一阵大风中，我学会了说"注定"。我不能抗拒的似乎不是风，而是"注定"！奇异的是，命运和我都借助于它，因此我看不清我的对手，还有我自己。这注定了我被逼向墙角。

直到墙角把我逼向一片旷野，那是路重新生长的地方。

## 九

记忆通常是向后的，回溯的，"我记起，……"便是它惯用的句式。如果记忆完全是单向度的，那它名副其实地叫做"回忆"。

向前的记忆是这样一种记忆：过去的影子与当下境遇突然碰撞，迫使你不得不在与时间一道向前流淌的地方，重新打量它，或者重新经历它。从另一个角度说，不是我"蓦然回首"，而是它在"前面"突然跳出来，同我说话。向前的记忆意味着，它是向后的，也是向前的，因此它是再一次，又一次，而不是同一次。

在这个意义上，我们能不能说：走着也是向前的记忆？

## 十

弗洛斯特说，林中的路，你只能选择其中的一条。事实是否果真如此？

比如，白天你走的是大路，晚上是否可以走一条小路，甚至无路的荒野？如果不是这样，我们将无法理解，一个银行小职员，一个图书管理员，一个流放者，躲在地下室里何以变成了另一个人，何以能写出震惊世界的作品？

弗洛斯特也同时在走两条路，为此他准备了两张脸：一张脸用来参加总统的就职典礼，另一张脸用来写田园诗。

## 十一

据说，一个人摸黑走得太快会把灵魂走丢的。陀斯妥也夫斯基在一本书里说，他见过一个青年在路灯下寻找丢失的灵魂。

而我也听说，词是灵魂的肉体。照此看来，深入到词中间找回走失的灵魂，还是比较靠谱的。

但我不敢保证在一个加速度的时代，灵魂不会被甩出来，或者像茶杯里的水那样晃荡出来。

## 十二

一个人的脚步是他的钟摆，而道路是没有尽头的。一个人只要自己在"走"，它与外在的强大齿轮之间就意味着不一致。

区别仅仅在于，有的人在不断"对表"，而有的人只关注自己的脚步：谁能说他停下来发条不再走动？他衰老了多次，他再次出生，他听见从很深的地方传来一声卡壳的声音。

而道路就在那将断未断的弦上。

## 十三

为什么卡夫卡说"他通过他的存在堵住了自己的道路，由这一阻碍他又得到了证明，他活着"？

看来，"他"首先是一个意识到存在的人。"堵住"意味着"他"自为地介入的存在与道路保持着拒斥的距离。这种两难状态正是民间写作者的基本处境。因此他的写作正是为了呈现这一"阻碍"，从而"证明"他是否还"活着"。

所谓存在，就是一个人想绕过却无法绕过去的一切。

## 十四

我想停下来，真的想停下来。这么多的水，它们都流向哪儿了？还有这么多的人，他们在张望，在窃笑。我很渴，但我够不着那水。我想一个人过去，一个人。

你为什么要站在那儿看我？

"这么些年，你好像有点老了。"可树也有些老了，它只把根须裸露出来，让人们向上瞅时也朝下瞧瞧。

哦，只消一场雨，一场豪雨就够了。

## 十五

我曾经把秋天和春天混在一起过。那里面有两个人对着一只节拍器说话，另一个人隐在暗处听。眼下又回到一个人的冬天。现在，季节对我已不再轮转了，所有的只是冬天，一个人的却深藏着三个人的冬天。

这就像一寸厚的冰块，却蕴自三尺深的雪。

## 十六

历史是什么？里尔克说，历史是来得太早的花名册。因为在现时代，追求时名的人实在太多了，他们以为时名即史名。而用来覆盖历史的第一层纸，便是用这样的"花名册"包裹的。上面花花绿绿，有脂粉气和香水味，当然也有大理石的高贵、坚硬，以及镏金的灿烂光泽。

其实，我们只是这些"花名册"的目击者，而时间才是永恒的目击者。

## 十七

一个目击并呈现时代与存在的人，他的出现意味着有一群人从他身上醒来。尽管他一个人，但他一点不感到过分孤独。他的到来，意味着他以比现时代所具有的广阔得多的准则为基础。

过去和未来都通过他说话，只有他的时代用强光将他溶化如雪人一般。可他并没有消失，他进入了大气。若干年后，他的坟墓被人们忘却了，野草萋萋。然而他又一次醒来，成为霜，成为风，成为雪霰击打着大地！他走近他的子孙们，悄悄成为他们精神上的同代人。

## 十八

十七世纪的日本俳句大师松尾芭蕉曾写下了这样的句子："这条路／无

人行 / 在这个秋日黄昏……"。有趣的是，正是在这条"无人行"的路上，走着一个人，一个也许连松尾芭蕉也没看见的影子。

他走过来了，一点也用不着躲藏。我看见他的时候，芭蕉已不在了，只有这句诗正被渐渐消失的黄昏所吟诵。

一九九八年

# 内心的斑马

　　一个幽灵在这片古老大陆徘徊了数十年。除非它找到可寄居的血肉之躯，否则只能让后人偷窥那飘忽在时间深处的一星磷火了。近读沈从文的文集和传记，其中一篇《无从驯服的斑马》（1983 年）让我忽然想到：倘自由主义幽灵寄居在肉躯之中，它在心壁上大约就显影为桀骜不驯的"斑马"吧？沈从文何以不用"烈马""野马"抑或其他野生灵作比？也许是戮心的猎手和屠夫太过强大，寻常之马注定抗拒不了多久，只有斑马的野性、高贵、劲拙和独步荒漠的孤独深深迷醉了他。在我看来，斑马身上旋转奔涌的浪纹更值得玩味：吸引沈从文的莫不是那黑白条纹的二元性、不规则性，以及绚烂至极的浑朴与淡定？

　　内在的斑马呈示了一种灵魂状态，那是一种孤寂、惶惑和精神流亡。

　　由此朝另一方向看去，那个疯狂年代的标志物所构成的遗迹仍在那儿：思想改造的驯马场，黑暗禁闭的牛棚马厩，施虐的鞭具，以及意识形态缰绳、红漆食槽和各种奴化饲料。我甚至震惊地发现，沈从文后半生所处的博物馆文物库房也具有某种象征意味。在五凤楼的两角楼上，厚厚的灰尘覆盖着墙角的几具从埃及带回来的木乃伊，而一侧木架上放置的则是明代以来凌迟罪犯的刑具：鬼头勾、锥、刀、凿，它们都上了锈，却依然锋利。那深深嵌入一个民族记忆的悲喜剧，隐现着一条贯穿始终的主题和命运迹线：要么听任斑马被凌迟而寂灭，要么脱胎换骨而成驽马或骡子。哀莫大于心死，悲莫大于不知心死为死。沈从文在回忆早年生活时写道："这些出于无知的惩罚，只使我回想到顽童时代，在私塾中被前后几个老秀才按着我，在孔夫子牌位前，狠狠地用厚楠竹块痛打我时的情形，有同一的感受。稍后数年，在军队中见那些杀戮，也有个基本相同的看法，即权力的滥用，只反映出极端的愚蠢，不会达到他们预期的效果。"在那个盛行非白即黑之逻辑的时代，亦白亦黑的"斑马"便意味着对一元化集权的威胁。在自然界中，斑马的黑白斑纹在面对猎豹进攻时会发出"大声"警告。可是，当年达尔文在《物种起源》中叙述的斑骡、斑驴，如今已惨遭灭绝。

在沈从文的内心深处，斑马的二元性突出地表现为"思"与"信"的矛盾："思"若黑纹，"信"如白纹。一九四八年，他在写给吉六君的信中说："人近中年，情绪凝固，又或因情绪内向，缺乏适应能力，用笔方式，20年30年统统由一个'思'字出发，此时却必须用'信'字起步，或不容易扭转。过不多久，即未被迫搁笔，亦终得把笔搁下。这是我们一代若干人必然结果。"他的预见得到了验证。一个新的集权制时代的开始，首先意味着用特制的药剂清除"思"而不断煽起狂热的"信"。一旦"信"失去了"思"的制衡，就等于斑马被涂灭黑纹而只剩下白纹，于是它就成了盲信和愚信的"白马"，只能跪伏于驯马场的淫威和神龛之下。因此，一元化的思想霸权从来都不能容忍"思"与"信"两种斑纹同时存在。但黑夜般的"思"的直接果实，或者是摧毁对伪宗教的迷信，或者是建立一种对"思"本身及其派生物的坚信。沈从文的内心矛盾标示着一代知识分子如履薄冰的艰难困境。试想，在三十年"信"绝对压倒"思"的极左时代，还有几个知识分子没有丧失"思"？

很显然，"一匹布道者的布

为蒙面者提供了方便。"

你不妨静下心来，猜猜下面的谜：

"斑马是白色条纹的黑马

还是黑色条纹的白马？"

（拙作《马术师》）

　　欲猜出这个谜底，就须破解其中将斑马"白马化"的权力意识。这类似沈从文所谓"社会上到处发现用唐代黑脸飞天作装饰图案，好像除此以外就没有民族图案可用似的。不知那个飞天本来就并非黑脸"。（《文史研究必需结合文物》）事实上，当年这种权力意识已渗透到知识分子群体性的自谴心理中，他们自责自己原罪般的"黑马"身份（如"旧社会的渣子"、"腐朽的资产阶级老爷""臭老九"等等），痛悔自己被圈定在与"白马"或"红马"相对立的群体之中。他们拱手献出"思"之利器，原指望可以无条件"信"了，却没想到自己的单相思遭到了无情冷落和嘲弄。一九四八年沈从文在信中说："大局玄黄未定……一切终得变。"作为书生，他没想到"玄黄"其实是"早定"或"已定"了。也就是这一年，"鲁迅之后另一面伟大旗帜"郭沫若在香港《大众文艺丛刊》上抛出《斥反动文艺》一文，将沈从文涂成反动的"桃色"，"什么是红？我在这儿只想说桃红色的红。作文字上的裸体画，甚至写文字上的春宫，如沈从文的《摘星录》《看云录》……。特别是沈从文，他一直是有意识的作为反动派而活动着。"而将萧乾涂成"黑马"，"什么是黑？人们在这一色下最好请想到鸦片，而我想举以为代表的，便是《大公报》的萧乾。"该文很快被北京大学一期壁报用大字转抄（这大约是最早的"大字报"）。足可见何为"玄"何为"黄"早已泾渭分明。结果"黑马"几欲自杀，仍未逃过被划"右派"的命运；而"桃色马"被逼得神经错乱，也　度自杀未成。在当权者眼中，沈从文是不能信任的"自由派"作家，且患有神经病，完全是个包袱和废物。一九五六年，沈从文在致早年朋友丁玲（时任作协高官）的信中，请求她"帮助我，照这么下去，我体力和精神都支持不住，只有倒下"。而丁玲显得十分无奈和圆滑，在致刘白羽的信中说："这样的人怎么办？我希望你们给我指示。"刘白羽在复信中宣称，他对沈从文一点也不了解，"如无罪恶，似乎还是有人出面给以开导"，最后主管意识形态的周扬作了批示："把这样一个作家改造过来，也是一件值得做的事。"先前，沈从文被送入华北大学政治研究班"洗脑"，后来参加"土改"亲历"洗眼"，再后来调入故宫博物院去"洗身"，而历次政治运动更如一次次"换血"。在十年"文革"中，在劫难逃的沈从文被抄家八次，他本人被下放到湖北"五•七干校"劳动改造，所谓"清水里泡三次，在血水里浴三次，在碱水里煮三次。我们就纯净得不能再纯净了"（阿•托尔斯泰语）。在那个风行戴有色镜的年代，沈从文完全是一个被排斥的"另类"，体制对他何"信"之有？历经软硬兼施的各种思想改造后，那内心的斑马还有几许活气？还能有一丝活气吗？

这一点，可以从五十年代沈从文的一些文字中见出，如刊于一九五一年底《光明日报》上的检讨文章："过去二十年来，个人即不曾透彻文字的本质，因此涉及文学艺术和政治关系时，就始终用的是一个旧知识分子的自由主义观点立场，认为文学从属于政治为不可能，不必要，不应该。……于是成了伪自由主义者群一个装潢工具，点缀着旧民主自由要求二十年。而我也即在这个位置上胡写了二十年。"在给儿子的信中他写道："知识分子真是狗屁，对革命言，不中用得很。而且一旦脱离人民，渺小的可怕。"他清算自己的过去，希望尽量与时代和主流政治保持一致，在一次政协会议上他发言说，"从我自己说起，就必须更好地自我改造，才够得上做个人民时代的知识分子"，而过去"我却空守着一种虚伪的自由主义"。显然，解放后，自由主义魂灵已遭到沈从文的质疑和驱逐，或者说遭到整整一代知识分子的批判和驱逐——它又成为游荡在东方大地的无家可归的幽灵了。

内心斑马之将死或已死，这是造成沈从文解放后放弃文学写作，或者即便写作也不可能出好作品的根本原因。事实上他写过一些小说（如《老同志》《跑龙套》等等），并且还酝酿了一部革命题材的长篇小说。然而，它们不是写得面目全非就是胎死腹中。针对他的一篇以反对玩扑克为题材的小说，夫人张兆和在回信中一针见血地说："文艺作品不一定每文必写重大题材，但专以反对打扑克为主题写小说，实未免小题大做；何况扑克是不是危害性大到非反不可，尚待研究。"沈从文到底怎么了？他难道连这个也不懂？他给人感觉在写作方面完全是个"菜鸟"。六十年代初，他准备写酝酿已久的革命题材长篇小说，试图超越《红旗谱》和《青春之歌》。尽管后来没写成，但清楚地表明他写作的参照系发生了根本改变，其写作观抛却了"这神庙供奉的是'人性'"的思想，而套上了看似利器实则精神枷锁的东西。作为"中国现代文学中一个最杰出的、想象力最丰富的作家""最伟大的印象主义者"（夏志清语），沈从文解放后竟然不会写小说了！在没有自由主义传统的贫瘠土壤里，倘挣扎着生出几茎自由主义的瘦草已属不易，但其根柢大都扎得很浅，经不起一轮轮风摧雨打。这是几代中国知识分子面临的共同困境。由此导致他们思考的被动性和不彻底性，大都是"逼上梁山"，且天天巴望被最高权威所"招安"。这无疑留下了致命的暗伤。沈从文不止一次说，"依照主席《实践论》的指示，搞调查研究，来破除文物鉴定的传统'迷信'、传统'权威'，不问是徽宗乾隆帝王，都可以加以否定！"他还表示，"如有人问我是什么派时，倒乐意当个新的'歌德派'"。这是一个可怕的悖论。这其中的盲点和误区，几代知识分子恐怕都难以超越。这大约就是他们与俄国知识分子的差别。曼德尔施坦姆、索尔仁尼琴、布罗茨基、茨维塔耶娃等作家，即便在最困厄最艰危时，也没有放弃个人的精神立场和手中的笔。

当然，作为后人是不应该过分苛责前人的，更何况在沈从文内心深处，其痛苦的自我蜕变和灵魂呼号至今读来仍令人震撼——他的另一自我从未停止过抵抗！其标志之一是，围绕"我是谁？"的困惑与追问不断出现在他的日记、书信等文字中。一九四九年十一月，他在日记中写道："我怎么会忽然成为这么一个人？过去的我似乎完全死去了。新生的我十分衰弱。只想哭一哭。"在那次自杀未遂后，他痛思："什么是我？我在何处？我要什么？我有什么不愉快？我碰着了什么事？想不清楚。"调入博物馆后，他的内心并不平静，在自传中他发出带血的"嘶鸣"："我究竟是谁？要我数铜钱的人得到什么，对国家有什么意义？想理解，无从理解。"一九五六年三月，他的精神状态又坏到极点，他写道："很奇怪，我是谁？身体那么痛苦，还得限十号写成，我怎么来反省我的错误？……存在实在可悯。"一九六二年，他在致张兆和的信中对自己作了较冷静的剖析："一面是'成熟'，一面却也永远近于'幼稚天真'。有些地方'极家常近人情'，有些又似乎也可说是一个'怪人'、一个'真正乡下人'，放在任何情况下，支配自己生命的，不是一般社会习惯，却是一点'理想'。"

与之同时，在他心中"思"终于复活了，颇有置之死地而后生的意味。伯林认为"在极权主义国家中，人们不是在回答问题，而是力图防止问题的提出。防止人们提出问题的方法就是将问题压下去，所有的问题都有教条式的答案。"沈从文在《抽象的抒情》一文（1961年）开篇，写下了"照我思索，能理解'我'。照我思索，可认识'人'"的题辞。他最信奉的两句古训是"千人诺诺，不如一士谔谔"，"蓬生麻中，不扶自直，白沙在涅，与之俱黑"。这种"思"使后期的沈从文一度保持了清醒。在批林批孔运动中，他对冯友兰等高级知识分子的表演极为鄙视："一些深明儒术，善于阿谀，用说谎话作为进取的高级知分，都在学习运用新的儒术以自保，或已精通新的儒术，用作向上爬个人发展的主要方法。"为此，他还写了一首讽刺诗："顺水船易坐，逆风旗难擎。朝为阶下囚，暮作席上宾。'圣人'知格物，如何长不倒？'官家总圣明'！"他对权力与思想的思考也是一针见血、掷地有声的，"有权力的十分畏惧'不同于己'的思想。因为这种种不同于己的思想，都能影响到他的权力的继续占有，或用来得到权力的另一思想发展。有思想的却必须服从于一定权力之下，或妥协于权力，或甚至于放弃思想，才可望存在。如把一切本来属于情感，可用种种不同方式吸收转化的方法去尽，一例都归纳到政治意识上去，结果必然问题就相当麻烦，因为必不可免将人简化为敌与友，有时候甚至于会发展到和我相熟即友，和我陌生即敌。"（《抽象的抒情》）事实上这种党同伐异的集权意识无处不在，甚至晃荡在沈从文所置身的阴森森的各朝服装上，"如衣袍宽博属于社会上层；奴隶仆从，则短衣紧袖"，"社会风气且常随有权力人物爱好转移，如齐桓公好衣紫，国人有时就全身紫衣。楚王爱细腰，许多宫女因此饿死，其他邦国也彼此效法，女子腰部多扎得细细的。"当沈从文穿着大一统的深灰色中山装，埋首于那些浩如烟海的历朝衣装（它们简直像各个朝代残留的干尸）的序列中，竟浑然一体地被统摄于数千年的色块帝国的版图中，那"服装链"背后隐现的是仍在严酷伸延的意识形态权力之链。一朝又一朝的帝王和臣民死去了，可他们的魅影还随着老时装一起被不断轮回的北方寒流所吹动。而活于其间的肉体和灵魂，正被非白即黑的强权逻辑分割着，放逐着，同时又被滞重的色调涂抹成一个绝对平均数。

只要有"思"在，就意味着"斑马"没有被"白马化"，那黑色条纹仍散发着一种执拗的、拒绝同化的血气与个性精神。有一次开斗争会，有人把一张标语用糨糊刷在沈从文的背上，斗争会开完了，他悄悄揭下那标语，上面写着："打倒反共文人沈从文！"他看罢不以为意，却心里默默念叨：这书法也太蹩脚了，这哪像历史博物馆的人应该写的字？还好意思贴在我背上，真难为情！他真该好好练一练。这种冷嘲，这种淡定，不能不源自沈从文内心的日渐强大。他在诗中写道："朔风摧枯草，岁暮客心生。老骥伏枥下，千里思绝尘。本非驰驱具，难期装备新。只因骨格异，俗谓喜离群。真堪托生死，杜诗寄意深。问作腾骧梦，偶尔一嘶鸣。万马齐喑久，闻声转相惊！……"（《喜新晴》）可见在沈从文的内心一角，那匹斑马并没有死！它还持守着最后一口气！尽管创伤之深是难以平复的，但它结痂后会令黑色条纹变得更宽更深。除了"思"的坚固底座，个人良知也是滋润"斑马"的沃壤，因为斑马的品质就是绝不随风变脸，更不会适时蜕皮。沈从文说："我一直是乡下人"，"从湖南到北京我还是乡下人，想变，人家也变了，总也赶不上，到今天我还是乡下人"，"我不是聪明人，不会变"。他说："体质上虽然相当脆弱，性情上却随和中见板质，近于'顽固不化'的无从驯服的斑马。年龄老朽已到随时可以报废的情形，心情上却还始终保留一种婴儿状态。对人从不设防，无机心。且永远无望从生活经验教育中，取得一点保护本身不受欺骗的教训，提高一点做个现代人不能不具备的警惕或觉悟。"沈从文除了承受时代和社会的重压之外，还必须克服血压经常高达二百以上、每天心痛两小时、视力很不好等等困难。他说："记得当时冬天比较冷，午门楼上穿堂风吹动，经常是在零下十度以下，上面是不许烤火的。"在这样恶劣简陋的条件下，他后半生默默无闻地忘我工作，鞠躬尽瘁，硕果累累，真可谓"不折不从，星斗其文；亦慈亦让，赤子其人"（张充和的挽联）。这是对"不可驯服的斑马"的最好写照与注解。

法国画家杰尼克·杜科有一篇画作《趁一群斑马经过，苦役犯们逃跑了》，很有意思。从真实情形看，囚犯与斑马互不缘接，毫不相干。但是画家却发现二者的张力和共点：其一，带条纹的囚服跟斑马的皮色相似；其二，斑马的狂放不羁正是苦役犯们所向往的自由。杜拉斯评价道："他们正在逃跑，他们长久以来一直为逃跑的念头所折磨，这会儿趁着一群斑马经过他们就跑了，他们身上的伤痕和斑马的条纹混作一团，这时我们仿佛才真正明白了何为苦役犯，内在的和外在的概念，我们知道了苦役犯的实质并不在于服刑，而是在于通过一切办法逃离监狱。"与其说画作中的斑马是写实，不如说它呈现了苦役犯们内心的渴望和幻觉。

在我看来，斑马那波浪似的黑白条纹，意味着无数条道路穿越精神的浩瀚国土，无界无止，亦此亦彼。你在其中找不到自以为是的中心或"金光大道"，你看到的只是闪电般散射开来的、宽窄不一的道路。世界的核心是由二元要素构成的，否则多元化又从何而来？思想的王国必然离不开二元的共存与矛盾。如果"信"是岩石，那么"思"就是洞穿的水滴，"以天下之至柔，驰骋天下之至坚"。沈从文说："水和我的生命不可分，教育不可分，作品倾向不可分。""水的德性为兼容并包，柔濡中有强韧，从表面看，极容易范围，其实则无坚不摧。"斑马永远是斑马，正如鹰落在地上依然是鹰。

一个士兵要不战死沙场，便是回到故乡。

这是黄永玉写在表叔墓地石碑上的题词。一个活着的士兵是可以返乡的，如果他战死了，他的芦花般的骨殖也会随马车一起返回。然而，谁看见了这个士兵内心的斑马？谁听见了他的亡灵随斑马奋蹄而去？谁懂得这种斑马除了自由，别无故乡可返，别无他处可以存活和栖息?!

二〇〇七年四月二十日

# 山苍苍兮水茫茫，木叶落兮陨霜

——乌以风小记

## 满山风起

满山风起的黄昏，他念叨这山的名字时，竟有些恍惚了。

他看着这山，看久了，便觉得山也在看他。几十年了，除了在狱中，他每天都看着这山——面廓各异的奇石，流转不息的溪泉以及悬壁上的孤松。我是谁？我是乌以风吗？少时他叫"以锋"，后来他查知乌姓源于远古的姬姓——其一支以鸟为图腾，首领少昊干脆以鸟名任命百官。他想鸟族是离不开风的，于是改名"以风"。恩师马一浮第一次见到他，便笑着说名字改得好，御风而行嘛！然而自他出世那天起，一股诡异的风就刮着，直刮得天空鸟羽纷飞，刮得他一生心口疼、吐血。整个皖山听不到一声杜鹃的颤鸣了。谁让你叫乌——以——风——呢！一年到头都刮风了吧？风没把你刮丢，那算你命大！

有一天，他读到一首诗《悬崖边的树》，"不知道是什么奇异的风／将一棵树吹到了那边——平原的尽头／临近深谷的悬崖上。"他坐在石头上，禁不住老泪纵横。人老了，怎么就跟小伢子似的，想哭就哭？要说悬崖边的树，他再熟稔不过了。难道它们也是被诡异的风刮到悬崖边的么？

那年接到报父丧的家信，他正在九成畈劳改农场挑粪。掐指一算，二十余年未回山东聊城了。他想哭，但没有泪。此前他获悉十八年心血凝成的《天柱山志》，被红卫兵付之一炬。他痛哭三天后，忽觉身子发飘若羽。一切都不重要了，都可以忽略不计了，连同牢狱、诡异的风、灵肉折磨，甚至身家性命。什么打击都无所谓了。风已经吹死了许多鸟，不过再吹死一个罢了。一九六九年冬刑满出狱，他被遣返原籍。乌鸟能朝什么方向飞？因为老妻在，潜山幸运地成了他的"原籍"。年底的冰风刮得很凶，刮得他一头霜发，满眼凄迷……。山体被炸了，寺院被废了，老妻余氏差点认不出他了。他踏进家门，哽咽道：老婆，我回来了！……太连累你了。当年你带三十亩田嫁我……，可从没过上好日子呐。老妻也哽咽了：我怕再抄家，把《问学私记》手稿，烧、烧了。他听到这眼前一黑，那可是恩师马一浮亲手修订的，怎对得起仙逝的湛翁呵。那天夜里，他在煤油灯下清理劫后书斋，在废纸堆里，竟意外发现山志的原始材料还在。天柱佑我！老天眼没瞎呵。他止不住一把老泪一把鼻涕地哭，老妻也在一边抹泪。

一阵阵松风呜呜地刮了过来。树杈间有一只蜘蛛悬吊着，小心翼翼地结着网。他心事浩渺，如风中的蛛网。"予系削壁间，如蜘蛛吐丝下垂。"当年他攀上主峰写下此句，竟一语成谶。他这一生，不也是在看不见的蛛丝上悬吊着、飘忽着吗？说心里话，若没有这山灵，这大道赐予，也许他早不在了。然而，若没有那颗岁寒之心，他又如何能在悬崖边重写山志并撑到当下此刻？

八百年前，大儒朱熹过舒州，仰观天柱峰不胜感慨："屹然天一柱，雄镇翰维东。只说乾坤大，谁知立极功。"朱子称理为极或太极，乃天地万物之理的总和。既然太极涵括万物之理，那么万物均以个体呈现太极。所谓物各有理，人各有极，天地万物皆有它存在的根据。朱子在天柱峰上看到了内心之"极"的峻秀投影，这本身就堪称天地之创化、灵性之奇功。当然，这不是那些大无畏的唯物者所能弄明白的。

三十六岁那年，他首登天柱绝顶，曾写下这样狂放的句子："独步孤峰作壮游，恍如御气上丹邱。玄崖秘洞开宫殿，万壑千岚拜冕旒。立极方知天地大，凌空不见古今愁。飘然遗世烟尘外，一啸鸾飞下九州。"立于暮年的他回望迂曲来路，咂摸当年的青涩、浮浅，真乃一言难尽，"凌空更见古今愁"呵。

据旧志载：每年仲春，有数千只白鹤从西南方朝天柱峰飞来，在峰顶盘旋翻飞，啼鸣不已。因此，天柱峰又称鹤驾峰。他深知那是候鸟迁徙、顺乎节季的自然征象。而他不是候鸟，也不是香客。他这一生拒绝看风向、随大流，也不会借花献佛，更不会借道施术。他用裸赤的生命和灵魂去沉浸这座山——用伤口般的双眼望穿那天池秋水，用一生的光阴凝定那三元石上的一滴朝露。


## 山缘与山灵


一只灰中带蓝的斑鸠飞过来了。它跟他照了个面，便栖落于一片灌木丛中。他确信与它有缘，因为他和它都与这山有缘。这种缘，与其说是与生俱来，不如说是半路上"撞"出来的。你想想，我乌某生在山东聊城，怎会跑到天柱山，跟它厮守一辈子呢？这太不可思议了。

他初次惊见皖公山是在颠颠簸簸的汽车上。一九三三年的潜怀公路像民国一样坑坑洼洼，车窗西北边突然浮现一座擎天巨峰，看上去像历史烟云中的隐秘豪侠，虽面目模糊，但一刹那竟有触电之感。"远望西北山岭奇峻雄伟，插入云表，甚觉可爱"（乌以风语）。第二年他鬼使神差地放弃西湖，辞别恩师，一溜烟跑到宣城任教；三年后又逆水而上，穿行于一九三七年那望不到尽头的梅雨季——直至皖城那桅杆似的古塔浮出水平线。然而，蝗群般的鬼子飞机黑压压地撵着他的屁股追来了。国破河殇！黑云压城！他是省立第一中学校长，接教育厅令，欲将学校迁至九华山脚下，可是长江风黑浪恶，图书、仪器和用具难以过江。他意外获悉潜山中学停办，又鬼使神差地奔向天柱山脚下——

一九三七年十月，决计作登绝顶之游。乃觅药农六人为助，由马祖庵出发，绕飞来峰而至天柱西南面，因其他数面过于高险不可登。先由药农一人撑三丈余长竹，两足分抵石壁而上，至能插足处，投一长绳，下二人依次握绳上攀，再用长绳系予腰悬空缒之，如汲水然。其余三人在下作护卫，以防万一。予两手另握一长绳仿药农揉攀，两足抵壁向上蠕动。峭壁万仞，无可容足，乃驾老松稍息。一绳收尽，复易绳汲之，绳凡四易，约百余丈，更从乱石杂树间揉攀二十余丈，方至绝顶。纵情四望，只见江山映带，烟云迷离。东望宁芜，北收英霍，西揽蕲黄，南尽浙赣。黄山天目耸于远天，匡庐九华伏于江隔，周围两千余里，峰岚万千，皆在脚下。而天柱高出众山之上，屹然独尊。……予仰天长啸，声震山谷，极目骋怀，为之大快。……流连至傍晚，乃由药农放绳下如上攀。俯视悬崖，深不见底。予系削壁间，如蜘蛛吐丝下垂，观者无不为之咋舌担心，而予尚能神情自若。及归抵马祖庵，寺僧出迎，叹为神奇。予思平生壮游，此为第一。

（乌以风《登天柱峰绝顶记》）

自秦汉以来，除少数药农，能登顶者绝少，骚人墨客不过望峰神游而已。一柱擎天再神奇，倘绝顶上少了那个"人"，也是荒芜的。他最初登顶还有个目的，就是辨认巨岩上那幅錾凿的题词——直径六尺的刻字早已剥蚀不清。攀上去后，他用预备的红漆涂描它，顿显"孤立擎霄"四个大字，纠正了传闻中的"孤立晴霄"！不过他承认，首登绝顶是在一种疯狂的征服欲中完成的。他像蜘蛛一样爬上去了，然后像雄鹰一样凯旋。那份骄傲、虚荣、快慰洋溢于字里行间。要知道，小时候他是连爬树掏鸟窝也不敢的。

一个月后，他带着全校师生紧急"疏散"到潜山，完全投入古南岳的怀抱。次年安庆沦陷。日军为攻取武汉，疯狂进犯大别山，潜山县城岌岌可危。二十七集团军仅存一三三师——正是这个师设伏于横山岭，与日军展开激战，直杀得天昏地暗，终因腹背受敌，两千余人壮烈战死！血染的皖河、潜水像古南岳的两行铅泪，残阳映紫了绝峰上的"孤立擎霄"！目睹山河破碎，哀蛾蹈火，刹那间他形同老人。他仰天长叹：何人能驱倭寇，还我河山？回答他的是县城沦陷的火光，肆虐的枪炮声，以及林间悲风、无边逃难的灰暗人流。

潜山无法立足了。他带着部分师生撤退，辗转鄂湘豫，三迁校址，奔行千里，最后"逃"到重庆才喘过气来。远离家园的流浪途中，频现于梦中的仍是那座巨山——只要那山屹立不倒，这片大陆的脊梁骨就顶着天！不是吗？省城和县城相继沦陷后，抵抗者哀壮的血战就从未止息过。

此刻，他仰起皱缩的脸，想再看看绝顶上那直插苍天的"孤立擎霄"，然而他看不见了。是历史的烟云太厚，抑或那刻字又风化了？对他而言，这孤峰是越来越高了。为什么人一老，这孤峰就越来越高了？

古今世间，有山缘的人并不少，但能听见山灵唤引的就不多了。


一九四二年的爱情，或皈依巨灵


对天柱山而言，它经历了数千年的战乱和兵燹，见惯了流云浮沉，世态炎凉——你们封南岳也好，改朝换代后再取缔封号也好；你们大兴寺院、佛道日炽也好，若干年再付之一炬也好；你们打着替天行道之旗聚众造反也好，若干年再绞杀内部的造反者也好；你们竖起战死者墓碑也好，若干年后再荒弃或损毁也好。用"波澜不惊"形容之已不确切——它原本就昂首于尘界的云表和逻辑之上！因此你们每每自以为是时，它却看见了隐疾和荒诞；你们每每觉得红光万丈时，它却看到了惨淡和劫灰。

但鸟以风是个例外。他是一个小人物，却发誓要给这山作传。他真的懂得怜惜这山了。这山其实隐有很深的创痕。在拼拼杀杀的朝代更替中，多少无辜的山民尸横遍野？多少禅房、佛寺、石刻毁于一旦！自古及今，爱它却听不懂它，静观它却不知怜惜它的僧侣骚客，何可胜数？他懂得抚摸这山了。他仿佛在一堆堆伪历史的册页下面，发现一个被扭曲被埋没的豪侠，或者，在滚滚红尘中偶遇一个被玷污被轻贱的素心人。

但他又并非一个先知先觉者，甚至算不上一个强者。比如，一九四二年他的爱情像重庆的云雾一样消散了，蒸发了。荃本是一贫家少女，在宣城中学就读时付不起学费，那时他是校长，三十大几，怜惜她聪慧、端丽，于是解囊相助；荃仰慕他的学识人品，毕业后嫁给了他。然而在陪都，她经不起一个军官利诱，决意离他而去。他的心在滴血，但仍雇一顶轿子送她。他是真君子。把创口捂紧，不让一点血渗出来。在万念俱灰中，他忽然瞥见了嘉陵江浸入暗波中的吊脚楼柱子！由楼之柱想到天之柱——那山再度"闯"入他心里，给了他一息再生的胎气！几天后他与恩师不辞而别，夜驾一叶扁舟，边划边吟："月出寒云江不迷，江声月色共高低。嘉陵江水峨眉月，水向东流月落西。"他反向地穿越战区、隔离区和数不清的关卡，在山之巨灵的召引下，跋涉八千里路回到梦牵魂绕的古南岳。

山上有一佛光寺，寺内的妙高法师接纳了他。佛光寺原被太平军荡为废墟。妙高法师来后，栖居马祖洞旁一草庵中，经多年化缘，终于在遗址上重建了这座名寺。法师想收他为徒被婉拒。他从心里敬服妙高法师，但尘心未泯，不过寄此舐伤。他深研儒释道，但真正崇仰的是巨山之灵。他认定，灵魂的皈依之所舍此无他。于是自筑一草舍，名"天柱山房"，他成了非僧非俗的"忘荃居士"——岂止是忘那个"荃"，世之筌象、筌蹄，皆忘之。白云苍狗，青灯黄卷，皆遮不住这巨灵的神力、气象和独语。他感觉这山是师友、亲侣，亦是患难之交，更是读不完的天地巨著。于是他踏勘山上的怪石飞泉，峭壁幽谷，仙台秘府，更觉其高深，其雄奇，其灵秀。嗟叹之余，更为这山之"不幸"大鸣不平：举国名山皆有志，而此山独无，此一不幸也；在零星记载中，又多道听传闻，以讹传讹，天柱形胜，迄无可靠记录，此二不幸也；南宋末年元蒙入侵后，土豪结寨，此山周遭屡屡沦于兵燹，名山福地堕为草莽，道观庙寺尽成废墟，胜迹失传，此三不幸也；考诸史册，咏叹此山奇绝者，多属异地高士，而乡人视之庸常，以致委弃俗尘，不闻于天下，此四不幸也。不难想见，此巨山之灵也藏有创伤，只是它永不喊痛罢了。比之一己之悲欢，此山的坚忍、超拔、厚重，对他不啻一剂良方。正是此时，他发誓要为这巨山作传，要为它亲撰一部形胜史、禅道史、沉浮史。

## 像皖河一样晃荡的青灰瓦罐

如今他老了，看上去更像樵夫和风水师了。乡人每每这样称呼，他忍不住笑了。樵夫？风水师？说得对！我生来即荣膺二任，只为奇山异水而来。只是眼下他再也挥不动砍柴刀了。这意味着，等死神来"砍"的时辰快到了。

他经常失眠。耳朵里好像飞进一只小蜜蜂——那嗡嗡又轰轰的响音，竟疑似抵抗倭寇的枪声、厮杀声。他震惊于一九四二年的弹雨中倒下的忠勇尸骸仍重现在梦中，仍具有天柱绝壁青岩的肌泽。人与山的生命关联，在禅看来仅源于静观和顿悟；而在苍天看来，惨烈的血与山之骨髓，与亡灵和林莹，是不可避却之历史与万古圣灵的共同赐予，并化成直冲霄汉的浩然之气，一种不断更新的渊博的地力。那年春，安庆督察专员范苑声派人抬着大轿，把乌以风请到野人寨，恭请他出山主持景忠中学校务。自日寇入侵以来，天柱山一带的英勇抵抗从未止息过。其中，国军一七六师转战数省，大小百战，歼敌数千，尤以三攻安庆创敌最巨。范苑声对他说，三千七百一十三具忠勇尸骸散埋各处是不好的，天柱古为南岳，今作国殇之幽宅，然后在将士墓冢四周建忠烈祠、纪念塔，兴办中学，先生以为如何？乌以风深知当过教授的范专员重仁义，当即表示：英灵安息于古南岳，乃归其所矣，生者及后人当景仰忠烈，鄙人决计下山办学！

究其实，乌以风做出这一决定，以及毕其余生投身教育，不计繁杂艰困，其深层动机是不可忽略的。在重庆乐山的复性书院，乌以风应马一浮之召来讲学，先后任都讲，继任典学，专司马先生讲学司仪。但难题不久就冒出来了：书院繁杂的事务缺人管理，湛翁安排乌以风兼掌事务。乌以风认为自己是来学义理、弘大法的，不大乐意接受柴米油盐等琐碎事务，即便不得已而为之，也颇有怨言。马一浮知道后，对他说：雅人作俗事，俗事亦雅；俗人作雅事，雅事亦俗。理事本来不二：事上有差错，正由于理有未明；未有理明而不能治者。世人不求明理，专在事上计较，把理事打成两橛，此是俗学，与书院教人宗旨不类。理是无形的，但不是空洞。理须在事上见，不可离事求理，亦不可悖理以治事。朱子谓"高明者蹈于虚无，卑下者流入功利"，即是此意。所谓高明者离事而求理，所谓世俗者悖理而治事，把理事割裂开，同为谬误。乌以风听后惭然失色，默记在心。

一个能同时倾听生灵、亡灵与圣灵的人，才是有福的。他必定是一个投身者，一个以灵魂与之对话者。在野人寨墓区，他一边草创"景忠"，一边撰写山志。为装殓方圆数百里范围搜集到的将士遗骸，他筹建机构专门烧制了一个个青灰瓦罐——高两尺，直径一尺，其釉色闪颤着天柱绝壁青岩的肌泽。罐内存一竹签，竹签上用墨笔录将士姓名、籍贯、番号，然后用石灰封好，罐口加盖。他记得次年秋，墓穴原计划安葬一千二百罐，最后只搜集到九百八十五位将士遗骨。这座公墓北瞻天柱，南望长江，左与白鹤宫为邻，右与三祖寺相接。在风急云低的墓区旷野上，当一大片青灰瓦罐排列成亡灵的战阵时，他听见了仿佛皖河倒悬绝顶所发出的怒吼！与此同时，景忠中学开门招收了两个初一班，一个初二班，学生一百五十多人，教职员工二十多人；在他的参与下，天柱山由良药坪至拜岳台的陡峭山道，一共开凿了两千四百个青石台阶。

密密麻麻地排成战列的青灰瓦罐哦，琅琅书声中闪着天柱青岩光泽的青灰瓦顶哦，绵延而上的两千四百级的青灰石阶哦，在一片灰蒙蒙的青天之下浑成青苍苍的悲怆大地了……

一九四三年和一九七三年，他初撰与重写山志时均看见一排排一层层的青灰瓦罐，与暗黝黝的皖河、潜水之清波一道涌起、晃荡……，直至他在纸上将最后一级石阶砌入云霄。这时候，他谛听的山灵、河灵和亡灵，在史册之外化成类似朝暾与暮岚那样的苍浑之气……。然而，有谁知道那些不眠的寒凉之夜，他的哮喘病不止一次发作，多少拂晓是与缕缕血丝一道被咳出的？

### 三祖寺的暮雨

他听见雨声了。雨点像草虫一样在四周蹦跃不已，广漠的山原上隐隐地笼上一层幽蓝的轻烟。他知道，傍晚划过三祖寺瓦檐的雨点像乌桕籽一样亮闪。

遣返回潜后，他目睹野寨校园凋敝不堪，不禁悲从中来。也是一个雨天，他撑着黄布伞来到同样破败的三祖寺。青青的竹林仍在，禅寺却面目全非了：仅存塔院一部分，旁边还冒出一个水泥预制板厂！院内未见一僧，门檐下仅一篾匠在编竹篮。他问篾匠僧人哪去了？篾匠反问道这儿是林业队队部，哪来僧人？他掩住内心的凄凉，打量着这个身着粗布衣、中年模样的篾匠，低声说：请问师傅法名？篾匠答非所问：竹子又开花了，开花了就剖不成篾哩。他说让它开花去，顶上戒印在哩。篾匠放下活计，起身双手合十，默念道：阿弥陀佛，山门来贵客，有失远迎；小衲法名恒愿，留下来看山门，靠做篾活为生。他说我是乌以风，来三祖寺比你早，那时正值抗战，月海法师在此做住持，他要重修三祖寺，我给了一点微薄资助，一共修了三年，我是看着它修好的。恒愿折断一根篾条说，乌先生知道么？上个月，月海法师在迎江寺圆寂，料理后事的，仅弟子善崇一人。

他突然感到一阵强烈的耳鸣，仿佛有无数只野蜂在耳边嗡嗡乱飞。

他不想再问下去，也无法问了。恒愿见状，请他坐在竹椅上，又给他端来一碗开水。他问恒愿何时进寺。恒愿拿起篾刀剖竹，说道，小衲是邻县太湖人，五八年入寺。呃，记得那年竹子也开花，怪得很。他告诉恒愿那年他坐牢了，没在意竹子开不开花……。恒愿告诉他，"破四旧"一开始，寺内三祖的舍利塑像，大小佛像及经书、法器等悉数被焚，僧众被迫还俗，不久寺院划归林业队所有。他自语道怎么能把寺屋都拆了?! 恒愿停下手中篾刀，叹了口气，告诉他拆下来的材料，都运到城里建县委食堂了；地宫盖板上原有一尊唐塑佛像，也被队长砸毁了，佛像内露出一段黄绫经文。他问能不能让我看看黄绫经文？恒愿说，不出半年队长就死了，黄绫经文也不知去向，眼下还有社员扬言要炸石牛古洞，取摩崖石刻卖钱。

听到这，他无话可说，也无悲可哀了。天柱山若没了三祖寺该是什么样子？简直无法想象！雨下得愈来愈密了，塔院后面的竹林传来一片沙沙声。他问恒愿还烧香拜佛吗？恒愿合掌道：暗地里做。佛在我心。阿弥陀佛。

满耳的雨声如灾荒之年的黄梅小调，又辛酸又钻心。他不知道是当下的雨下在记忆中，还是记忆中的雨下在此刻。想想看，山有山性正如人有人性，否则山何以为山，人何以为人？倘对山性、人性不甚了了，那还谈什么证佛、悟道、参禅？最恐怖的是，与人斗与天斗与地斗，当你再看山时山不是山了，再看人时人也不是人了！这便是山不山，天不天，人不人。充斥戾气之人，既容不下生灵，也容不下亡灵，又与圣灵何其遥远！周秦以来，战乱盗匪，不绝于书。以崇祯年为例，十五年九月，张献忠的农民军与官军在这里激战，史称"尸横二十余里"。其后，张献忠对付手无寸铁的山民，同样杀人如麻！

只要瞧不顺眼就杀，杀还要杀出花样，连僧侣也不放过。到了咸丰、同治年间，这里又成了太平军与清兵厮杀的血腥战场，十几年你退我进，直杀得山寺不存、林兽远遁。天柱山因此留下与战争相关的地名"东关""南关""西关""北关"，以及诸关之上的"总关"——宋末元军南下，刘源聚十万军民，据守天柱山，在四个方向垒营筑寨，连神秘谷都成了屯兵之所，凭此与元军周旋达十八年之久。如今，这些地名成了烙刻在皖公山岩层中的烽火记忆和历史疤痕。

他忽然了悟三祖僧粲何以要作《信心铭》了。那是一面照灵的镜子呀。何谓"信"？笃"信"何？佛经让人信因果，信真谛，但禅宗让人信"心"——"信"自心是佛，"信"自己的心和诸佛的心，"信"平等无差别——心、佛、众生三无差别。因此，六祖慧能说"直心是道场"，马祖道一说"平常心是道"。对顺逆、沉浮、福祸，皆取一种平怀。

夕暮中的雨线被归巢的鸟群剪断了。隐入《信心铭》碑刻中的皖河和潜水晃动着清光，在一阵檀香和牛粪的气味中袅袅升起。觉寂塔倾斜了，且露出道道裂缝，他恍若看见三祖之灵在微雨中拈竹叶而笑。

## 黑豆，黑豆

他从布袋里掏出几粒黑豆，放入口中咀嚼着。他这辈子，就喜欢吃黑豆。这个小秘密，只有他死去的老妻知道。老妻曾笑道，你前生是一只乌鸟，吃豆也要吃黑的。那年婚变后，他对婚姻已心如槁灰。后来主持"景忠"校务，不少人为他张罗对象，他都婉言谢绝了。然而有一天，水吼乡一位大家闺秀慕名而来，愿意带三十亩良田嫁他。这大胆火辣的求爱方式，让他那颗冷却的心再度燃烧起来——她便是后来相依为命的妻子余氏。可是他这只乌鸟，非但没给她带来福分，还让她遭了不少罪。他被打成"右派"和"历史反革命"，坐了十二年牢。那时来探监的，只有老妻一人！老妻每次来，除了送衣送鞋，还特地捎来炒粉和一袋黑豆。在这个冷漠的人世，还有谁会关照他吃黑豆的嗜好？每次看到老妻蹒跚而去的背影，他的眼眶总是湿的。

他忘不了遣返那夜，油灯被风刮灭了，老妻摸黑擦亮了火柴。一粒黑豆似的光，颤亮了整个黑屋，老妻的影子和他的影子重叠在土墙上，像两棵被风刮到一起的崖松。不，他觉得他只是一只乌鸟，被诡异的风幸运地刮到这棵崖松上。

他出狱时，余生已残灯如豆。他仍是"戴帽"分子，必须接受管制、监视。在这个世界上，还有什么词比"戴帽"更黑？它恍如一座无形牢狱——人人都把你当作异类，空气里布满监视你的冰冷目光。他得靠砍柴、锤石子糊口。可怜他年近七十，哪里锤得动？"辟榛应许腰身健，破石谁怜衣袖单？"他其实连石子也不如——前半生恍如拿砖头磨镜，除了留下《天柱山志》的粉末，还剩下什么呢？他当然不甘心！"往事灌愁不可追，归车转觉喜生悲。……关心最是吴塘柳，别后青青发几枝。"（乌以风《遣返归山感赋》）"阔别"此山十余年后，诗人决计重写山志！那类似用最后一点"残砖"磨"镜子"！生产队长动了恻隐，安排他到碾米厂开票，这样就不必干重活了。五年后他再次拿出山志初稿："劫后山图理乱梦，孤灯漏尽始开云。……奉书欲叩金门献，只恐天威罪旧闻。"（乌以风《重修天柱山志初稿写成书感》），可见他一直战战兢兢、惟恐手稿再度被焚。直到有一天，上头来人向他宣布：乌以风你无罪，平反了。

那一刻他无泪。无喜。怔在那里，只有幻觉。山志被焚那些年，他经常幻听。除了坚信这古岳和老妻，他不再盲信什么。从前他觉得，与余氏结合，见证了他与山的缘分。余氏归山后，他惊觉并忏悔：老妻不就是古南岳派来的山使吗？有人说，人与上帝的关联是离不开天使的。而他与山的尘缘，离不开温良的山使。他从不企望天使。天使太高渺了。他与这山续缘分，靠的是这位贤淑、温良的山使呀。想想看，历代有多少骚人墨客来天柱山，可曾见过"遣返"到天柱山的？他之所以被"遣返"于此，不就因为有老妻在此吗？

一只鸟终究要像山果子一样坠落并腐烂于斯。老妻临终前交代侄孙女梅兰来草堂照料他，还特地交代老头有吃黑豆的嗜好。"我的老妻我的温良山使呀，你等等我！你何以走得如此匆忙？你怎不回头看我一眼？"


## 林花夜落时


已活过恩师的年龄了。活在记忆中的湛翁一直比自己年轻。那年冬在重庆，他和几个师弟与湛翁围炉而坐，湛翁拨灰见火，说道：人的性理为习气所埋没，好像这炭火常埋于炉灰，拨灰然后火出，破习然后性见，学者须有破习功夫，才能谈得上见性。他当时领会不透，屡经忧患直至晚年，他才深悟湛翁去习复性的忧思。垂暮之年他整理出百万言的哲学笔记《性习论》，皆得之先生教诲和平日冥思。湛翁认为，随顺习气而不识自性，徇物肆欲而不知率性循理，是近代以来人类所面临的共同危机。一切学术人心的分歧淆乱，一切民族国家的争端隔阂，皆由此而起。而疗救这一普世性的精神危机，仅剩教化世人去习复性之一途。

积习如红尘飞扬的大路，而人之自性如山间幽溪，无迹无踪但潺潺有声。譬如，自西关寨下行约一里，至莲花峰山麓，远可眺含苞之莲花峰独向西南怒绽一瓣，近可观孤悬苍崖之仙拳石握紧天道之秘。每每经过仙拳石，他必徘徊于石下的平台——岳云山馆遗址。抗战期间，为了给游客提供中途偃息之所，他和桂林张洁斋共同筹资，率众诛茅开径，鸠工抡材，几年后建成一正带三披的房子，命名曰"岳云山馆"。谁知内战狼烟起，岳云山馆因长久失修而坍塌。为此，他常给人讲一真实故事：山馆建成后，请来姓徐的小和尚负责接待兼看守。第二年大雪封山，小和尚下山背粮，回馆时见两只山豹蹲守门外，小和尚大呼救命，随即滚落山崖。两只豹见状，不急不慌地离开了。小和尚侥幸回屋，于是关紧门窗，不敢出门，而山豹蹲在对面焙药台上，一连几日朝这边张望，并不惊扰。山豹尚且通人性，那么人呢？

他自问道：人之性何为贵？他以为人之自性最可宝贵。湛翁曾言："世人所以胶胶扰扰虚受一切身心大苦者，皆由随顺习气，不识自性。……人之好战、好利、好为人上，绝非其性然也，习为之也。"人之自由，之自在，之自为，好比仙拳石下的平台无所遮挡，三面可远瞻近瞩，可以尽天柱一山之胜。而岳云山馆的残柱碎瓦，正仿佛"自性"之遗存。呜呼！记得在重庆，有一年秋天，谢无量到复性书院看望挚友马一浮，两人相见甚欢。一日，湛翁在尔雅台请无量先生向诸生开示。高足张德钧想考考无量先生学问，率先发问："什么是无明？"无量微笑未答。湛翁觉得张生此问出于胜心，须敲打敲打，于是代无量先生答曰："你这一念，便是无明，何不返躬自省！"张生面呈愧色，在座诸生莫不敛容。

乌以风这一生并非没有平步青云的机缘。一九四四年，省教育厅突发通知，训斥景忠中学未经批准，不予立案，不承认学籍，并勒令停办。他极为愤慨，亲自到立煌县找省教育厅官员申诉。没想到厅长发现他口若悬河才华横溢，要留他做主任秘书。为了景忠中学的生存，他不得不暂且留下。半年后厅长因公赴渝，他乘机代行批准"景忠"立案，然后电告辞职。潜山县长漆某受厅长委托多次登门，劝他收回辞书，他不为所动，固守为草民办学之信念。他深知：今国人在习气中生活，今之所以为教，所以为官，所以为医，……，只是助染习气，只知贪腐，汩没自性。一旦习气廓落，自性发露，方能知其根谬误。而去习复性绝非空言可就，须躬身践行。

想想看，二十六亿年前，天柱山原为一片汪洋，后经大陆板块升降、冲撞与错位，扬子板块向华北板块强烈俯冲，巨山遂耸出汪洋。与此同时，亦有巨峰堕为一马平川，深及暗渊。人的一生不也如此?! 关键在于处子的理想和持守，是否仍如神秘谷里生长的鱼鳞木或香榧树，不曲高压，不汩习气，亦不沾势利。


## 哦自性，哦巨灵


　　他想不到自己竟活到米寿。他整日坐在石头上，像石头看着石头。

　　往事他是不敢想，也不堪想了。以前有人说风能吹死鸟，他不信。现在他信了。他看见地上的死鸟，翅膀几乎都是断的。这让他震惊。

　　平反后，他回到从前曾任教的安庆某校（后改为安庆师院）。然而，"绕树三匝，何枝可依"? 几年后他再次决定回山隐居。他离不开那山，那山房，那野寨校园。"犹见峰环叠翠云，一堂风月百年心。幽兰已谢孤松老，惆怅门前径草深。"（乌以风《天柱山房》）老妻已先他而去，那是他的"幽兰"呵! 而他这棵阅尽百年的"孤松"，茕茕孑立，以满谷野草为亲，又以雪帽巨峰为兄长。

　　他老了，老得看山时，山都认不出他了。可他眼底的一崖一壑、一树一石，却越来越像懒悟和尚皴擦点染过的，每一笔都野逸横生。懒悟是他的方外友，从前经常在迎江寺谈画说禅。懒和尚告诉他，欲臻山水之境，须除尽胸中浊气。谁知山志被毁那年，懒悟也横遭迫害致死。远在杭州的恩师湛翁也未逃厄运，他的家被搜抄一空，湛翁恳求他们："留下一方砚台给我写写字，好不好?"回答湛翁的竟是一记耳光! 不久湛翁含愤逝去。"然寺有兴废，法无存亡。俗有升降，道无增减。当其本体湛寂，于法何损。当其万象森罗，于法无增。"1940年代末，他在《重修潜山三祖寺塔院记》中这样写道。如今想来，山志可毁，而道不可毁! 他之所以能重写山志，皆源于道法仍存乎呼吸、转睛之间。在更高的乌有层面，道法与巨灵是一体的。

人之自性正如丹砂峰，旧志称"世传有丹砂，人不能取，中夜或见红光，远近皆视"。其实，峰顶并非有道教所谓丹砂，而是覆嵌着一层浅朱色的沙砾，乃天然本色所致。倘你并不崇仰巨灵，或者你的自性不曾被巨灵唤醒，那你仍不过一迷途者或者假寐者。

一阵风在峭岩间来回打转，吹着嗯哨从耳边刮过去了。"它的弯曲的身体／留下了风的形状／它似乎即将倾跌进深谷里／却又像是要展翅飞翔……"他忽觉身子骨越来越轻了，连神秘谷的蝴蝶扇起的风都能吹走自己。恰在此时，满山的风忽又停了，世界静谧得像马祖林场的枫叶。他梦幻般地吟起湛翁的诗："鹄白兮乌玄，己所致兮匪天。……风怜目兮目怜心，声成文兮谓之音。……山苍苍兮水茫茫，木叶落兮陨霜。望秋窴兮焉穷，从吾归兮旧乡。"（马一浮《思归引》）

天色暗了下来。即便天色不暗，他也看不清了。但他认得那"旧乡"——那是空谷幽泉，泠泠不绝；那是云迷青嶂，风识松声。他突然感到乌有的巨灵之气，可亲又可畏！仔细再听，这乌有的一部分源自沧桑而弘大的内心——那是诡秘的风吹不死的鸟！然而，除了在积雪皑皑的天柱绝顶之上，谁能听见它？谁可以随便谈论它？


注释：

乌以风（1901—1989），原名乌以锋，字冠君，别号一峰老人，忘荃居士。山东聊城人。一九二八年毕业于北京大学哲学系。后师从马一浮先生。先后任浙江省图书馆编纂、浙江一中教导主任、安徽省立宣城中学和安庆一中校长、复兴书院典学、重庆大学副教授、景忠中学校长，安徽省教育厅秘书，安徽大学教授。一九四二年开始考察、研究天柱山，撰写《天柱山志》，并筹资修筑天柱山房、望岳亭、岳云山馆、七人洞，以及从良药坪至拜岳台两千多级石阶。解放后任教于安庆师范，不久被打成"右派"和"历史反革命分子"，一九五八年底入狱，一九六七年家中《天柱山志》被查抄遭焚，刑满出狱后回潜山，在极其艰难的条件下重写山志。一九七九年平反复职，几年后《天柱山志》得以出版。另著有《北楼诗抄》《岳云山馆诗稿》《李卓吾著述考》《儒释道三教关系史》《性习论》《问学私记》《马一浮先生学赞》《马湛翁诗词辑》等。

二〇一二年三月上旬作
二〇一五年十二月再改

# 病理切片上的群星

昨天深夜，我突然醒过来。窗外黑乎乎的，连最后一颗星也隐去了。我的脑海中不知怎的竟回旋着几个词——"北大荒""精神病""知青"。我想再睡一会，却被一种不知来由的寒意所拦截。天快亮时，忽然想起几天前在报上读过一篇纪实文字，上云：东北某市的一家医院在前年专门成立了"知青科"，收治来自北大荒的五十多名知青，他们竟然都身患精神分裂症。另外被我记住的，是从这座城市边缘流过的松花江距这家医院不远，自然距"知青科"病区也不远。

没想到，几天过去了，这件事依然烙在心头无法抹去。仿佛在黑暗中摸索无意碰响了一把旧琴，内心的弦索被猛地拨动。我经历过知青的年代，不过那时已是"文革"末期，不久就迎来了第一轮知青返城潮，紧接着恢复高考，巨大的时代涡轮重新筛淘这一批批过江之鲫。尽管"北大荒"对我而言是陌生而遥远的，但在深夜里，这些词如同北国屋檐下悬垂的幽蓝的冰溜子，凝集着《国际歌》般久远而严酷的岁月风尘。

如今，他们仿佛是从一个黑暗的世界里突然跑出来，非常不适应地怔在那儿。新鲜的、隔世的阳光强烈而炫目。几十年前，"知青"是使用频率最高的热词之一。而今天，你只能在北方某个城市的医院看到这个特殊的词组：

"知青科"。我承认我被这个词组炮烙了一下。这个被包扎的旧词，看上去有点像新的了。在这个世界的所有医院里，"知青科"恐怕是绝无仅有的。医院里的分科是与身体各部位或病理学分类相关的，诸如"五官科""胸外科""骨科""肿瘤科"。而"知青科"既指向一种特殊的群体，也带有一种不可思议的病理学色彩。

　　谁也无法想象，在"知青"这个词淡化了几十年后，"知青"会与"科"这个词素粘合在一起。而他们就活在"知青"与"科"之间，在那细狭而晦暗的词素间苟延残喘。他们穿着清一色的、带暗条纹的病服，不是枯坐在蓝色长凳上喃喃自语，就是蜷坐在病房一角企望被阳光短暂地"明媚"一下。"知青科"里那单调、僵冷、净洁的白色，对他们而言永远像世纪深处的积雪无法融化。他们有时也试图说一段原始场景，可一出口就丢失了许多细节。他们喜欢诗歌，偶尔也朗诵普希金，尤其喜欢那句"假如生活欺骗了你……"他们是那个疯狂年代最终的、最底层的、最肉体的承受者，是最没有话语权的、最孤弱的存在个体。而如今，他们只是"知青科"中的一个词素，不再是当年那个热血澎湃的青春单词了。只有夜晚是个例外。那时候所有的大夫都睡熟了，注射器和电棍睡熟了，贪官们也睡熟了，绳索也睡熟了，"知青"这个词素仍会从"知青科"中走出来，彳亍在深夜里，像幽灵一样弄出微响，将这个或那个也做过知青的人惊醒。

　　印象最深的是一首叫《四点零八分的北京》的诗，"这是四点零八分的北京，/一片手的海洋翻动；/这是四点零八分的北京，/一声雄伟的汽笛长鸣。//北京车站高大的建筑，/突然一阵剧烈的抖动。/我双眼吃惊地望着窗外，/不知发生了什么事情。//我的心骤然一阵疼痛，一定是/妈妈缀扣子的针线穿透了心胸。/这时，我的心变成了一只风筝，/风筝的线绳就在妈妈手中。……//我再次向北京挥动手臂，/想一把抓住他的衣领，/然后对她大声地叫喊：/永远记着我，妈妈啊，北京！/终于抓住了什么东西，/管他是谁的手，不能松，/因为这是我的北京，/这是我的最后的北京。"诗作者郭路生也是知青，后来也患有精神分裂症。这首写于一九六八年的诗，你找不到一点红色豪情的痕迹，充溢的却是临别的感伤、撕心裂肺的痛苦和晚雾般的迷茫。他的诗因此遭受批判，但仍在朋友圈及知青群体中传抄并流布全国。

作为一代人的青春献祭，"知青"已尘封在历史深处。这五十多个病者，没想到自己成了那个历史称谓在当下仅存的实体——"知青"仍是他们的身份。你可以说他们是被那个时代劫持的人质。现在他们被放回来了……没有表情也没有记忆地回来了。这些头发花白、动作麻木、滞缓的迟暮者，从红色运动的弄潮儿到开放年代的弃儿，经历了巨大而不可思议的历史裂变。"好的声望是永远找不开的钞票，坏的名声是永远挣不脱的枷锁。"（郭路生的诗），"好的声望"和"坏的名声"对他们一点也不"分裂"，并伴随他们一起在水中煮过，在火中炼过。

没有人认识他们。生活在新世纪阳光下的小字辈不知道他们，他们的父辈作为一个整体已纷纷凋零，他们的同辈早已改变了身份而成了新时代的幸福者。这注定了他们是那个时代仅存的零余者。

"知青科"向我显现出类似时光漏斗之物。那些零散在北大荒的精神病患者，从这奇特漏斗中被集结到一个特殊的场域。一晃四十年过去了。很少有人将"知青"这种身份保持至今，也很少有知青将"北大荒"作为第二故乡持守终生。而他们正是这样一群人。这并非因为他们比别人更高尚，更纯粹，而是因为他们在新时代的过滤器下再度沦为底层。但这种"沦为"仍与那个疯狂的年代有关。他们至少经历过两种疯狂：一种是为红色乌托邦而疯狂，那是一种不惜代价、不计后果的集体疯狂；另一种是为前一种疯狂而疯狂——病理学意义上的疯狂。这后一种疯狂正是前一种疯狂的深度见证。在"知青科"白色病房里，他们必须按时服用镇定药。至于前一种疯狂仍缺乏特效药，它改头换面地在"爱国"的名义下极尽狂躁之能事。

与"战争综合征"不一样的是，"知青综合征"似乎必经相对漫长的时间，才能在世人慢慢淡忘和时间的掩埋中突然发作。他们得病原因各不相同，有的开拖拉机轧过一捆稻草，却断定自己轧死了人，精神从此失常；有的因其他知青回城了，突然发了疯。其共同病症之一是严重失忆：既记不清哪一年去北大荒，也记不得故乡父母的确切住址，倘或记起某件往事，也不过是分裂成碎片的幻象而已。从病理学上说，他们是不宜或不能回忆的，遗忘对他们来说是最好的事情。即使你对他们提起过去的事情，也很难引起他们的共鸣，他们不是摇摇头，就是在听别人说故事。但"知青科"注定是一种特殊的记忆方式，它以一群精神病患者向世人讲述一个年代，又以一种特殊的病症反照当下这个年代。

"知青科"在我看来更是一种言词的粘连与聚集。那个时代所有喧嚣的热词归于沉寂了。只剩下"知青"与"科"重新粘接在一起，构成一个过往年代投射在今日的奇特镜像。与其说这是一群来自过去年代的精神病患者，不如说"知青科"本身已构成了一种病理性切片：在前一种疯狂里，你不难看到当下这个奢华低俗的社会所缺失的东西——那种为理想而献身的纯洁和激情。在后一种疯狂里，你可以看到那个清除个体的狂热时代最终给生命个体造成的伤害。命运的不公表现在，他们是在以一种清除个人的集团状态（那时根本没有个体可言）中来承担乌托邦疯狂的，而当乌托邦破灭群体作碎片迸散时，"北大荒"现场只剩下他们被时代痛楚地剥离下来的存在个体，以及由孤单个体来承担疯狂所带来的一切遗弃和厄运。在集团价值高于一切的社会，个体受到的伤害却长期没有他们为之献身的集团对此负责。他们患病后，有的被家人送进精神病院，有的被关进肮脏的黑屋，用铁链锁在窗柱上，更多的遭到家人无可奈何的背弃。在经历幽囚、出走、流浪和遗弃等种种磨难后，他们最后才辗转来到"知青科"。

以郭路生为例。在他身上过去存在着精神分裂，而现在则存在着两个人的分裂：患精神病的知青诗人郭路生，和被权力改塑成人权先驱的食指。一九七九年郭路生写下代表作《疯狗——致奢谈人权的人们》，并开始使用笔名"食指"。据称，该诗"对生存本体反思的哲学深度，被评论界认为足以同陀斯妥耶夫斯基的某些作品相提并论"。

　　受够无情的戏弄之后，／我不再把自己当人看，／仿佛我成了一条疯狗，／漫无目的地游荡人间。／／我还不是一条疯狗，／不必为饥寒去冒风险，／为此我希望成条疯狗，／更深刻地体验生存的艰难。／／我还不如一条疯狗！／狗急它能跳出墙院，／而我只能默默地忍受，／我比疯狗有更多的辛酸。／／假如我真的成条疯狗／就能挣脱这无情的锁链，／那么我将毫不迟疑地，／放弃所谓神圣的人权。

　　然而，有关这首诗的诠释一直存在争议。自由派认为它是中国民间最早的人权宣言，并在二〇〇八年将《中国自由文化·诗奖》授予诗人食指；新左派认为副标题已揭示了本诗的主旨，即诗人仍抱持红卫兵的老左派立场，对"奢谈人权的人们"进行嘲讽；怀疑派认为它只传达了"一种政治糊涂主义和红卫兵中人、一些失落者的哀叹"，食指不配"成为一代诗宗和中国之惠特曼"。

　　笔者认为，作者的意图既不是坚持红卫兵的老左派立场批驳"人权"，也不是自由派所竭力拔高的人权宣言，而是一个身陷其中的病患者对个人存在的痛切传达。所有的解读都忽略了这首诗写于郭路生患精神病（即一九七二年）七年之后，诗人作为精神病患者在社会和病院所遭受的磨难。在那个时代，"疯子"受到的歧视是今人难以想象的。第一节准确概括了入精神病院前受尽戏辱的体验，第二三节是写关进牢狱般的精神病院后，痛陈"我还不是一条疯狗"到"我还不如一条疯狗"的苦楚和辛酸，那是一种失去人身自由的痛苦。争论最大的还是最后一节及结句，"无情的锁链"暗含的诠释空间太大。其实，"无情的锁链"在诗人眼里是具体的，"疯子"在社会上

（包括在病院）遭到家人捆绑、关进黑屋甚至致残致死，是常有的事。诗人郭路生在病院写下这首诗，充满了对这种"非人对待"的病理性仇恨。即便到了九十年代，郭路生在诗中表达的愤怒仍未消减，"有时止不住想发泄愤怒／可那后果却不堪设想……／天呵，为何一次又一次地／让我在疯人院消磨时光！"（《在精神病院》）对他而言，那些被阔论的"人权"简直就是一种"奢谈"，对改变病院内外像他这样的生存者毫无用处。"放弃所谓神圣的人权"既是对"人不如狗"的呼应，也是对"奢谈人权的人们"的嘲弄。这首诗显然存在一个悖论：作者愤懑地指斥那些"奢谈人权的人们"，但整首诗所陈述的却与"奢谈人权的人们"的目标并无二致，精神病患者"人不如狗"的境遇呈现的正是一种非人权状态。这已不是你"放弃所谓神圣的人权"的问题，而是你被剥夺"所谓神圣的人权"的问题。诗人愈是以存在本相来指斥"所谓神圣的人权"，便愈是体现了"所谓神圣的人权"的极端重要。这个悖论的出现是作者难以把控的，它既呈现了那个时代大多数人对人权的认识水准，也呈现了作者当时处于半疯癫或即便不疯癫但性格偏执的状态。

在当今中国，食指及作品成为各派争夺话语权的对象。透过这话语肿胀的病理性切片，人们看到的只是成名后淹没在各派涂抹中的诗人食指，却很难看到那个患分裂症的知青诗人郭路生。据说编辑《食指卷》时，他的不少作品被删除，如长诗《献给参加第三次世界大战的勇士》、话剧《历史的一页》（再现毛泽东在天安门城楼上接见红卫兵）等，而《海洋三部曲》中的第三部曲，原创标题是《献给红卫兵战友》，则被改为《给朋友们》。还有秧歌派风格的《红旗渠》、《南京长江大桥》等诗在删改时，遭到郭路生的拒绝才得以保留下来。既然他们能把一个多难的"知青诗人"改塑成"人权斗士"，那么食指距离那个拥有无数粉丝的"超男"还有多远？

郭路生或食指只属于那一段历史。那么跟郭路生相比，"知青科"中的"知青"是幸运抑或不幸？在我看来，他们共同的不幸也许正在于不论在哪个时代，他们都必须面对不同的病理性切片——他们自己的切片但布满了时代的病灶和阴影，权力话语的切片但蠕动着他们宛如幽灵的身影。谁敢说当代的"群星"们，在若干年后不会成为必通过病理性切片才能辨认的"星群"？然而比起那些异见者或上访者被体制权力当作疯子关进精神病院，他们算是比较幸运了。媒体近爆河南省漯河市郾城县大刘乡政府，将多次上访的徐林东关进漯河市精神病院达六年半之久，就是许多案例中最恶劣的一例。

许多年淌过去了。得势的和不得势的人物都淌远了。在不知蜕了几次皮的喧嚣的世界里，他们出现了，从那个被遗忘的黑暗的隧洞口走来了。看上去他们像是最后抵达这个时代的一群，似乎刚刚听到那个"集结号"。有人不禁要问：他们这一群是来自遥远荒寒、狼嗥四起的北大荒，还是来自那个在影视里被演绎得辉煌的北大荒？"文革"结束后，有一批知青幸运地成了大学骄子、富商、"洋插队"博士，后来又成了"海龟"、教授、董事长。在长篇传记和影视剧里，"北大荒"往往成了传奇的起点，成了世人惊羡的红色年代的天堂，成了回忆"激情燃烧的年代"不可或缺的象征容器。而如今，他们出现了，以无传奇的、衰老而病态的样子出现在报纸版面上。阳光照在那布满皱纹、松弛而黯淡的脸上，曾经激情喷射的双眼已近乎枯干。

他们注定这一辈子走不出北大荒。尽管他们来到远离北大荒的地方，但他们内心的深渊注定回荡着北大荒的风雪和记忆，他们的根须仍死死地纠结在那儿。"知青"注定是他们一生的刺青，或者铭刻在骨子里的另一胎记。如果"北大荒"不幸成了超级神话的"象征容器"，那么，这些精神病患者仍将充当那个无法看见的最下层最悲凉的黑暗底座。而笔者把他们看作最后一批从旧时代壕沟撤下来的战士。尽管出于迫不得已或岁月的诡计，他们毕竟坚守到了最后！因此所有活着的人都应该向他们致敬。

二〇一〇年四月二日

# 鹦哥悲喜录

在国人的心目中，笼中鹦鹉一直是会说人话的玩物，专供怨女解愁或为闲人消磨时光。按现今的说法，鹦鹉称得上是"模仿秀"。然而，古今对鹦哥学舌的褒贬却迥然不同：古人借鹦哥学舌道出一种真相，触类旁通地引发一种悲悯；今人更多地将鹦鹉用作道具，借鹦鹉学舌反讽人类自身的可悲。北宋钱塘有个叫文莹的高僧，在其所著《玉壶清话》中记述这样一件事：

一巨商姓段者，蓄一鹦鹉甚慧，能诵《陇客》诗及李白《官词》《心经》。每客至，则呼茶，问客人安否寒暄。主人惜之，加意笼豢。一旦段生以事系狱，半年方得释，到家，就笼与语曰："鹦哥，我自狱中半年不能出，日夕惟只忆汝，汝还安否？家人喂饮，无失时否？"鹦哥语曰："汝在禁数月不堪，不异鹦哥笼闭岁久。"其商大感泣，遂许之曰："吾当亲送汝归。"乃特具车马携至秦陇，揭笼泣放，祝之曰："汝却还旧巢，好自随意。"其鹦哥整羽徘徊，似不忍去。

鹦哥仅一句"汝在禁数月不堪，不异鹦哥笼闭岁久"，便触电般打动了段生，令他"大感泣"。倘段生没有入狱的痛切体验，并将此身比彼身，他如何能幡然醒悟？说实在的，人类尤其是现代人类囚禁乃至虐杀动物，是很少起怜悯心的。譬如活熊取胆汁，他们在小熊前胸插上管子，让它吃不饱，以便分泌更多的胆汁。每当他们向笼前伸出铁钩，钩住它们的脖颈时，它们就凄厉地哀嚎起来。

再看白居易的《鹦鹉》一诗："竟日语还默，中宵栖复惊。身囚缘彩翠，心苦为分明。暮起归巢思，春多忆侣声。谁能拆笼破，从放快飞鸣？"他指述的情形与《玉壶清话》类似，只是笔触更直接、淋漓，更贴近被囚者的心理状况。《资治通鉴》中有这样一件事，"太后习猫，使与鹦鹉共处，出示百官。传观未遍，猫饥，搏鹦鹉食之，太后甚惭。"武则天将鹦鹉放出笼子，让它与宠猫和平相处，结果鹦哥陷入比笼子更糟糕的危境。它不但被吃，还让武后失了颜面。"太后甚惭"什么呢？武后大约出自以下心理：其一宠猫没喂饱，以致露出凶残本性；其二鹦哥无故丧命，只能愧对宠儿；其三，何必弄巧成拙"出示百官"？即便"鹦猫互动"表演成功，百官们真的会效而仿之吗？事实上，哪一朝百官停止过"鹦猫相斗"？区别仅在于，谁吃掉对方，谁又被对方吃掉。至于何者为猫何者为鹦，全在于权力大小与阴术高低而已。从武周朝看，最大的那只"猫"，一语定乾坤的"猫"，当非武后莫属。

在印度古典文化中，鹦鹉是一种充满智慧的象征，鹦鹉学舌自然也是机智的表现。有一部故事集《鹦鹉故事七十则》，讲述的是一个男子外出经商，委托鹦鹉和乌鸦照看自己妻子的故事。然而，男子走后没几天，妻子便耐不住寂寞，意欲外出偷情。乌鸦直言不讳地劝阻她，差点被她掐死。而聪明的鹦鹉假装同情她的处境，告诫她事情一旦败露，必须像某某人那样机警地摆脱困境。这引起她强烈的好奇心，于是留在家中听鹦鹉讲述某某人的故事。这只鹦鹉每夜讲一个故事，一连讲了七十夜，直至她的丈夫回来。在鹦鹉所讲的故事中，大约有一半是男女偷情以及如何遮人耳目的事；另一半则与诡计或智慧相关，诸如盗贼的故事、妓女的故事、断案故事和破谜故事。当然，你可以说，鹦鹉在书中不过是一个叙述线索和讲述人，但鹦鹉与乌鸦之对比，不难看出梵语时代的印度人对二者的评价截然不同。

到了近现代，"鹦鹉"似乎越来越"贬义"了。它之擅长"学舌"，遭到人们的普遍鄙视与嘲弄。何以如此？一则，现代人对独立、自主之人格的要求更加自觉、更加强烈；二则，擅长学舌的人在现代越来越多，也越来越乖巧了。倘把整个"官话"语汇加以审查，便不难发现一个庞大的"学舌"体系。然而，人之学舌与鸟之学舌，毕竟很不一样。鹦哥学好人像好人，学坏人像坏人，不失为一个绝妙的"演员"。而人无论怎样学舌，学得再好，仍不过一群可怜奴才。一则前苏联的笑话是这样说的：莫斯科一男子遛鸟时不小心将鹦鹉弄丢了。那是一只会骂人的鹦鹉，平时他抨击时政的话早被鹦哥"烂熟于胸"。他想，如果它落到克格勃手中就糟了。该男子想到一个补救办法，就是紧急在报上发表声明：本人遗失鹦鹉一只，另外，本人不同意它的政治观点。

在中国现代史上，一则因"鹦鹉"而起的"公案"，曾引发两派知识分子的激烈争鸣。这则公案也折射出古今对鹦哥态度之不同。胡适先生在《我们要我们的自由》一文中，引用了印度佛经里的一段神话：

有一只鹦鹉，飞过雪山，遇见雪山大火，他便飞到水上，垂下翅膀，沾了两翅的水，飞去滴在火焰上。雪山的大神看他往来滴水救火，对他说道："你那翅膀上的几滴水怎么救得了这一山的大火呢？你歇歇吧？"鹦鹉回答道："我曾住过这山，现在见山烧火，心里有点不忍，所以想尽一点力。"山神听了，感他的诚意，遂用神力把火救熄了。

胡适是借这个典故以自比或自喻，要学鹦鹉用双翅洒水救火。他说，创办《新月》这个刊物，只因为这些人骨头烧成灰都是中国人，在国家吃紧的关头，心里有点不忍，所以想尽一点力。因为近两年来，国人都感觉舆论的不自由。在"训政"的旗帜之下,在"维持共信"的口号之下,一切言论自由和出版自由都受到种种钳制。异己便是反动,批评便是反革命。报纸的新闻和出版自由至今还受检查。稍不如意轻的便停止邮寄,重的便查封。所以今天全国之大,无一家报纸杂志敢于有翔实的记载或善意的批评。他尖锐地指出:"一个国家没有纪实的新闻而只有快意的谣言,没有公正的批评而只有恶意的谩骂和丑诋,——这是一个民族的大耻辱。这都是摧残言论出版自由的当然结果。"

最先撰文嘲讽胡适的是瞿秋白。他在《鹦哥儿》一文中冷嘲热讽,"胡适之先生整理国故的结果,发见了它还会救火,这倒是个新发现的新大陆。话呢,的确不错:现在的鹦哥儿都会救火了。第一,因为新大陆是鹦哥儿侨居过的,所以新大陆要有大火的话,它一定要去救。第二,鹦哥儿的'骨头烧成灰终究是中国人',因此,中国正在大火,鹦哥儿也一定要来救的。"瞿秋白批评胡适是他的权利,没有什么不可以。问题是,秋白先生不该歪曲印度佛经故事,将"洒水救火"扭曲成"用自己的花言巧语来救火"。由此他也避开了正面批驳胡文,却避实就虚地绕到后面"打棍子":什么"中国的鹦哥儿现在也学着法国资产阶级:也牺牲了自己的'人权'论的政见,也主张来这么一个国防政府",什么"中国的鹦哥儿也学着英国的贩卖工人的专家,来主张什么联合各派的国防政府",以至于断言"中国的鹦哥儿就会这样学嘴学舌的救火。……他们要救火的诚心,他们要救中国绅商统治以及国际帝国主义统治的诚心,是值得'感激'的!"瞿秋白进一步讽刺道:"花言巧语的鹦哥儿,你们的'人权''自由'还要骗谁呢?鹦哥儿呵鹦哥儿!你们还不如兔儿爷。兔儿爷有一种特别的骗人的本事!它们遇见什么危险的时候,立刻用两只小巧的前腿,把自己的很美丽的红眼睛遮起来"。如此横加发挥,已与胡文的原意风马牛。这种乱扣帽子的批评文字非但交不上火,反而最易伤到自己——削弱甚至剥夺别人发声的权利,等于给自己建好"囚牢"。秋白最终因信仰而遭到枪杀,实在是为这一论争补写了一个血的注脚。

胡文和瞿文对鹦鹉的态度是一正一反，褒贬鲜明。应该承认，瞿秋白这一观点背后有陈独秀的影子，以及整个左翼阵营的影子。

　　在此之前，胡、陈两位老友围绕一场"大火"，发生了"水火不容"的尖锐对峙，几近绝交。一九二五年底，《晨报》馆被群众焚毁。陈独秀认为烧得应该，并反问胡适："你以为《晨报》不该烧吗？"胡适写了一封长信给陈独秀，措辞严厉地说："几十个暴动分子围烧一个报馆，这并不奇怪。但你是一个政党的负责领袖，对此事不以为非，而以为'该'，这是使我很诧怪的态度。"胡适没有忘记佛经中的那只鹦哥儿，他在信中仍以"救火"的口吻说："晨报近年的主张，无论在你我眼睛里为是为非，绝没有'该'被自命争自由的民众烧毁的罪状；因为争自由的唯一原理是'异乎我者未必即非，而同乎我者未必即是；今日众人之所是未必即是，而众人之所非未必真非'。争自由的唯一理由，就是期望大家能容忍异己的意见与信仰。凡不承认异己者自由的人，就不配争自由，就不配谈自由。"胡适如此苦口婆心，不过是在重复五年前他与独秀等人共同发起的《争自由宣言》，希望"此火"以后不要再"烧"了。他说得确实很恳切，很伤感，但并不绵软，而是软中有硬："我们两个老朋友，政治主张上尽管不同，事业上尽管不同，所以仍不失其为老朋友者，正因为你我脑子背后多少总还同有一点容忍异己的态度。……如果连这一点最低限度的相同点都扫除了，我们不但不能做朋友，简直要做仇敌了。"

　　胡适信奉实用主义哲学，其实他是一个理想主义者，更多的是透过西方语境看中国现实。他笔下的鹦哥儿确乎可爱，而且懂得"容忍"：两群"鹦哥"尽管颜色不同，叫声不同，但不必相互攻击、打压，而应同"屋"共存。独秀毕竟数次坐牢，是一个富于乌托邦激情的批判现实主义者，即便在监牢中，他发出的声音也是尖厉的——无论法庭上的辩诉状，还是讽刺诗《金粉泪》《国民党四字经》，都是如此。鲁迅固然以"放火者"著称，但鲁迅眼里的现实，皆为历史的倒影和狐魅所致，是文化骨子里的"髓"出了毛病。

他更像一个冷峻而绝望的疗救主义者。在《谈皇帝》一文中，他谈到"红嘴绿鹦哥"——那是菠菜在民间的奇怪别名，是专门用来对付皇帝的：

往昔的我家，曾有一个老仆妇，告诉过我她所知道，而且相信的对付皇帝的方法。她说——"皇帝是很可怕的。他坐在龙位上，一不高兴，就要杀人；不容易对付的。所以吃的东西也不能随便给他吃，倘是不容易办到的，他吃了又要，一时办不到；——譬如他冬天想到瓜，秋天要吃桃子，办不到，他就生气，杀人了。现在是一年到头给他吃菠菜，一要就有，毫不为难。但是倘说是菠菜，他又要生气的，因为这是便宜货，所以大家对他就不称为菠菜，另外起一个名字，叫作'红嘴绿鹦哥'。"

"愚妇"们用"愚君"的办法来对付皇帝的"愚民"，看起来是"以眼还眼，以牙还牙"，似乎真的要与皇帝作对了：这"呆不可言的皇帝，似乎大可以不要了"。其实不然。"她以为要有的，而且应该听凭他作威作福。至于用处，仿佛在靠他来镇压比自己更强梁的别人，所以随便杀人，正是非备不可的要件。然而倘使自己遇到，且须侍奉呢？可又觉得有些危险了，因此只好又将他练成傻子，终年耐心地专吃着'红嘴绿鹦哥'。"在这篇杂感中，鲁迅意在讽刺以"圣人之徒"自居的儒家，"儒家的靠了'圣君'来行道也就是这玩意，因为要'靠'，所以要他威重，位高；因为要便于操纵，所以又要他颇老实，听话。"

但无论如何，"御膳房"里做菜，是免不了要出差错的，这就有杀头之虞。倘直言那"红嘴绿鹦哥"，原本就是菠菜，恐怕更要坐牢杀头了。因为刀把子毕竟操在"愚君"手里，况且史上的"愚君"并不全"愚"。据说，有一天吃惯了"红嘴绿鹦哥"的皇帝，忽然想起这美味，便让御厨速速做来。结果御厨真杀了一只红嘴绿鹦哥，皇帝吃后感觉味道不对，哪有那道菜的滋味呢？于是一怒之下杀了御厨。鲁迅不是先知，尤其晚年，他身处黑暗的"铁屋子"中，心中寄存的那个乌托邦，却未曾亲历也未曾踏勘，以至写下《我们不再受骗了》，若干年后仍被证明"还是受骗了"。

胡适的一生更让人玩味。早年的胡适确乎勇毅，在远离"御膳房"的地方发出"民主与自由"的呐喊。中年的胡适依然劲健，依然清醒，他要做振翅洒水的鹦鹉去"救火"，鼓吹"好人政府"，抨击"坏人政府"扼杀言论自由。只是有些"世故"了，学会了跟"御膳房"打交道，"厨艺"日益精进，即便"西红柿"或"花茎甘蓝"，也能做成一盘色香味俱佳的"红嘴绿鹦哥"了。这似乎注定了晚年胡适之"不幸"：近年从台湾解密的档案中发现，五十年代蒋介石分九次给胡适美金，每次五千，共四万五千美金。他至少有被收买之嫌，却仍以"独立学者"身份发文吹捧"御膳房"。例如，吴国桢在美国《Look》杂志，用英文发表《在台湾你们的钱被用来建立一个警察国家》一文后，胡适去信谴责吴国桢，并用英文撰写《台湾有多么自由》一文发表在《新领袖》杂志，极尽文饰吹捧之能事。问题是，"愚君"心知肚明，他对这个"御厨"的两面性看得更透，在《蒋介石日记》中有这样的话，"对于政客以学者身份向政府投机要挟，而以官位与钱财为其目的。……不送钱就反腔，而胡适今日之所为，亦几乎等于此矣，殊所不料也。总之，政客既要做官，又要讨钱，而特别要以'独立学者'身份标榜其清廉不苟之态度。甚叹士风堕落，人心卑污，今日更感蔡先生之不可得矣。"

法国诗人阿波利奈尔写过一篇小说《阿姆斯特丹的水手》。在这篇小说中，他讲述一个无辜水手莫名其妙陷入一桩绑架杀人案。这个可怜水手无法证明自己清白，在绝境中只能自戕以死。最后，法官找到唯一有利于水手的证据是，水手的一只鹦鹉不断重复着死者最后一声辩白："我是清白的！我是清白的！"你觉得这荒诞不经吗？还是太黑色幽默？

二〇一三年四月六日

## "饥饿"收藏者

热爱自然田园的人，大都希望像黄瓜或者胡萝卜一样生活。这有点像我爱好收藏粮票，而不是收藏袁大头。都说世界是多种多样的，人也一样。有个官员说他一生最大的嗜好是杀羊。听懂了吗？是杀羊！哪儿有羊供他杀？这个不用愁，他到基层检查指导工作时，下面的头头会备好肥羊供他一试身手。显然，有这种嗜好的人，肯定不会长成黄瓜或者胡萝卜。

但日子总是要过的。昨夜秋风刮响了满城树叶，早晨起床一看，一半在地上，一半仍在空中。然而，飞得最高的仍是十几层上撒落的红色塑料袋。其实，收藏票据在我几乎算不上爱好——它们在抽屉中是被时代"缓存"的。那些来不及用掉的票据，诸如粮票、布票、油票、豆腐票渐渐成了藏品。当我有一天发现，那些逝去的发黄时光在帮助我成为收藏者时，不禁哑然失笑。事实上，在这些票据当中，要数粮票为大，民以食为天嘛。中国人日常串门或见面的问候语是"你吃了吗"，并不表明问候者多么关心别人的肚子，因为每个人的口粮都是定量的，予人半斤就意味着自己少吃八两。

那时候没粮票寸步难行，买个烧饼没粮票都不行（须两分钱加一两粮票）。母亲怕定量的米不够吃，总是把生米先炒一遍再下锅，这样煮饭更"涨锅"。邻家有个小伙伴经常从米缸里偷生米吃，嚼得满嘴白沫，为此没少挨父母罚跪。更心酸的是，一个同学弄丢了一个月的粮票，竟为此投水自尽！

要命的粮票！狗日的粮票！我的收藏簿上最多的是"伍市斤"粮票。它们大都发行于六七十年代，图案各不相同。比如，七十年代的"伍市斤"上，有一架巨大的收割机从稻浪滚滚中驶过来。尽管这些粮票所悬置的粮食已不存在，它显现的一切关系取决于狗日的粮油关系也不存在；或者说，这种要命的粮油关系如同逝友与亡友之间的一场通信，字迹仍在，收发两端却人影杳然。但它的存在仍在暗示：当年我的饥饿被它"绑架"了。

有时候去古董一条街转转。一个熟人原在粮站工作，在多次转行后也玩起收藏，倒腾古董。当然，他收藏的各地粮票远比我多——在一块竖立的大面板上印着数百张粮票，竟成了那个饥饿但熠熠生辉的时代的奇特面孔。他谈起在粮站工作的情形仍眉飞色舞。那是他埋藏在这些汉唐宋元明清之碎片下面的幸福生活。那个年代固然没被他遗忘，却变得更像狼外婆了。如此看来，那个投水自尽的同学，倒疑似被粮票上那架从稻浪滚滚中驶来的巨型收割机碾死的。

然而有一天，在小区看到一个捡馒头的驼背老头，彼此有些面熟。老头肤色黧黑，脸上的皱纹像蛛网密布，但衣着不算寒伧，只是走路有些歪斜。老头一边捡，一边向一个大妈絮叨：从过年到现在，从四个垃圾箱捡出来的馒头少说有三百斤。说着他解开塑料袋，里面全是馒头或面包。喏，瞧瞧这三个大面包，超市卖八块多一个，一口没动，一个姑娘就把它扔了，对不住天地"粮"心哪……

这之后，我经常看到他在小区广场的边沿晾晒捡来的粮食：白馒头、花卷、干硬的面包、葱油饼……一字排开。他手中拿一把扇子，驱赶着飞来飞去的苍蝇。少拾点吧，垃圾箱里的东西不卫生！广场上好多邻居这样劝他。老伴也反对他每天捡馒头，说他得过脑血栓。但日子一久，也没人再过问。他大约被街坊视为脑子有毛病。有一次我终于问他：这些粮食晒干了怎么办？老头叹了口气：送到乡下，喂猪喂鸡也是好的。说完又叹了口气。我说我拿粮票换你这些粮食怎样？老头一听瞪大了眼睛望着我，然后苦笑起来，你这人有点意思，粮票可以换，饿死的人能换回来么？我兄弟三人，饿死两个，只剩我一个。荒年没的吃，男人腿脚浮肿不能走，妇女饿得子宫下垂。哪有大米、白面馒头呵，糠粑、黄荆槎粉、棕树籽、野麻叶、蕨根粉，要不就是捋榆叶、挖野菜、抓麻雀，哪样没吃过呵……那时候到医院看浮肿，医生开的药竟是一小包"糠麸饼"。

狗日的粮食！要命的粮食！老头将干干的馒头摊晒在地上，与摆地摊的粮票藏家倒有某种相似处。然而，没有人停下来打量他的"藏品"。究其实，谁真正看清了他的"藏品"？谁看清了这"藏品"正是那世间可怕而且扭曲着的无形之物——"饥饿"？点破了这一层，你的脑海也许会马上浮现菜色的面孔，攫取食物的空洞眼窝，摇晃在那青葱的亦禾亦草的田畈深处的弯曲身影，乃至报纸一样薄的胃，蠕动如蚯蚓的细肠子……

在这个世界上，谁见过掏集"饥饿"的收藏家？

我见过。我还听见被一个奢靡的年代迅速忘却的狗日的"饥饿"，在那些慢慢干硬的馒头上所发出的狼嗥似的尖啸！然而老头绝非"饥饿艺术家"，况且"饥饿"从来就不是艺术！老头不过是一个幸存者，一个从高烧的天空下挣扎过来的幸存者。在这些散发丰收气息的粮票中，你可能会找到他那劳作的身影，但你不可能看见隐在其后的无名的饿殍。

当然，这并不影响那个驾手开着收割机从稻浪中向我驶来。在这当口，我看到一条性命快速地完成了与它的兑换。不错，我收藏它好多年了。我收藏了他的艳阳天、幸福的收割机，以及饥肠辘辘。毋庸置疑，他收割的稻子曾经喂养了我。然而，他作为符号又是谁喂养的呢？是光辉灿烂的饥饿的无尽岁月，还是把天上的雪霰当作炒粉的非凡想象？坦率地讲，这个驾手的表情相当暧昧，看不清是喜乐还是哀怨。我恍惚觉得，他说不定正是捡馒头的老头被饿死的兄弟之一。这个念头让我震惊。

至于那个投水自杀的同学，他的生命怎么会像"伍市斤"粮票一样轻？在轻于鸿毛和重于泰山之间，谁知道有多少卑微如蝼蚁的鲜活生命被无情的"青黄"所蔑视所摧残？农人最忌惮的是"青黄"，那意味着旧粮吃光、新稻未熟的饥馑空档。倘遭逢亩产"放卫星"和一点天灾，这饥馑致人于死地便成了必然。

饥馑固然几千年来被无数次地演绎着，但狗日的粮票却魔术般地将饥民掩饰得有些光辉灿烂了。我想问的是，这种不可承受之轻是怎样变成可承受的、可遗忘的，以及如何转化成收藏这些粮票所发出的幸福微笑？

我曾做过这样的假设：倘若他没死的话，说不定此刻正在网上遨游呢；也说不定当了官，成了土豪，每日欢宴不断，狂饮五粮液、洋河系列梦 6 梦 9，吃熊掌、刀鱼和河豚，抽真龙、九五之尊呢。他的亡灵可能就是我们的真身，他的真身可能就是我们的见证。然而老头的举动还是引起街委的不安，文明委要求他们立即整改。有一天保安不再允许他晾晒这些狗日的粮食了。还是海勒给出的答案值得玩味：做好黄瓜会被切成片做色拉，做坏黄瓜将被用来做好黄瓜的肥料。

二〇一四年六月二十二日

# 穿长裤的"短裤党"

在轰轰烈烈的法国大革命时期，代表法国草根阶层的"长裤党"（他们穿长裤，而绅士穿短裤）将路易十六和王后送上断头台。他们甚至称基督教为"长裤党耶稣"，据说耶稣是木匠出身。一九二七年蒋光慈出版小说《短裤党》，近距离地反映上海工人三次武装起义。瞿秋白参与构思了这部小说，书名也是由他敲定的。它取自法国大革命的 les Sans-culottes，此字应译为"长裤党"而不是"短裤党"。瞿秋白高度评价上海工人武装起义，他想借 Sans-culottes 之名来媲美法国大革命。郑超麟指出："法国贵族服装有一个特别标志，同平民不同，即是贵族要穿一种短裤，名为 Culottes，面料、做工都很讲究，甚至绣了金丝银丝，裤脚很短，只能盖着膝盖，小腿则穿着长统袜，袜子也是做得很讲究的。平民穿的是长裤，即现在的西装裤子。""贵族于是称当时的革命群众为'无华丽短裤可穿的人'。"造成这一误译的原因，除了瞿秋白并不精通法语外，他大约总觉得中国普罗大众穿"短裤"居多，而有产阶级绅士是不屑于穿"短裤"的。鲁迅在小说《孔乙己》中就区分了"长衫主顾"和"短衣主顾"，咸亨酒店里的顾客，"多是短衣帮，……。只有穿长衫的，才踱进店面隔壁的房子里，要酒要菜，慢慢地坐喝。"无独有偶，在二三十年代，俄国人甚至将"长裤党"译作"无裤党"，例如 C.A.达林将在《中国回忆录》中，称广州的少先队员为"这些小无裤党举起小拳头欢迎我们，并且用汉语唱起了《青年近卫军》"。这本书是上个世纪八十年代翻译出版的，译者在注释说，"无裤党：法国大革命时期，贵族和资产阶级讥笑革命群众的用语。"我猜想，他们可能认为只有"无裤党"才能与"无产阶级"相匹配罢。以衣着服饰作为阶级标志，在二十世纪大搞阶级斗争的国度堪称登峰造极了。

瞿秋白的误译可以理解为一种错置，是内心两个矛盾自我的倒影：瞿秋白是最早提倡普罗革命文学的，蒋光慈则是最早的践行者。他们当然把自己视为普罗阶级之一员，以及他们的代言人。后来在左联时期瞿秋白提出大众化理论，可以视为这一思想的逻辑发展。在《学阀万岁》等文章中，瞿秋白认为"五四"文学革命只是"产生了一个非驴非马的新式白话"，一种"'不战不和，不人不鬼，不今不古———非驴非马'的骡子文学"。这种文学革命"差不多等于白革"，因此必须再来一次革命，即文艺大众化的革命，套用法国大革命词汇，应该是文艺领域内的"长裤党"革命。在《大众文艺的问题》《"我们"是谁？》等文章中，瞿秋白进一步强调：知识分子应改造自我，放弃主体话语立场，努力与工农群众结合。此为二十世纪中国改造知识分子之先声。

然而，"短裤党"并非穿上"长裤"，就能伪装成"长裤党"的。他们的尴尬在于，骨子里的"短裤党"气质，从生活方式到文学肌质都散发着绅士和贵族气息，却要迎合政治需要将身份设置为"长裤党"，或者用"长裤党"来遮掩或扭曲自己，而最终不得不以"短裤党"的面目出现。这是普罗革命文学倡导者的宿命——不是什么都可以"改造"的。以瞿、蒋二人为例，他俩的生活皆有小资情调，秋白每天出入西装革履，头戴呢帽，常常引起本党同仁的质疑和反感。蒋光慈在大革命失败后，生活变得富裕起来，因为普罗文学占据文坛主流，书店老板为了赚钱，将他的新著旧作加以再版，甚至改头换面，比如将《少年漂泊者》改为《一封长信》，《鸭绿江上》改为《李孟汉与云姑》等等。于是他搬到上海法租界里养病。每天早上，他喝完美国房东送来的牛奶、可可茶、奶油汤后，就身着西式短裤，独自去法国公园散步，构思新作品。这个场景是颇有意味的：那时候租界的法国公园并非"华人与狗不得入内"，而是允许"穿西服的华人入内"，拒斥穿短裤的劳工入内。蒋光慈不会想到他步入这样的公园，会与他的小说《短裤党》形成一种反讽张力。他其实不过是穿长裤的"短裤党"而已。

然而，蒋光慈的"短裤党"气质仍在"发酵"：他反对党组织到他住处开会，理由是"一个屋子，本来可以写作的，往往一开会就开倒了……"后来，左联负责人对他说："写作不算工作，要到南京路去暴动才算工作！"蒋光慈为此递交退党书。一九三〇年十月，《红旗日报》随即宣布"蒋光慈是反革命，被开除党籍"。还有一项指控，就是他贪图版税，丧失立场，靠着丰厚的稿费追求资产阶级生活方式。蒋光慈至死都不认同这一指控，更不会正视自己骨子里的"短裤党"气味。这一点，他显然不及瞿秋白。瞿秋白在《多余的话》中惨痛自白："说一说内心的话，彻底暴露内心的真相。布尔什维克所讨厌的小资产阶级知识者的自我分析的脾气，不能够不发作了。"将自己"长裤党"的伪装无情撕下，还原出既是传统的"士"也是小资文人的真面目——骨子里还是"短裤党"。

就写作而言，瞿秋白写作喜欢用欧化的句子，用词却古拙，文章也非一般大众所易懂。而蒋光慈"提供大众文学，却有着无可救药的小资情调。属于穷作家的穷讲究，用时人的评论，是'喝上海咖啡而提倡大众文学'。他的革命小说出版，革命者中几乎没有人看。陈独秀翻一翻《少年飘泊者》，说道：'虽是热天，我的毛管也要竖起的。'"（《郑超麟回忆录》）陈独秀的文学感觉相当好，从他极力推介鲁迅作品就可以见出。如此看来，"长裤"固然长，但质料太薄，颜色太浅，里面的"短裤"还是能看得出来。

瞿秋白当时的理想便是普罗阶级夺取政权，这在上海工人武装起义中已成为现实。一九三一年，也就是蒋光慈病死那一年，瞿秋白在《学阀万岁！》一文中写道："短裤党是 Sans-culottes，这是巴黎大革命时候的暴民的称呼。暴民专制正是《短裤党》那篇小说的理想。幸而作者有些饭桶，这种主要理想没有显露透彻。"该文当时并未发表，因此蒋光慈临死前并未看到被亲爱的同志称作"饭桶"。瞿氏对他的贬斥是显而易见的。四年后秋白成为国民党军的囚徒，这才写下《多余的话》剥下自己的伪装。于此可见，秋白的误译倒来得正好，他原本就没搞清何为"长裤党"，何为"短裤党"，蒋光慈也是。不过，瞿氏在《学阀万岁！》中所陈述的理想在死后确乎实现了："长裤党"像法国大革命一样，建立了"多数人的暴政"，对一部分"短裤党"实行专政，对另一部分实施"思想改造"。而蒋光慈缺乏这样的空想能力。连瞿秋白也认为他"太没才"。其实，这也不能怪蒋光慈，因为套在外面的长裤大都是纸做的，一场暴雨后"短裤"仍会露出来。法国大革命时期作家雷蒂夫说过："一切专制都令人难以忍受，长裤党的专制比王公们的专制更加令人难以忍受……"

二〇一二年八月十二日

# 人痘与巴士底狱

今人只知种牛痘而不知种人痘矣。其实种人痘的历史要悠久得多，堪称古中国医疗史上的重大发明。天花约在一世纪由战俘传入我国，故名虏疮，亦称豌豆疮、痘疹。其后天花这种瘟疫造成难以计数的死亡，"倒逼"古代医学家迸发灵感和智慧，"以毒攻毒"哲学得以大放异彩——穿上天花患者的内衣，竟神奇地得以"豁免"，此为早期的痘衣法。后来又发展了痘浆法、旱苗法、水苗法，渐渐传遍世界，拯救了这个地球上难以计数的人，从皇帝到平民，从弄臣到英雄，不愧为人类免疫学的先驱。然而人痘法不像"四大发明"仍在世间延续，甚至也不像丝绸之路留下了遗迹，它只是文明史上的一道虹霓，横跨欧亚大陆，最绚烂最耀眼之时也是它行将消隐之时。1796年英国人琴纳在人痘法基础上发明牛痘法，人痘才淡出历史。人们往往更愿意谈论那场暴雨以及其后的响晴，却鲜见有人记住那道彩虹。

忘却也罢。它来世间，也许更像是佛陀的一次显灵。不过，若说人痘与巴士底狱有什么关联，实在是风马牛。

巴士底狱高100英尺，围墙坚厚，八个塔楼居高临下，上面架着数门大炮，里面的军火库装有几百桶火药和无数炮弹。巴士底狱不仅控制着巴黎的制高点，据说还关押着数目不详的政治犯。到了18世纪末期，巴士底狱被视为法国专制王朝的象征。

　　不过，种人痘的历史比巴士底狱要长倒是真的。相传公元 10 世纪北宋已出现种痘术，但一直在民间流行。到了 17 世纪，顺治皇帝 24 岁死于天花令天朝震动，种痘术得以进入皇宫，继位的康熙也有患天花险遭灭顶的惊魂经历。他意识到天花对王朝构成的威胁并不亚于"三藩之乱"，遂在皇宫和八旗中大力提倡人痘接种，制订皇子种痘防天花的制度。与此同时，种痘术最先推广到了蒙古，取得了很好的效果。1688 年，俄国人率先派医生来北京学习人痘接种。俞正燮《癸巳存稿》（1713 年）记载："康熙时俄罗斯遣人至中国学痘医，由撒纳衙门移会理藩院内，在京城肄业。"此后由俄国传入土耳其、朝鲜、日本、阿拉伯，1717 年由英国驻土耳其公使夫人蒙塔古将人痘接种术介绍到英国。蒙塔古先让自己的孩子种痘，然后返英传授给加里斯公主。公主先拿四个死囚做试验，取得成功后死囚获得赦免，进而在全英推广。乾隆七年（1742 年），一部记录如何种痘、检痘和保存痘苗的《医宗金鉴》问世。

　　在法国，仅 1719 年的天花大流行中，巴黎就死了 1.4 万人。然而保守、僵化的国王对人痘接种仍持拒绝态度。启蒙思想家伏尔泰对此大发感慨：一方面赞扬中国人"是全世界最聪明、最讲礼貌的一个民族的伟大先例和榜样……"另一方面拿英国公使夫人和加里斯公主做示范。种痘不仅挽救了英国至少一万个家庭的儿童，而且使女孩子保持了美貌，"倘若我们在法国实行种痘，或许会挽救千千万万人的生命。"（《哲学笔记•谈种痘》）

　　像人痘接种这样利国惠民的新事物，路易十五尚且接受不了，更遑论改革王权体制了。与此相反，接受人痘接种的英国走上了宪政道路。结果呢？路易十五也患了天花，在凡尔赛宫一命呜呼（1774 年 5 月），留下一句名言"我死后哪怕洪水滔天"，倒一语成谶！为了避免重蹈覆辙，路易十六继位后立马接种人痘，进而在全法推广。此后种人痘经由英法传遍整个欧洲，并随黑奴贩运经突尼斯传至非洲，然后播撒到美国和印度。

但是，路易十六继位十五年后爆发了大革命。与前任相比，路易十六并不坏，他有慈悲心，也想改革，只是摇摇摆摆，时而妥协时而复辟，根因在于不愿放弃王权，最终酿成暴力革命，社会转型被迫"硬着陆"。那么，要求变革的革命领袖和民众是否准备好了成熟的政治蓝图呢？否。他们只是打开了潘多拉盒子而已。

攻占巴士底狱成为这一过程中最具标志性的事件，爱伦堡在《人·岁月·生活》中说："谁也没有去攻打巴士底狱——1789年7月14日只不过是法国大革命的许多事件中的一件而已；巴黎人轻而易举地进入了监狱，原来那儿只关了很少几名囚犯。"爱伦堡只说对了一半。事实是，数万起义市民参加了血腥的战斗，双方动用了大炮轰击，火光、弹雨与人肉齐飞。结果是，在牺牲者与政治犯之间出现可怕的不对称，简直是反讽式倒挂：攻打监狱的数万义军共有83人阵亡，15人受伤；守卫监狱的114名士兵中有1人阵亡；攻进庞大监狱后发现里面空空荡荡，仅有七个囚犯（犯"放荡罪"的贵族萨德侯爵，两位精神病患者，四位伪造犯，竟没有一个政治犯）。看来路易十六确乎开明，比起祖父路易十五称得上仁慈。

反过来，胜利的革命者仁慈吗？负责巴士底狱的洛奈侯爵为避免相互残杀，命令停火进而投降，但仍被拖出来殴打、用刀乱刺直至被斩首，血糊糊的头颅挂上长矛绕城示众。在巴黎市政厅，商会会长雅克·弗莱塞勒因拒绝提供武器而被推上被告席，随即遭公开处决。此后断头台处决了几乎所有贵族，包括路易十六和皇后安托瓦内特，年龄最大的92岁，最小的仅14岁。若干年后，人们才清醒地看到，血腥的手段"屠杀"了革命的目的。在攻打巴士底狱以及后来持续的血腥恶斗，所有的正义性都被瓦解了，自我颠覆了。爱伦堡认为革命需要一些象征物，比如攻打巴士底狱那天成了国庆节。笔者只能部分同意：它只是自瓦解与自颠覆的象征，因为历史判定敌对双方均无赢家。

历史其实是以数不清的偶然性为肉体。倘必然性是历史的骨头的话，那么它也是无数偶然性的累积，并经后人用思想的 X 光机加以透视的结果。路易十六在监牢里读了启蒙思想家的著作，认定是"伏尔泰、卢梭灭亡了法国"。这个独特视角佐证了革命与思想觉醒存在必然的关联。人痘法当然代替不了思想启蒙，但笔者还是要问：假若拒绝改革的路易十五接种了人痘，路易十六不会很快登基，1789 年还会不会发生攻打巴士底狱事件？也许要提前，但更可能推迟若干年。假若路易十六拒绝接种人痘而提前病死，那个断头台将等待谁？但路易十七肯定要登基，历史又该呈现怎样一副面貌呢？

二〇一六年五月二十八日

## 鬼头刀上的人性

古朝杀人是用鬼头刀的，并且还要在闹市杀，诸如菜市口，还要将要犯的头颅悬挂在城门楼上示众。不过，这砍头的传统并未因古朝被终结而退出，而是一直延续到五色缤纷的民国。

近读美国圣公会传教士李通声夫人 Lucy 的回忆录《一个美国人在中国的旅居》，其中讲述她在民国安庆经历的一件小事：当时皖省都督的一个小姨太对基督教信仰感兴趣，Lucy 时常去督府见她，慢慢同皖督也熟了。有一次 Lucy 的佣人告诉她，前次杀人因鬼头刀不快，砍了十五刀才把那犯人的头砍下来。这让 Lucy 感到愤怒和恐怖。后来这事通过上海的报纸传到国外去了，这对她所热爱的中国构成一种羞辱。Lucy 深知自己无法改变现行法律以及用鬼头刀处决犯人，然后把头挂在城墙上示众这种野蛮做法，但她忍不住还是采取了行动。她到督府求见都督。都督同意见她，并倾听她讲述自己的愤怒和难受。皖督告诉她，只有这种严厉方式才具有震慑效果。Lucy 要求都督至少应该把鬼头刀磨快一点。都督无奈地说，因为迷信，在安庆没有磨刀匠愿意磨鬼头刀。Lucy 请求都督换锋利的新刀。都督回答说除非到上海去买。Lucy 请求皖督立即打电报到上海订刀，并推迟下一次行刑时间，直至新刀买来。都督声称那不可能，因为下一批犯人就要到了，如不及时杀掉，就腾不出囚牢关押新的犯人。Lucy 在回忆中说，她是带着愤怒和失望离开都督府的，对皖督仅有的一点好感也荡然无存；并且她的脑海一直纠缠着那"十五刀"，那场面如同砍树桩一样，死囚犯那惨烈的呼叫如在耳畔。次日晚些时候，皖督告诉她订刀的电报打到上海了，在新刀到来前不会执行新的死刑。这让她感到一点宽慰，私下觉得这是一个小胜利。当然，没有哪个民国的死刑犯会知道因为一个美国女子的愤怒，他们被砍头会少些许痛苦。李通声夫人在回忆录中把它视为终身难忘的经历之一。

幸亏 Lucy 对中国历史所知甚少，倘知道还有剐刑和烹刑，恐怕会魂飞魄散花容失色的。事实上，砍钝的鬼头刀在当时并非仅此一把，应是相当普遍了。因为反正都是砍头，过程是不重要的，刽子手和看客也不关切鬼头刀锋利与否，况且又不是凌迟、车裂、剥皮，连死囚也不关切这个，反正留下的都是"碗口大的疤"。

一般而言，鬼头刀刃口是锋利的，背厚面阔，体量沉重，长于劈砍，是官衙专门用来杀头的。因为是送死囚进"鬼门关"，故在刀柄处雕着一个鬼头。问题是，砍头砍多了，再怎么着也会卷刃或崩口的。哪个磨刀师傅愿意磨这种刀呢？二十世纪初美国著名旅行家盖洛著有《十八省府》一书，其中写到在省垣安庆的行刑场面。他写道："刽子手砍完头，赶忙跑回城里，将屠刀放在关公庙里洗干净，同时献上一份便宜的祭品，然后他燃放爆竹，以躲避任何不祥的兆头，最后他才去衙门领取应得的八百文铜钱。与此同时，在城墙上围观的看客会用高声呼喊和鼓掌等手段，将鬼魂挡在城外。"

在贪吏横行、酷刑丛生的古老国度，人心是结着厚茧的，人性麻痹不堪，更不用说人权理念了。笔者之所以对 Lucy 产生由衷敬意，就在于这种鸡毛蒜皮的小细节，不可能在民国的总统、都督的脑海中出现。他们不是奔忙于南北之争，就是暗计于派系之争，结局必然是有的被赶下台，更多的是掉脑袋了。而 Lucy 完全可以置身事外地享受尊贵的生活，完全可以对那些与己无关的死囚们不闻不问，这既不妨碍她的道德感，也不影响她传递福音的成就感。短暂的不快会迅速被好梦取代。问题是，那惨状一直缠绕在她的心头，令她寝食不安。悲悯促使她采取了行动，尽管巨大的体制阴影不可更改，结局不可更改，但她改变了非人道的过程哪怕只有几秒钟。这体现了真正的基督精神。那些空洞的宗教说辞，宏大的礼拜仪典，手画十字的喃喃祷告，远不如对那些必死囚犯的临终关怀更见人性，亦更见神性。而且我以为，Lucy身上散发着真正的贵族精神的气息。

同样是女性，我想到另一种人。纳粹头号女战犯伊尔丝·科赫是一个美女，她被指控的主要罪证不是杀人数字，而是堆成小山似的精美艺术品：有钱包，有书籍的封套，有灯罩，光滑细腻，富于弹性，在光线照射下荧荧发亮，但那材料竟是用一张张人皮做的——从尚未完全断气的活人身上剥下来的皮。同其他屠夫一样，伊尔丝·科赫也喜欢音乐，甚至哲学。他们可以一边听着优雅的古典音乐，一边残杀自己的同类。由此看来，音乐和哲学这些修养，并非人性和人的素质中最核心的部分。

在中国，不择手段是可以玩到极致的，也包括杀人的花样。据说太平天国翼王石达开为剃头室撰有一联"磨砺以须，问天下头颅几许；及锋而试，看老夫手段如何"，倒鲜活地刻画出天朝政客和造反者都同样冷血的本质。而且，更诡异的是，"头颅"竟成了造反或革命的"目的"，而"手段"则可以"各显神通"。试想从义和拳到十年"文革"等各种政治狂潮，即使宣言包装得再正当不过，再漂亮不过，最后无不以"老夫手段如何"分出胜负，又以"天下头颅几许"作为血的代价。

当然，社会毕竟在进步。比如，鬼头刀被子弹取代了，子弹又被注射取代了。林语堂说过："我没有梦想，我也不梦想军阀不杀人，但只是希望军阀杀人之后，不要用二十五块钱把人头卖给被杀者的亲属。"他竟没想到，死囚的器官会被无端取走，而行刑者会上门找亲属索要子弹费。

二〇一五年五月四日

## 口琴的洋葱味

在早年的记忆中，看别人吹口琴是会联想到啃猪排的。他一边啃拽，一边用手掌遮住它。当然，吹出的乐音也很好听。在很少喝肉汤的七十年代，他的嘴巴很过瘾，不断地啃咬、拉拽，似乎可以将任何一点肉筋咬剔干净。

后来家中有了口琴，两个姐姐各有一把，好像都是"国光"牌。那是她们的心爱之物，平时一般都锁在抽屉里。我的一把口琴放在书包里，放学后常到河滩上吹着玩。

将口琴含在口中是有快感的。我至今仍对这种快感记忆犹新。它的饱满、滑润都让嘴巴感觉一种肉质的食物。当然不止于此。这里面深藏着对异质音波的饥渴。尽管我跟乐盲差不多，但整天听那些喇叭里的播音、哨子的尖叫，以及枯燥的发言、口号，耳朵也渴望听点别的。这大概是我喜欢吹口琴的原因。我觉得"滑奏"——就是用嘴唇快速地滑过它的二十四孔——特别有趣，类似饥不择食后的狼吞虎咽，以此获得大快朵颐的爽利和欢畅。至于会吹什么曲子倒在其次了。那时有一部阿尔巴利亚电影叫《海岸风雷》，表现一家人参加革命斗争，可是兄长意志薄弱，抵抗不了物欲而成为可耻的叛徒。他在酒店大嚼鸡腿，如同饿狗啃骨头。究其实，将"物欲"与"叛徒"并置，代表了一种压倒性的社会思潮：即物欲和私念皆是坏东西，必须消灭之，所谓"狠斗私字一闪念"。看到叛徒大嚼鸡腿的样子,即便你馋死也不能淌口水——如果那样的话是很危险的,难道你也想当叛徒?

那时候,口琴在城乡间流行还有一个原因,就是它"身份"不明。谁也不知道它从哪里来,是洋玩意儿还是土货,是老资还是无产。不过,它如此简单小巧,且价格低廉,因而天然地博得穷人以及懵懂少年的青睐。若干年后我才知道,口琴有点类似"出口转内销"。大约数千年前,中国就有一种由竹簧片发声的乐器,叫做"笙"。十八世纪后期,笙传入欧洲,洋乐匠们尝试用金属簧片来代替笙中的木质簧片,不久欧洲第一支口琴诞生,后来又回传到中国。倘鲁迅先生来鉴定,恐怕他也会皱眉:它到底属于"送去""送来"还是"拿来"?

在陵阳的河滩上吹口琴是很放松的。这时天上有一层薄薄的云,既不灿烂,也不暗淡。我捏住口琴来回滑动,那微颤的音波是浏亮的、异样的,至少它诚实,毕竟是我自己想发出来的声音。一阵清风会将它传到下游,那是一种跟蛙鸣、斑鸠不一样的鸣声。在那个年代,若论权威乐器,恐怕非手风琴莫属。因为前苏联电影上常常听到手风琴的乐声,而且每次上面派下来文艺宣传队,拉手风琴的最引人注目。说白了,拉手风琴才属于无产者"新贵"。这种感觉真的好奇怪。这并非说口琴纯属下里巴人那一类。不,我不这样认为。我以为它介于流氓无产者和布尔乔亚之间。换句话说,保尔·柯察金不会拒绝吹口琴,冬尼娅也不会,尽管后者更喜欢弹风琴。口琴这种微型乐器,看上去更接近大众化,实际上它是少数可以在私人空间自娱自乐的玩意儿。手风琴则属于大庭广众,属于某个集团,属于无所不在的宣传机器,连拉伸自如的折叠风箱也极富乌托邦弹性。至于钢琴这种"腐朽的资产阶级贵族",在那时已近乎灭绝。"文革"结束后才知道,上海青年女钢琴家顾圣婴开煤气自杀,而且是全家一道自杀。她的存在不及一条毛毛虫。于是理所当然的,正确的煤气屠杀了不正确的钢琴。

不妨再与吹哨子作比较。吹哨了传达的是指示,是命令。它是尖利的,迅疾的,不容置疑的。那时候还没有"吹黑哨"这个词,但是在深更半夜吹哨子，倒是常有的。如果在夜晚听见吹哨子，那种"黑哨"很让人心惊肉跳。你会贴着窗户探看，再听听是否会涌来潮水般的脚步声，以及口号声。由此可见，尽管都通过肺部运气和口部动作，但吹哨子和吹口琴并无可比性。

　　记得有一次，我在学校附近的河滩上吹口琴。没一会儿，我的物理老师打那儿经过。他走近我，问我口琴是什么牌子的。我答不上来。他笑着说我吹一吹就知道了。这个老师姓丁，是工农兵大学生，相当平易近人，平时浇菜园挑大粪毫不嫌脏。但是他在"批林批孔"中迅速蹿红，扬言要批斗校长蒋某某，竟使后者如惊弓之鸟一度失踪。记得丁老师上物理课讲解"电阻""电压"，时不时还以"打倒孔家店"为例。这未免有些莫名其妙。可是莫名其妙的事多了，也就不莫名其妙了。老实说，丁老师对我还不错，经常在课堂上表扬我。丁老师的嘴巴很大，嘴唇很厚。他一口将口琴"咬"住，像吃冰棒一样来回吮吸。他吹的曲子很流行，很高亢，是无人不会唱的"文革"歌曲。但是不知怎么搞的，丁老师吹过的口琴总有一股洋葱味。事后我拆下来清洗，怎么洗都洗不掉。难道丁老师喜欢吃洋葱？不过也不是正宗的洋葱气味，似乎还夹杂着大蒜的土腥味。说实话，这种气味对我吹口琴的感觉造成了破坏。

　　那把口琴已悄然远离，像流浪儿一样不知所终。每个人身上都有自己的气味和群体的气味，后者往往更切要，连器物也是。异味者总是遭到排斥、抛弃乃至攻击。蚂蚁虽小，但它们成群结队攻击另类的场面，我是见惯了的。由此看来，一个人与某物相伴或相离，是自有其因，也自有其缘的，正如保尔与冬尼娅何以相逢，冬尼娅又何以离开保尔一样。在眼下这个豪奢的年代，口琴显得太卑微，太寒伧，太不值得一提了。但在回忆中我依然感到饿，并伴有一种晕眩。事实上这种记忆也日渐淡漠了。然而，当那些发黄的时光变成了废铁，在那锈蚀中依然能听见一种孤单的微响……

二〇一三年二月六日

# 不可逼近之黄石岭

可接近的黄石岭是不可逼近的。

黄石岭那年的冰雪并未融化。赵医生说他看到了黄石溪积年的坚冰。我想那肯定是残雪隐入看不见的地方凝成了冰块。

在这座江城待了几十年，惟一能跟我谈论黄石岭的只有赵。

然而赵医生死了。赵在一个不为人知的深夜走了，走得如此匆忙。我得到这个不幸消息并非第一时间，而是一年之后。这死讯和间隔如同钝刀，虽不能切开泥沙俱下的混沌生活，但寒意是足堪体味的。于是想到赵的一生以及自己的大半生。那光景竟有点像雪霰裹挟着枯叶在天空中闪飞，呜呜地混成一片，无法分辨。但那些叶子必有来历，毕生聚于某个枝杈，倘两片叶子相邻也必有其缘。我想，陵阳正类似这粗大的枝杈——我和赵早年都是它上面长的叶子。当然，赵比我年长许多，叶缘阔大，纹脉清晰。那时我在陵阳读中学，赵已大学毕业多年，且娶妻生子。

黄石岭是包含几个峻岭的总称，因"黄石溪"而得名。在葱岭环抱中有个小山村，学校搞野营拉练我去过那儿。记得有个同学，姓陆，全家就下放在那个小山村。陆常年住校，体育忒好，扔铁饼无人能敌，后来其父调回铜陵，他也转学走了。此岭高峻，却无耸入云端之势，它绵亘于天台峰的南面——从南面进入九华山，此乃必经之道。上一趟岭要走十来里路，植被森茂，巉岩怪异，陡峻处丝毫不亚于天台峰。

赵调到江城后，还经常回陵阳，尤爱黄石溪茶。在氤氲缭绕的茶香中，可瞬间浸入久违的清冽和静谧。赵说，喝一口黄石溪，吸九华之灵气，十里横排山终年雾锁，茶质忒好咧！我早就听说上一趟黄石溪，湿透三重衣。六十年代末赵刚跨出安医校门，就注定了被裹挟在奔赴乡镇的时代狂潮中——他是一条胡碰乱撞的灰鳞鱼，被偶然地抛到陵阳这个山沟沟里来。赵说过，他生平遭遇的第一个挑战，是隆冬之夜突然接到紧急报信：黄石岭内有一知青掉入山涧，亟待抢救。赵背起药箱连夜冒雪出发，岭上的雪越下越大，山道结冰极陡滑，听得见深涧溪鸣。这似乎表明：不可逼近的黄石岭仍是可接近的。凌晨时分他终于翻过岭脊抵达黄石溪村。在队屋里，村民们用红红的炭火将白鹳一样的年轻躯体围在中间，指望以此驱走死神和寒气。然而赵检查后发现，瞳孔已散大，回天无术。这个知青名叫陈庭才，来自铜陵。赵叹了一口气，怪自己迟到一步。我问他陈是怎么掉下去的。赵说，陈当天押送四类分子来陵阳公社接受批斗，返回时押送对象不慎滑入深涧，陈庭才竟跳下去将他救起，自己却再也没有爬上来。被救者赶紧跑回村里呼救，村民们打着火把满山遍岭地寻找陈。赵说人掉到冰涧最多撑十分钟……。我问，陈被救起时是不是已冻死？赵说不可能有心跳。我感觉赵的语流散发着一股雪霰气息。赵说摸着那温软的慢慢变硬的躯体，感觉他好像睡着了。村民们不相信这么好的知青会死掉。

他是一个勇敢的人。赵说。

你连夜爬岭也很了不起呵。我说。

不不。那不是一码事。我是医生，我不去谁去？赵说。

黄石岭是不可逼近的。那山涧飞溪的坠鸣声听来还是那么惊心动魄。野营拉练去那儿时，我们专程去陈庭才墓祭扫。一个娶妻生子的老知青讲述了陈庭才的往事。那时确有不少人纳闷：他拿自己的性命去救一个"阶级敌人"，值吗？

那时"阶级敌人"是个啥概念？如果你想抵达"阶级敌人"中的"人"，你必得穿越"阶级"之壁垒，涉过"敌人"之雷区——其迢遥，其艰险，其烤炙，绝不亚于历经炼狱然后涅槃！"死先于出生，伤疤先于伤口，伤口先于打击"（英国哲学家布拉德莱语），看似颠倒却揭橥了某种真实。陈仅凭天性的良善和救赎般的担当，在生死之一瞬便穿透了它——那惨淡的人性的光辉，至今仍令那个时代血涌不止！

陈的墓在岭下的一个山坡上，素朴、孤单而凄清。且不说如今不可能有人谈起它，即便在当时也迅速被遗忘。后来知青都返城了，只他一人待在那儿。在这个越来越奢华、花哨的世界上，除了我和赵，还有谁会在某个下午谈论那个知青，那个冰雹之夜？

然而唯一能跟我谈论黄石岭的那个医生死了。从此以后，黄石岭离我也越来越远，即便你站在它的岭脊也无法逼近它。

当年我不止一次在赵的医院就诊，他并不认识我。陵阳医院不过一排简陋的平房，外面有围墙，后面是住宿区。最东头是就诊室，里面有两张桌子，靠墙有一张诊床。赵就坐在桌前，很耐心地听你陈述病情。赵的脸宽宽的，戴一副琥珀色的老式眼镜，态度平和、温善，问诊时额头皱加深，看上去与其年龄不太相称，却显出他的谨严和细致。

说实话，赵后来与黄石岭也渐行渐远。退休后，赵一直忙活着没停。先是到合肥办诊所，然后四处兼职，风风火火，最后在本城红木棉酒店隔壁一家民办医院上班。他是顶呱呱的中医专家，治脾胃造诣甚深。他想多挣钱，也能挣到钱。我和他很少见面，但有关他的信息还能辗转打听到。想不到……他竟走了，厚厚的积雪上没留下任何脚印。

有一次，赵说他保存了一块黄石岭的冰。见我不信，他加重语气说，哪天我带给你瞧瞧。我仍将信将疑。

　　后来他来了。我问他冰呢？他不紧不慢地从口袋里掏出一张相片：他身背药箱，其后的背景正是初春的黄石岭。赵笑着说：你看，这溪边不是有冰凌吗？我仔细辨认，果真有冰凌，透亮，多棱，嵌着草梗。你保存的就是这块冰吗？我不禁笑了。赵也笑了。

　　不可逼近的黄石岭闪烁在丝绸般滑过的逝光之下，那山涧飞溪的坠鸣声听来还是那么惊心动魄。那可接近的冰凌此刻也不可逼近，倘你侥幸逼近了，它的明澈和寒意仍不可逼近，一如那个雪霰之夜！

二〇一三年元月三十日

# 气球飘飘

　　我在读唐·巴塞尔姆的小说《气球》时，忽然感到气球这玩意儿也是不好对付的，弄不好还会令市政官员尴尬，伤透脑筋。它的悖理行为究竟是幽默还是反讽，一时难以说清。作为一个信奉并实践极简主义原则的作家（这一直是他的建筑师父亲所恪守的），"减少、简单、集中"的座右铭，已使他在小说中大量省略掉了一些内容，以至于我那点可怜的判断力，只能在"充足了气的表面""蹦蹦跳跳"并"摔倒在地"。当然，对这只"无目的性"的气球，作者还是比较生动地描述了它"膨胀"的过程：那只气球从十四街的一个地方向北膨胀，在人们的酣睡中伸展到公园并横罩广场上方，第二天上午它甚至已覆盖了四十五个南北向的街区，以及东西的一片不规则地区。这只气球"大部分涂着不扎眼的深灰色和褐色，反衬以红褐色和浅黄色。……加上故意地不作最后涂饰，使它的外表显得很粗糙、不起眼；内部的重量上下波动，在很多个部位上小心地调节着，将这个庞大的变形的形体定在空中"。按作者的说法，它是"膨胀史上重大的里程碑"之一。

　　我在想，如果巴塞尔姆的气球出现在我童年的天空，说不定会吓坏我以及周围那些迷恋气球的人们。这当然是一种假设，准确地说，是从假设中引出的假设。事实上，当我看到六七十年代的旧影片中闪过的镜头，甚至也会产生一种不真实的、虚构的感觉：那些齐刷刷的手臂、林立的旗杆、攒动的人头和飘飘欲飞的气球，以及触目惊心的标语、呼啦啦的鸽子，它们是被怎样奇特的逻辑链维系起来的呢？至于我自己，一个置身其中的小小个体，难道不是在这种比个我强大无数倍的雄辩力量中长大的吗？现在看来，从那些强烈的气流旋涡中旋飞出来的气球并非一戳就破，或者一松手就飘得无影无踪。它们也许收集并提炼了世界上所有隐匿与虚浮的"轻"物质，使我在追寻过去时光中飞驰的童年和少年时，不得不坦率承认：那时我爱气球！

气球的确有许多优点：轻盈，飘逸，优美，喜气洋洋。在某种特殊的场合，还具有任性的、激情飞扬的狂想式风格。给我印象最深的是，祖母为我吹气球的时候，她的脸随着红气球逐渐膨胀而更加苍老，皱纹绽开，以至于那干瘪却又鼓起的腮帮隐于红气球后面时，我只能看见缕缕白发贴着球面颤动。每当我想到这个细节，我就触摸到那些个风起叶落的阴沉下午。后来，我亲眼看见戴红箍儿的一群，为首的当然是居委会主任，领着一帮人涌到我家门口，勒令我的祖母限期离开省城。祖母站在门口，大约感到太突然，慌张得说不出话来。我在楼道里靠墙站着，被这个场面惊呆了。我听见祖母嗫嚅着，似乎想分辩什么，因为牙掉光了，吐字也不清，但迅即被异口同声的"你是富农分子，要回乡彻底劳动改造！"这句口号极响亮地镇服了。我记不起来当时我手里是否拿着红气球，但我的脸色肯定跟旧报纸一样。我经历了平生第一次复杂而压抑的矛盾心境。这到底是怎回事呵？

当然，对一个少年而言，他不可能将糟糕的心情维持多久。他开始沉迷于一种怎样使气球不会炸掉的奇特想法。在"省革委"成立的那些狂欢的日子里，我被父亲"丢"在长江路边一个朋友家里，尽情玩耍，还爬上高大的法梧鸟瞰游行的人流。有一天早晨，某个楼道里发现一个死去的女孩。一些老人、妇女蜂拥在那儿，那暗灰色的小脸和散乱的头发被我从密密的人缝里看到：那简直是从灰堆里捡出来的，正在干瘪的，灰蒙蒙的气球。人们在唏嘘，摇头，窃语，只是没人认领，也没警方出现在现场。可能正因为此，这么多年来，它似乎成了与特定时空无关的死亡事件，而造成这种死亡的细节，也随之隐没在夜晚捂紧的黑暗中。

作为"缺席"的历史事实的现场目击者之一，我那时只是对同龄人的死亡感到莫名震恐。大人们都说街上有"拐子"，甚至说，不要相信那些给你气球玩的人。这显然对我摩挲气球的触觉造成了某种潜在影响：它的细腻、鲜嫩、圆润如同满月之婴的皮肤，若干年后竟让我生出阴冷潮湿的手感来。

巴塞尔姆在设计他的心爱的气球时，显然无法顾及这种事实，并且他的气球庞大、敏感得有点过分，以至于它"以轻微之极的压力抵在大楼的一边，贴得那样紧，气球与大楼好像化为一体"，从而引来了孩子们在气球面前"蹦蹦跳跳"和"欣喜若狂"。但我却据此认为，巴塞尔姆也许什么也没看见，他纯粹是基于一种虚无，一种饥饿，因此才将气球画得如此之大，让虚弱而又小心翼翼的人艳羡不已。将近三十年前，我们全家下放在皖南的一个极为偏僻、封闭的乡村。村庄清一色的草屋，除了飞鸟和蚊蝇，几乎找不到飞飘在空中的事物。气球突然从我习惯的世界里消失得无影无踪。然而，母亲在河边剖鱼时，我看见白色的鱼鳔在水流中漂浮。我不知道能不能将它视为世界上最小的气球？它来自一个只能用鳃呼吸的、小小生命的内部。也许鱼们就是借助它们来想象水流以外的事物，并决定浮游的远近和深浅。除非你杀死鱼，否则你不可能拿走它！

后来，我对周围显现出来的事实感到惶恐：大肚子病、象腿病、粗脖子病的确不少。它们在人体的不同部位膨胀、鼓突，表皮绷得水亮又光滑，浑圆如球。它们迫使生命慢慢沉坠下去，像从内部烂掉的落地果一样。对乡民而言，沉坠不过是向泥土更靠近一步。反过来看，沉坠也是一种飘升，轻得叫人无法承受。毫不讳言，我所触及的软组织在时间流逝中已成坚硬之物，此刻我正用另一种触须抚摸它。

在苍黄的、闪着零星爆竹声的旧历年底，我看见杀猪佬正在桶架上"吹"一口肥猪。他用嘴巴对着一只蹄子吹气，腮帮子鼓得不能再鼓，眼珠子也凸得不能再凸，于是那口猪便胀大起来，栩栩如生。这时杀猪佬抖着一根细绳，一把将蹄关节扎紧，不让气一溜烟跑掉。杀猪佬干得多么巧妙！根本用不着巴塞尔姆所谓的"把往里充氢气的唧筒藏了起来"，以及"官方不能查明入口处——也就是注入气体的地方"。吹气，看来并非仅仅气球需要，在昏暗的地面，凡需要它的都蛰伏在那儿，包括那个釉黑粗壮的吹火筒，只需一口气就可将死灰吹燃。

让我惊讶的是，一个放牛娃竟将吹得滚圆的猪尿脬，拿在手上玩来玩去。看上去，那玩意儿也能在空气中飘飘荡荡，似乎并不比气球逊色多少。在偏僻又封闭的旧历年底，尤其在阵阵丰收的锣鼓声中大队长和社员们喜气洋洋的时候，用那白色的、有点臊味的球体来庆祝一番，肯定是热烈的，极为别致的。也许巴氏会怀疑那个放牛娃有点"后现代"，但我坚定地相信他是淳朴的，只是有点顽皮，并且他可能还是一个文盲。他怎么能知道，一个飘飘荡荡的猪尿脬，在民间野史中也能擦出一点意义呢？当然，那个放牛娃肯定已经长大，说不准还当上了村长什么的，但他绝不会告诉我，那个可爱的"白色之球"延续了多久，它是何时爆炸的。

巴塞尔姆已经死掉了。他在写作中过量地抽烟而得了喉癌。他变得不可救药。"我们喜欢里面有大量废话的书"，他借作品中的都市小矮人如是说。他的《气球》依然飘在世上也是不可救药的，因而会令一些"持敌对态度"的人头痛和发窘是自然的。其实，"移走气球很容易，铰接式卡车拖走了瘪了气的那层皮，现在它将被储藏在西弗吉尼亚州。"他临走之前，毕竟在结尾处作了交待。而我想寻找的只是被枯枝杈扯住的干瘪的老气球皮，以及另一些球体爆炸后残留的碎片而已。

一九九八年五月十四日

# 叙述或回忆

　　我时常在想一个问题：海明威在文本中实验的"零度叙述"是否可能？一个写作者在语言中能否放平自己，从而在进入事物或事件时冷静到极点？比如现在我要叙述的对象是胖姨，一个又矮又胖、壮壮实实的乡村妇女，她的眼睛陷在肉里，走起路来脚板很重。她是家中十年前请的保姆。母亲总是说，听脚步声就晓得是哪个，有的像猫走路，有的猴急急的，有的像鹅掌"啪啪"地响。

　　记述一个人，也许传统的叙述方式更"零度"一点，似乎是这样。胖姨做起事来起早摸黑，任劳任怨。拉拉杂杂的家务活儿全包下，从凌晨上街买菜做起，中午不睡觉，直到晚饭后一切收拾停当。谁也不知道她一个人在厨房里忙些什么。八十年代初那会儿，家中厨房是斜搭在山墙的一间，像鲫鱼背一样狭长，窗子通向另一家院子，密不透风。夏天这儿如同蒸笼，而胖姨下午常常蒸馒头，热得她更像馒头出笼，背心湿透，却从不吱一声；有时拿钢精锅来量米，经过风扇呼呼的房间，她只是斜斜地站一会，沾一些风的气息。胖姨吃饭一人能撑两人，不管有菜无菜能吃上几碗。她怕浪费，只要桌上有剩菜，总见她的筷子去夹。

　　这种叙述方式的短处是单向性或表面性，比如难以深入人物的内心世界。倘胖姨读到这文字也会心怀不满（当然她一字不识），因为她忌讳吃得多，做梦都想减肥（这一点如今看来堪称先锋）。若当事人也批评这些文字，"零度"怕有些危机。不妨听听母亲背后怎么说：胖姨做事没话讲，早上买菜从不虚报，对外场从不乱说家里事，像家里人一样。不过，母亲对她烧菜下油太重略有微词。自她来家以后，猪油罐、香油桶频频告急。日子一久，我发现胖姨在洗衣烧菜上自尊心特强。比如，午饭时几个人都说韭菜太老，像草一样。母亲对她说，韭菜要大火炒，翻两下就行了。胖姨口气有点冲地说，这韭菜本来就不嫩。母亲似未听见，仍在絮叨大火炒韭的必要性。胖姨涨红了脸说，俺连这个都烧不来，还活这么多年呢！

这样的概括显然是对她的初步印象。如果问别人，也许说得与我不太一样了。口述如同定影液，让过去的人和事立刻显现出来。问题是，不同的人所记住的生活细节是不一样的，这就不可避免地造成真实性的差异。我记得，夏天傍晚洗过澡后，胖姨就赶紧把衣服洗好，说，不洗不烂么。结果澡也等于白洗了。她的短裤特别宽绰肥大，用十字型衣架撑开，每每挂在门檐下的晾杆上，像个瓦蓝色的大灯笼。父亲每每看不顺眼，从"灯笼"下出出进进有伤大雅，于是就用挑竿把它晾到门外的晾绳上去。胖姨过一会见"灯笼"不在，又用挑竿把它挑回老地方。胖姨认为，晾在高处通风易干又不会被人顺手牵羊。

胖姨的耳朵有些背，距离远一点声音小一点，就听不见。但她不高兴别人说她聋，因为聋就意味着老，而她才四十九岁；更重要的是她尚未找到答应养她老的人家，对"老之将至"充满莫名忧惧。母亲说泥鳅不用捶，骨刺都捶碎了，吃不出来，叫她以后别再捶了。她没听见，依然捶。晚上母亲又说一遍，她仍没反应。父亲说，别再说了，她听不见。这句话胖姨听见了，一脸不高兴，说，俺的耳朵就这么聋么？为了防老，胖姨有个装着"养老基金"的小箱子。这个箱子跟她的命根子差不多，总是放在最保险的地方，一般她睡哪箱子就在哪。她睡觉很死但又不死，几个人说话她照样呼呼大睡，若半夜有人起来开门出去小解，关上门后，她还会爬起来，摸摸门锁是否关好。

这里的叙述显然与追忆相关，而叙述与追忆本来就有点缠裹不清。在散文写作中，是叙述引发了追忆呢，还是追忆带出了叙述？如果追忆能直接呈现为叙述，那么这种叙述也只能接近追忆中的那个对象，而非对象本身。写作者是一个冷静的局外者吗？

胖姨一向做事把稳，摸着石头过河，我几乎没见过她有什么闪失。只有一次例外。那次我从外面回来，听见胖姨在卧室发出痛苦的呻吟。母亲在里面急得乱抓不知咋办。只见胖姨躺在床上翻身打滚的，喊着："痛死喽，俺要死喽。"脸上大汗淋漓。我当时也吓坏了，便问母亲怎回事。母亲说她吃了一瓶云南白药，不知怎么搞的反应这么大。我想起胖姨曾说过，她好不容易托人搞了三瓶云南白药，准备给她哥哥吃。那时这药奇缺，治内伤有特效。没想到胖姨一声不响地先吞了一瓶。我说赶紧送医院吧。母亲看着胖姨痛不欲生的样子说，还是送去好。这时胖姨停止呻吟，开口说，"药吃坏喽。赶快给俺写……"这时一阵疼痛袭来，她又呻吟起来。我觉得她好像在说临终遗言，赶紧找纸准备一字不漏地笔录。一会儿她又开口说，"赶快写信给俺哥……，俺给他两瓶白药……，叫他无伤不要乱吃，……吃了要坏事的……俺要死喽。"我心想你对你哥真没话讲，连吃药都先拿自己当试验品呐。我正展纸摇笔时，胖姨突然不呻吟了，仿佛从噩梦中醒转过来，叫道，"不疼了，一点不疼了，好了！"我有点不敢相信。她坐起来扭一扭，然后下床走了几步，好像什么也没发生，又好像主演了一幕轻喜剧。我和母亲都笑了。母亲说，药哪能瞎吃，有个三长两短的，怎么向你哥交待？

上述场景我是第一目击者，用的类似于新闻笔法。但如果这些话传入胖姨耳朵，她说不定会骂我：净瞎写，黑芝麻变成西瓜了。其实我不觉得夸张，当时她就是那样子。但我还得承认，一丝不差地将过程描摹下来是不可能的。比如，她疼痛时的呻吟状态，以及她究竟喊了几次"俺要死喽"，已记不清了。

忙闲下来时，胖姨与母亲拉家常，渐渐谈到自己的身世。她结过两次婚，头一次嫁给一个农民，离婚原因很简单，她不生育。第二次是"文革"前，她远嫁给西安交大的一个年轻教师。第二个丈夫脾气坏，离异后带着一儿一女生活。胖姨挑起了家务重担，担当起抚育、照料孩子的重任。谁知不久"文革"爆发命运再次变轨：校园终日处于停课、武斗的状态，丈夫对秩序混乱感到腻烦，有时基本生活也发生困难，于是毅然决定抛弃西安交大，带着胖姨回到安徽老家——枞阳，在一所乡镇中学教数学。可是没过多久就后悔，乡下条件实在太差了。可他又无法回去，便怪罪胖姨，将怨气年甚一年地撒在她身上。十年后胖姨为什么断然跟他离婚呢？原来，她发现他身为父亲却是个畜生！他跟亲生闺女关系暧昧，还阻止女儿嫁人！第二次离婚后，胖姨就进城当保姆。她说她好歹不会再嫁人了，只想找个养她老的好人家，这样她一分工钱也不要。

我想补充的是，人性的深渊是令写作也颤抖的昏幽之处，是生活最隐秘最激烈的部分。而生活远比一切可能的定义要复杂得多。它是所有这一切，还要远远超出。转述则是写作中语言的秘密之一。转述常常会漏掉许多东西，或者说最容易掺水，甚至会改写一些东西，但我相信上述转述是真实可靠的，转述的内容是胖姨亲口说的。我只是省却了当时谈话的场景以及气氛，因为这对文学性固然必要，对呈现她的命运迹线似并无多少帮助。唯一缺憾的是，我无法在这种叙述方式中探入人性深渊，呈现人性和兽性撕咬、搏斗的淋漓痛楚，从而追究幸福和厄运的堂奥以及生命存在的意义。

胖姨经常上街买菜，同一个住在菜场小街上的朱老头相识。朱老头单身，比她大十几岁，瘦精精的，精神抖抖的，退休后闲着，四处转悠，好像也在找老伴。久而久之，母亲也认识朱老头。胖姨回来总说到他，心里拿不准便跟母亲商量。朱老头显然在打胖姨主意，像她这样年龄相差不大又无子女牵挂的人实在不好找。胖姨有点嫌他岁数大，一脸皱纹，怕老头靠不住。尽管如此，胖姨一说到朱老头嘴巴甜、热乎人就笑。朱老头性子急，兜圈子不行，干脆直接摸上门来。那天我正好在家，朱老头在客厅大谈他的革命史。原来他与父亲同乡，早年在家乡无为参加新四军，后来娶了地主的独生女，一时舍不得娇妻，就脱离了队伍。言谈间，朱老头还说漏了嘴，无意中暴露了他的秘密情史：老伴死后，他接济过一个年轻寡妇，后来被她缠住甩不掉，每月只得给她救济金若干，直到最近为她找到卖冰棒的活儿才算脱了箍。朱老头赶紧岔开话题，连声叹气，仍不忘炫耀老本："唉，如今的官可坏呀，贪得无厌，当年老子干革命时，他们还叼着娘的奶头哩！"胖姨坐在那儿，一边剥豆一边听着。后来胖姨侄媳妇从汤沟来接她，表示保证养她老，她的心就动了。再加上算命瞎子说，与朱老头的事今年不吉利，有灾星。胖姨拿定主意去汤沟。

老实说，我比较倾向于有语言质感和美感的叙述。但老实巴交的叙述也自有可爱处，娓娓道来，如拉家常，不拐弯抹角。这也许就是口语诗人喋喋不休地唠叨口语妙处的缘由了。只是那种确定无疑的口吻，在我看来又是可疑的。

七八个月后，胖姨又回到我家，她说她在侄媳家呆不下去。她托母亲与朱老头接上头。我心想，她与朱老头还是有缘。接上头的朱老头这回吸取了上回教训，对胖姨紧追不放。那天晚上我散步经过十字路口，看见银灰色的路灯下，朱老头正和胖姨靠在栏杆上，在人声嚷嚷中谈话，其实只是朱老头一人说。他时而望着街心，时而又望一眼胖姨。胖姨个矮，仰着脸呆呆地听着，那样子真像教徒在听神父宣讲圣经。朱老头常来约胖姨看电影。那时国人的娱乐活动就是看电影。每逢有约，胖姨就早早地通知母亲，意思是晚饭要吃得早些。她一放筷子就去洗澡，平时很磨蹭，这回利索得很。不一会儿，门外响起了朱老头精神抖抖的大嗓门。胖姨赶紧穿戴整齐，头发梳得像乌鸦毛一样亮，出门还丢下一句话：碗放在那里，俺回来洗。母亲说，你放心看电影，碗我来洗。这时朱老头已先行一步，似乎是避免门口人看见，显然胖姨事先打过招呼。深秋时节，每逢胖姨有"外事"活动，必穿一套崭新挺括的西装。父亲有时见她回来便开玩笑说，出国回来吧？胖姨一边笑，一边唬下脸说，老笑俺干啥！她曾私下里对母亲说，真想去医院开刀，把肚子里的油扒掉，穿起衣服才像样。不过我们背后都评论说，胖姨肚子大，穿西装才有风度，像个东洋佬。

面对新潮的老辈恋爱以及个人隐私，以文字直述实属不可为而为之，其捉襟见肘可想而知。如果换个视角，比如由朱老头出面重述此事，肯定会像当年闹革命那样大放异彩。问题是，这种叙述方案固然出其不意，但现实中的朱老头不会赏脸给我这个机会，而我又认为自己是新写实派，对散文虚构抱有水火不容的拒斥。

据胖姨透露，朱老头虽进展顺利，也有难以启齿的担忧。一则怕胖姨血压高，以后弄不好还要他来服侍。有一天，他不知怎么把胖姨哄到医院，又量血压又胸透，结果血压指数跟年轻人差不多。二则他还怕家中儿女们反对。其中大女儿就坚决反对他再婚，于是他趁大女儿生病，便带胖姨去她家烧锅煮饭。这一招果然奏效。大女儿见胖姨忠厚老实就不反对了。胖姨那一阵子，也有小小的紧张。她吃饭前抽拿筷子经常少一只，最后端碗的都得嘟哝一句："怎么搞的，就一只。"于是胖姨又去厨房再拿一只，一边无奈地笑着说，俺拿的，这回俺还数过呢，怪事。大家便闷头吃饭，胖姨接着又冒一句：老抽一只不好啰，下次俺不抽了。我只听说多拿一双筷子，家中必有客人来。至于少抽一只筷子如何如何，我还是第一次听说。母亲说，瞎扯什么呢。胖姨又问我属什么，我说属猪，碰巧她也属猪。胖姨说，猪最好的，不害人，俺又是晚上生的，心最慈了。我说，属猪的身体棒，属猴的瘦骨伶仃。她说，朱老是属猴的，精瘦瘦的，活蹦蹦的，晚上非要你陪他逛马路。说到这儿，胖姨的眉眼掩不住开心的笑意。

　　果子熟了就会落地，事实上它的重量早就将它往下拽了。胖姨离开我家是她第三次出嫁。事前结婚手续都办妥，按她的话说，正正规规的。她过去总絮叨没有个窝，说到伤心处还直掉泪。现在好了，窝有了，再也不用寄人篱下了。那天她走时，也只一个小箱子和一个拉链包。没有什么仪式，也没有车子来接。她自然要说一些告别话，而更多说不出来的话，都写在她脸上了。母亲送了些东西给她，说：离得又不远，常来玩玩。后来我家搬离池州，两家联系渐渐少了。不过，前不久还见过他俩的合影，胖姨还是那么胖，还穿着那件深蓝色的西装。

　　总的来说，我写了一个平淡无奇的女人，低暗而琐碎，带有全知全能视角。真的老掉牙了。这跟海明威在小说中实验的"零度叙述"是不一样的。当我重读一遍时，连我都怀疑这种叙述是不是我所为。这种老实巴交的口述对叙述对象的依赖程度是显而易见的。它甚至不依赖语言，因为你感觉不到语言了。但这些文字，还是让我回到过去的那些平淡甚至黯淡的时刻，并有许多无法言说的东西慢慢涌现出来。

一九九二年七月十九日作

一九九八年三月十二日改

## 隐秘的发问者

　　我时常被一些自设的问题所困扰。比如，"生活不是缺乏美，而是缺少发现"这个命题，一直受到我的质疑。我发现很多以"发现美"为宗旨的写作，其实都流于虚飘和浮浅。"美"是个很狭隘的东西，尤其是关于美的观念一旦僵化以及它所对应之物被框死时，很难说它起的作用不类似避孕套：真实的、丑陋的生存被无端隔绝，无法受孕。

　　当我思考这个问题时，日子正逼近阴历年底，窗外零星的爆竹声无意中嵌入这个问题的缝隙，炸出一缕缕幽幽的火药味。我并非想否定这个判断所含有的某种合理性，但它在被无数次滥用后已惨不忍睹。

　　我时常为这类问题闭门不出，苦思冥想，思路却不能因此连贯起来。比如此刻，厨房水池的下水口"咕咕"直冒潲水，逼得我狼狈地冲出来，用预备的碎布和砖头加以堵截与镇压，再用铁瓢子将脏水舀掉，但怪怪的味道是舀不掉的。干完这活之后，我很长时间不能进入思考状态，似乎那个"问题"也沾上一股怪味。我无法给"问题"喷上香水，或搽点雪花膏什么的。

　　下水道堵塞，实在是个头疼的老问题，大凡住在底楼的人都有切身体会。由于这片楼房患有"心血管狭窄"症，加之楼上常常"高屋建瓴"地将菜梗、杂碎倾注而下，症状便逾发严重了。底楼的居者只能享受"苦果"，却不知该向哪一家提出抗议，房管所更不管不问。你只能自认倒霉。

因此，我在思考一个问题时，时常被另一个发问者弄得不知所措。"下水"淤塞在那儿，憋得脸色发紫，不得不"咕咕"直冒地向你大声责问。一个人活着，他无法不经常面对这样的"问题"，并被这些日常的、棘手的"发问者"逼到墙角。

有一天黄昏，一辆救护车尖啸而至，在对面楼门口停下。不一会从顶楼抬下一个奄奄一息的老头。听人说他吃药自杀，被老伴及时发现。左邻右舍都大惑不解，老头性情开朗，怎么会突然想死？没有人知道。据他老伴说，自打退居二线后他无聊之极，变得沉默寡言。看来那个"发问者"也在压迫他，无形的清寂和空虚超出了他承受的限度。

我的家人一致认为，对付下水道问题，只能长期堵死水池的下水口。谁知道堵住没多久，"问题"就上升到二楼，同样"咕咕"直冒，潲水四溢。

二楼住着一对老夫妻，对此不惊不乍，也如法炮制，迫使"问题"继续上升，但它肯定上得很慢了，一寸寸地往上爬。

二楼老头姓班，是个搞戏剧兼古诗词研究的。他的书房与我的书房正好相对，甚至连书桌的位置也上下一致，他的椅子等于搁在我的脑袋上。晚上彼此都睡得很迟，两窗的灯光伸出来，刚好在窗外花墙上互相够着，握一握手。

每当他在房间里来回走动时，我想他大概在焦虑某个形而上问题，或者在琢磨东坡先生的"高处不胜寒"究竟零下几度。而我冥想的问题，再"上"也只能在他的"形"下。我担心他的研究与我撞车，如果他把精致的"美"的垃圾倒在下水道里，那我的思考会不会窒息并直冒馊气？当他把椅子搞得吱吱乱响时，这种撞车的可能性似乎大大增加了。

不知又过了多久，二楼的张敲响我的大门。他说潲水漫到三楼啦，好难闻呵，水池堵死几天了，很伤脑筋。"问题"果真升到三楼的"高度"，变得有点玄秘了。

张说，四楼那一家太不自觉，什么杂碎都往水池倒，不塞才怪呢！我只朝他笑笑。我不想讨论这个问题。因为对"生活不是缺乏美，而是缺少发现"的质疑，正亟等我作进一步疏通与清污，没闲工夫确认谁在干"堵"活儿。

二楼吴老太在楼梯口见到我，脸上笑开了花。她挺讨厌三楼，整夜搓麻，要不就把音响开得震耳，还养了一条黄狗，挺吵人的。这下好，让潲水熏熏，多为楼下想想吧。老太还放低声音，很诡秘地靠近我说，从门上猫眼里观察到，对门的寡妇，情人可不少。

哇，这很正常，很正常。我漫不经心地说。但这跟下水道堵塞有关系么？每当此时，我只得找个借口逃回家中，因为老太难得碰见我，一碰见便没完没了地絮叨，像施了定身法，站个把钟头还算短的。其实我挺同情那个寡妇，当年还是下放知青的她，为了摆脱穷乡僻壤，对付那个色迷迷的"发问者"，不得不嫁给一个比她大三十岁的老干部，一时间在街头巷尾引发非议。

张又一次敲响我的门。他脸色不太好，眼眶深陷，我知道他老婆近日"疯"病发作。看来家家都有本难念的经。他说，对下水道要采取行动，要彻底搞，只有更换水管，钱大家摊。我说二楼快要搬迁，肯定不愿掏腰包。四楼是顶，高高在上，鼻孔朝天。最后张说，不行就找人来疏通一下吧，那要不了多少钞票，到时候你家一定要有人。

此时，我发现，我已经适应了下水道堵塞的现状，对他的建议，说不上来是赞成呢还是反对。总之，我搞不清自己的态度，我成了自己的陌路人。我在想，无聊这玩意儿是怎么生成的呢？东方式的无聊，难道也跟下水道有关联吗？当无聊慢慢兑上麻木，混合成鸡尾酒式倒不失为冷冻疗法，让"问题"也失去知觉，那就等于不存在了。

但日子还是这么往前溜，一不小心就过年了。屋里的腊月一过完，窗外的正月就来到，照样喜气洋洋。老婆已离开我好几年了，她带走一个问题，留下另一个问题陪着我。不过无事可做时，我仍坐在小凳子上想念女儿。因此我想贴个大红门对子，反正十五还没过，舞龙的还没来呢。只是那个隐秘的发问者，到时候也会混在喧嚷的人群里观龙灯么？

一九九九年三月二十一日

# 城北有片水

一九八七年城北那片野水的岸边出现过我的光脚丫。

那时我在练习跳水。对我来说，跳水就意味着自己把自己扔出去，这当然需要点勇气。在栽入水中的一刹那，我感到被水狠狠抽了一巴掌。这一巴掌坚决，响亮，出其不意。除了水，谁曾给过你这么痛快的耳光？这时我被自己弄出来的水花包围住了，并且呛了一口水。爬上岸之后，我才深深地感到了深渊。深渊其实距我们并不远。它似乎是一种行动的伴随状态，甚至可以说就是这种行动本身。在水面前，我发觉自己有不少赘余之物。这些复杂而深奥的东西，在水中变得像塑料泡沫或者可口可乐瓶子。

不管怎么说，我已经置身其中。我就混迹于一群嘻嘻哈哈的跳水娃中间。"你伪装得像一个老跳水的，就像一个人伪装抽烟。"我对自己说。

岸边有个"法国宾馆"——当年兴建石化厂，来了一帮法国专家住这儿，人们便这样叫。因此从这儿朝南望，石化厂的诸多烟囱硬戳戳地直冲云天，比先锋诗人惯用的象征更老练地立在那儿。这红发黑须、五毒俱全的家伙，可能比所有在世的人都活得更久。往北不远处是起伏的山丘，那是公墓区。这个城市拥挤的人流中不断消逝的人都聚集到那儿了。他们中的很多人，在你出生之前便生动地活在这块土地上；而当你活着的时候，他们已经转入地下。过往的年代只能以一层层碑石的形式进入你的视界。似乎很可怕的死亡，其实改变了一切，包括人类自己。而介于两者之间的，正是这片水。想想这片水，想想你在此，水通过你而照见了它自己。

至今我依然没有找到描述水中沸沸扬扬的场面的恰当方式。这自然与一桩突发的、被人淡忘的事件有关。它滞重，尖锐，插在一九八七年夏天的关键部位，拒绝一切灯光和形容词为它叹息。假如把它刊登在报纸上，无非是某日某地有一青年游泳溺水而亡，家长们须严加管束云云。因此我重提旧事必须谨慎小心。我想起当时跳水出现了一次高潮，一个个宛若饺子下到汤锅，也类似舞厅最疯狂最混乱的时候，蹩脚的都纷纷登场。我就是其中之一。后来有个人在水中大叫，说他踩到一个软绵绵的东西。我本能地意识到有什么严重的事发生了。仿佛舞厅的彩灯突然灭了，整个世界漆黑一团。不知混乱了多久，但总算有了结果：一个年轻的躯体像一条大鱼被抬出水面。扁平，煞白，其中的一点乌紫，那是嘴唇。

他被轻轻放在岸边高岩的砂土地上。他的姿势和表情都像在做梦。一条鱼离开了水就是这样。人们纷纷围拢过来，密密的腿杆像在高粱地一样。夏日的阳光很快晒干了他身上的水珠。有人在给他做人工呼吸。我的目光蚯蚓般曲曲折折地钻进去，才瞥见那双微微晃动的光光的脚丫。溺水者的光脚丫像他的另一张脸，但比他的脸更真实，更灰凉。这时，有人发现他的湿发覆盖处有一小块紫瘢。

肯定是栽到近水的岩石上。有人说。

他好像是一个人来的。又有人说。

然而，竟没有一个人说认识他。他被抬到两百米以外的马路上，急救车还没来。众人不得不拦住一辆咣当咣当的旧货车。这时我突然有窒息之感，生命的嘀嗒进入倒计时。

一条鱼离开了水就是这样。一只昆虫的翅膀的轰鸣盖住了一切。秒针停下来了，而分针似乎还在走。一个夏季疯长的阔叶草把水岸同这条尘土飞扬的灰白马路连在一起。想想看，一个人走得多么偶然，又多么匆忙。我注意到，这些坚挺的阔叶草渐渐呈风向带倒伏下去，其实当时一点风也没有。这神秘而简单的事实震撼了我，以至于在写作时抓不住一个确切的主题。

他很像我家门口的人。沉默中有人说。

等到人走完了，最后剩下来的那堆衣物必定是他的。又有人说。

我的笔至此颤抖了一下。那最后剩下来的衣物将沉浸在昏暗的余光里。它在草丛或树枝上倾听夏虫的低语。对于泅渡者来说，最后的衣物必定留在岸上，谁也不能把它带走。

骑车返回时，我专门绕到石化医院。透过急救室的门缝，我又瞥见那双白纸样的光脚丫在晃动。深蓝色的氧气瓶很粗很大，此刻却成了悲哀的奢侈。门外有个人说，他看到这个人在跳水，动作很熟练，一个人默默地跳，没发现跟别人说话。后来他好像在练习一个漂亮的、难度更大的入水姿势。那个姿势是在跃起后双臂张开如翅，然后迅即折腰，收臂，垂直入水。我的眼前立刻浮现出一只小鹳鸟划着弧线从空中倒插入水的镜头。

哦，只为一个新颖而漂亮的入水姿势！

一只鸟在我打开的日记中隐去。

在这之后的夏天里，我看见那个高岩上依然有不少人在跳水。而我没有去跳。看起来我很怕死。其实不然。我在水中琢磨他入水的姿势。他完成了也许是最美的一次就消失了。

一只鸟就这样飞走了。它没留下一根羽毛，但它留下了它热爱的世界、水和岩石。

我从那个形貌粗糙的高岩下面游过。它看上去跟去年那个高岩没什么不同。水花依然溅起溅落，人声喧沸。而我感到有一小块水比周围的水要冷冽和柔韧。秋天快要到了，树木变得从容而静穆，其中有几片叶子已提前落在水上……

一九九二年七月十三日

## 它包裹了我们

离开南京好多天了。它仍在下雨。此刻属于四月的疆土，空气中充满了久违的樟树乱纷纷的落叶带来的枯淡气息。在这个月份，谁感到了虚弱？坐在桌前，我仍能感受那座江南名城密布的雨云。

四月初，突然决定到南京去。那座陌生的城市最近多了一个绝症病人——晚期食管癌患者。在茫茫人海中，这样的事每天都发生着，可他是我的同学和亲人。这些天倘说没幻灭感，那是假的。当记忆中的往事一股脑儿地涌上喉咙时，车窗外正闪过在阴雨中成片成片的嫩黄的油菜田、高矗的电线杆和散落的村庄。

去年秋就获悉他得了绝症。平时他嗜酒如命，一天两遍，甚至一边看书一边喝酒。他其实更适合写诗，而不是研究桐城派。姐在电话中说，他拒绝就医，理由是：学校有两个食道癌患者，就医不也死了么？他要求家人对外严格保密。大家只能装作不知道，更不能去看他。他很忌讳这个消息散布开来。傲骨和倔脾气使他仕途不顺，跟同事和下属倒相处甚洽。他一直坚持上班，喝稀饭，使用大剂量止痛药乃至吗啡。他这个人烟瘾大，抽低档烟，好烟留着给人抽以至于霉变；其次是喝散装酒，不讲究菜。病后酒瘾发了，便将酒含在嘴里抿一下。同事见他不能吃免不了要问，他搪塞说是胃溃疡。对于癌症他似乎并不感到恐惧，精神力非常顽强。食道溃疡出血了，他就吞云南白药，止止血就行了。姐不打电话来，我们就比较乐观。整个正月没接到姐的电话，大家都以为会有奇迹发生……

南京何以仍在下雨？仅仅因为我看到了一个别人看不到的事实？那天我紧揣着这冷酷的事实，直奔南京。一个人对绝症持这种不可思议的态度，你可以不赞成，但你还得尊重。显然，他已想透生死，对大限似乎并不畏惧，但对妻子和独生女呢，他这样做是不是太冷酷了点？

临行前的晚上下雨了。早上停了一会，出门时又开始下了，于是带上雨伞。坐在飞雁快客上，想起今天是礼拜六，又是清明节，心里铸铅般沉坠坠的。他最近食管瘘了，通俗地讲就是食道烂了个洞，一进食就漏入气管，接着便剧烈咳嗽。

飞雁快客如同疾驰在一大片碧绿中的黑色斑点。南京正在下雨。我知道我是从西边进入南京的。二十年前我跟妻来过这座城市，以后就跟它没什么联系了。到达下关后，天仍在下雨。但见江堤上笼在细雨中的杨柳，千百年来仿佛不曾看透逝水东流，那一低垂，一婀娜，蕴含着凄艳哀婉的动人风致。难怪《桃花扇》第一折劈头就是："无人处又添几树杨柳。"

于是打的前往目的地。在车窗前方那一片林立的高楼中，必有一家肿瘤医院，也必有一个绝症患者与我们有关。行道树、大厦、店铺、证券公司、银行、甲壳虫似的车流，它们设置了这个世界，并让我们从中淌过。绵软，细长，黏糊糊的，那是无数条蚕丝一样的雨线。它包裹了我们，也包裹了你们，当然也包裹了它们。

走进住院部电梯的一刹那，感觉里面的人都是异样的，有的拿饭盒，有的提箱包，有的捧鲜花。他们像我一样步履匆匆，裹挟着南京四月伤感的气息。电梯入口旁边的椅子上，还有病人家属在吃快餐。但他们都显得很安静，小声说话。他们以平静的目光打量新来的陌生人。

电梯直达十层。我生平第一次走进癌症病房。里面四张床都住满了，皆为同一类癌患者。睡在病床上吊水的他，差点认不出来了：瘦脱了形，头发几乎全白了，太阳穴还出现了老年斑。上帝见他这样也会怜悯的。他的二妹见到他后，曾躲在电梯里大哭。

他知道我们来了。他开口说话，不停地咳痰，食管瘘已引发了肺炎。他思路清晰，问这问那，还关切地问起大毛和小毛。我将数码相机中刚拍的一段录像给他看。他抓住相机，看得非常认真，枯瘦的脸上露出笑容。一个护士进来量体温了。不一会儿他闭上眼睛。他虚弱得很。他累了。年轻时的他身强体壮。记得住体校游泳池那些年，他和姐住在看台下面的更衣室，隔壁是冲洗室，外面是个很大的运动场，没人家，其冷寂可想而知，尤其暑假的夜晚更甚。他告诉我有天夜里，走道里出现类似脚步的响动。他爬起身，手持一根铁棍子打开门黑咕隆咚地追了出去。然而什么也没追到，外面繁星满天，泳池晃荡着暗波。可那响声刚才听得真切。是窃贼、坏蛋，抑或野狗？不得而知。但我听后头皮发麻，汗毛直竖。

我观察着病房和病人，脑海中闪过他手持铁棍的样子。他跟病床上这个人是同一个人吗？

这里已无秘密可言，连死神都是公开的。隐藏的敌人全部写在病历上，它们的数量和进攻方向都清清楚楚。床头支架上挂着打点滴的瓶子。那是一个肉体殊死抵抗的武器吗？生与死的较量也许我看不见，但它们全部刻入病者和看护者疲惫不堪的面容。

窗外的雨中仿佛有一只捏紧的拳头。

那天我透过十层阳台的双层隔音玻璃，俯瞰到烟雨迷蒙中的南京是忧郁的，玄武湖就在前方不远处昏蒙着、寂寥着。它保持着一种无法揣测的静秘，连一只水鸟的鸣啭都被它吸干了。

南京仍在下雨。姐说，各项体检均不达标，体质极差，无法进行手术和化疗，属于晚期中的晚期。如果不找关系，大夫是拒绝入院的。大夫指着片子说，食道溃疡已逼近一根动脉，一旦破裂将导致大出血，病员随时都有危险……。换病房那天晚上，因为要换下自家带来的被褥，他以为要扔掉它，便不停告诫女儿，以后再富裕，也勿忘勤俭。到了这份上仍不忘教诲女儿，固然书生气，但想想东坡先生的话不得不服："考其行事，观其临祸福死生之际，不容伪矣。"

南京的雨也该停了吧？回来的路上，飞雁快客在高速公路服务区暂停时，竟将一名乘客漏掉了。司机边开车边打手机，骂骂咧咧的。这个乘客谁也不认识。但他被遗弃在半路了。那个乘客一定很沮丧。司机对着话机叫道："喂，老何，你这班车把他带上。"

当然，漏掉的乘客还可以被下一班车带上。

一个人的一生不可能没有盲点。它是与生俱来的么，抑或源于一种偏执？但每个人都注定带着这样的盲点一路淌去，不可逆，不可替代，直到汇入一片不可知的汪洋。忽想起张恨水笔下的南京下关，他看中的是一条没有人烟的荒江，它不知疲倦地向前流呵，流呵，没有风景，完全是一种地老天荒的感觉，"岸上三四只小渔舟，在风浪里摇撼着，高空撑出了鱼网，凄凉得真有点画意。"然而如今连画意也没了，只剩下凄切，以及黯然。

此刻，樟树的落叶简直是纷纷扬扬，它们覆盖了我必经的和不曾经过的路面。其实它们每年都这样，只是不曾被人注意罢了。一部影片最近在南京热映，片名叫《南京！南京！》，那是另一个南京。而我经历的是这一个南京，它被夹入纯粹私人的记忆簿，并在渐渐变脆的散页间忽青忽黄……

它仍在那儿近乎虚拟。它包裹了我们，而我们却不清楚它的真面。

附记：此文写成两天后，在课堂上接到姐发自南京的短信："你姐夫已于今天凌晨 2 点 15 分去世。"尽管心理已有准备，但还是遭到了钝击。"黯然销魂者，惟别而已矣!"他就这样走了，把二十六年记忆一团乱麻地扔给了我们。第二天，我再次踏上了去南京的路途……

二〇〇九年四月二十二日

## 突然的具象

　　一整个上午，我都被木匠拉锯和斧子砍削的钝裂声，以及木头滚动、撞击的浊重声所干扰。我不得不从六楼朝下观望。果然，在鲁家塘的塘边，有两个木匠正在露天干活，干得挺卖力。建在塘上的一家豪华酒店对此视而不见，红衣女郎不时地从他们中间经过。

　　我去楼下打酱油时，经过那儿算是看清楚了：一个木匠在砍凳上钉一个比箱子要长、要深凹的东西，另一个在刨光几根木坯拼成的厚板。一股木头被剖开后散发的树脂气味，弥漫在沉滞的空气里。那物件打制得也太蛮实了点，太粗大了点，绝无目前流行家具的那种精巧和细腻。斜对面一家小店的女老板，正在柜台内打着哈欠，看见我提着酱油瓶过来，臃肿的面孔依然了无表情。她一定被这些叮叮梆梆的声音弄得有些麻木、困倦了。

　　中午时分，楼下突然传来激烈争吵，甚至有要动武的唬吓声，但始终没打起来，可能是木匠手中的斧子起到了镇慑作用。我在晒台上看见，那分明是酒店老板与木匠发生了争执。小店女老板也插在中间帮腔，围观的人慢慢增多。现在我才真正看清楚了，两个木匠打的是一具棺材。这使我颇感意外和惊愕。

　　突然出现的棺材，作为死亡独一无二的威严具象，的确制造了一次不小的惊骇。我也很久没见过这玩意儿了。它不仅是死神的栖居之地，而且还带有不少与死相关的多重意味。木头尽管作为木头始终散发着木头的好味道，拒绝着与自身毫不相干的虚无之物，但现在这种味道却令人感到带有一种阴沉的"死亡"气息，甚至它的带纹线的杉白色也发生了偏移，乌漆漆地闪着一层暗朱色的光。材料的性质与形式的整合发生了对抗，但最终还是服从了形式的意志。

记得在乡下时，我最怕到农家的阁楼上去。因为那上面常常横着一副"寿材"：一头大一头小，大头总是昂向你，在昏暗中如困狮的样子。但老人们对此处之泰然，显出一种安详与平和。这曾使我感到迷惑不解。

他们可能是为这种突然呈现的具象在吵架。

在木匠的眼里，它不过是一个木器而已。木匠的麻木使他对地点的选择不加注意，几乎必然地使它与酒店、佛像作坊、红衣女构成了后现代拼贴。一个木匠甚至开始不停地摇头和傻笑。这种表情我在不同场合见过多次。傻笑使我情愿相信，它类似于一个并无恶意的玩笑。他们不过制作了一个农耕时代的寻常器具而已。你开酒店为赚钱，我干木匠为谋生，何必过不去呢？但酒店老板不依不饶，他经受的震恐与那种杉木散发出来的奇特味道混合在一起。那木纹里仿佛藏着隐秘的符咒。

当然，棺材还是空的，距最后的封闭尚待时日。但正因为它是空的，所以它对抽象而又尖锐的死神的渴望才暴露无遗。它成为一切尚未到达的死亡的等价物，甚至是同谋者。在这个充满靡靡之音的晴朗的正午，一个刺目的黑色具象突然上升了，并与一家灯红酒绿的豪华酒店相对称。这当然是一种意外和偶然，但它毕竟是潜伏在当下存在缝隙中的众多可能之一。

一九九八年十一月二日

# 冬日随笔

## 1

大地渐渐冷了下来。冬夜越来越长，也越来越暗了。奔走在北风中的人大都缩头缩颈。这是冬天给徒步者带来的微妙体征。

冬天还是属于树木的，但并不限于古人所推崇的"岁寒三友"。在随意长满一片杂木林的地方，那种寒郁中的劲挺，萧疏中的斑驳，具有无可比拟的清峻的美感。在杂木林中你所看见的任何一种树，都有一种独特而洒脱的风姿。因此我更偏爱冬日里的杂木林。

## 2

雪总像要下的样子，可就是下不来。它也许正走在半途，需要更强大的寒冷来支持它。

菱湖西路工地。碾压机、抓土机和推土机杂乱地横陈着，仿佛它们才是抵御冬日的战阵。经过几天雨水，它们被黄泥巴缠裹得不成样子了。只有一辆抓土机刚刚开动。那个司机费力地操作着，几次将那个大抓斗往地上磕，狠劲地磕，然后抖，像一个人费劲地磕着胶鞋上的泥巴。他试图将抓斗里的黄泥巴清除掉。这个傻乎乎的动作吸引我看了好半天。

晚读奥威尔的《一九八四》。记得以前读过一本奥威尔传记，它的副题叫"一代人的冬季良心"。我觉得这是一个非常准确的概括。什么才是"一代人的冬季"？我听见搅拌机击打水泥、黄沙和石子的嗡鸣，路旁高楼建筑上起降机的隆隆声，在夜晚暂时停歇下来。甚至，奥威尔写作《一九八四》那个冬季以来的所有冬季也安静下来。雪依然没有下。在阿富汗战火中，一个小女孩惊惧的面孔比报纸还要薄，比冰块还要寒凉。我不禁要问，这个世界的"冬季良心"还在吗？奥威尔在《一九八四》中写温斯顿的一个动作："他很讨厌弯下身子动手，这样一定会让他咳嗽起来。"

3

卖米酒的吆喝声响在冬日的黄昏。天暗下来后，那吆喝声便更清晰、更凄独了。在冬天的傍晚，这吆喝多少带点苍凉味。那声音忽远忽近，似乎是一阵阵风把它吹得忽远忽近。更多的情形是，它在某个住宅楼的拐角转弯了，因此暂时消失，过一会又折返回来了。我感到这个苍颤的声音具有穿透性。它不是一个人，一串叫卖的喊声，而是绵延在许多冬天之间的一根世俗而温暖的弦索。

4

湖水已变得不可捉摸。一棵寻常的冬天的柳树，在我经过时低拂着它依然灰绿的细枝条。而它的末梢部分，不知何时被人打成两个"死结"——虽然它只被挽成一团，但已变成焦墨色了。谁若试图解开它，它立马会寸断。

这松松的"结",看上去已死了,像两个黑色的门环。但它连接或延伸出向上的柔枝,灰绿色的、微微颤动着的部分,又确乎证明这"死结"是活的。谁来解开这活的死结或死的活结?

我开始怀疑这纽结与柳枝部分是否同属一个事物。它们简直是痛苦分裂着的两个部分:一部分感到了风而微微摇曳,另一部分则坚持低垂着,像两颗无力的拳头。这些年来,我开始爱上那些衰弱的、无力的事物。它们从来不在风中争辩什么,但它们却是持久的,尽管它们被遮没或终将消隐……

5

荒雨从乡下来。他带来了长桥村的冬米、花生和山林的气息。前不久,小灿还捎来一个比兔子细长的腌干了的野味。荒雨对此作了最本土的解释:它叫"白面"。然后他在桌子上比划着"面"这个字。但我还是不知道它属于哪一种小野兽。"它是村里人用铁弓捕获的。"荒雨说。我猜想它的脸大约是白的。这是奔走在青阳丘陵的茂密山林中的野生灵呵。看上去它比黄鼠狼要大一点,头部又尖又小,异常尖利的牙齿向前突出,似在做着最后的垂死反抗。

它若不是陷入暗器,它不该属于被冬阳残酷地晒得干干的这一种。"那条暗径偶然地改变了它的命运。"也许此刻,它正在哪一片荆丛野莽里悠闲地栖息,消受着冬日干爽而清冷的快乐。

6

最近读到一个英国人乘热气球飞抵北极所写的日记。他必须在七千英尺高的空中飞越北冰洋。那是一个属于永恒冬天的海洋。北极圈内没有夜晚,只有白夜，常年零下二十五摄氏度。"我在小睡后醒来时突然发觉自己快翻到吊篮外！"这个叫亨普尔曼·亚当斯的人心有余悸地写道。探险者大都具有一种浪漫精神。现在这种精神成了冬天最匮乏之物。当然，他不应该忘记系紧与吊篮相连的那根带子。据说1887年，有一支探险队乘热气球成功飞抵北极，却因误吃了北极熊受污染的肉而全体毙命。这个过程中的突变谁能预计到？

"从云层中往下降时是我感觉最糟糕的时候。想到着陆时的不确定性，我对围绕在身边的云彩很恼火，因为我什么也看不见。"云彩距他实在太近了，不像距我们太远而生发美感。他有理由冲着"云彩"发火。过程中的本相和不确定性，还是那么令人着迷。

7

为什么一想到雪，内心就涌起温暖？

雪与冰不同，大约就在此罢。雪的暖意是与回忆一起来到的，但这种回忆是不必"回"即可"忆"的。雪仿佛就是那被忆之物，或者直接呈现为它。因为一见到雪，人就顽皮起来，就有堆雪人的欲望，深埋在内心深处的本然之性就忽地涌起。这与冰不同。冰让我感到孤寂。当我走在旷野上，那一层灰白的、时间般脆薄的冰壳儿，凝着些许枯干的草茎和叶子，像掰开的河蚌那样坚白，踩上去发出咕吱咕吱的声响；踩裂之处，下面一点水也没，全冻干了。

如今我的院子里有个小水缸，就在窗下。冬天里它最先结冰。这是冬天里距我或我的梦最近的冻结。往往是，其他有水处（比如自来水管里的水）一切如常，唯独小水缸里结了冰。这让我感到奇怪。它似乎也在蓄积足够深的寒冽和力度，以抵抗寒夜漫长的虚无。但它更像人群中的个体，或者私人写作，"绝不要停止写作，因为那样一来你就再也不会忽然想到什么了。"我听到本雅明在冬夜的告诫。

## 8

一个逝者的告别仪式显示着严冬的威力。一个月前，他还在外面晒太阳，我同他还打过招呼。现在他走了，彻底静下来了，像冰雪一样寂静。这之后我去市图书馆还书，照例要穿过双行道上蚂蚁般奔忙的人群。然而我忽想到人生恰是单行道，仅此一次，不可逆行。经过那渐枯渐淡的湖边，那些杂树林变得如此斑斓而疏落，冬之阳从树隙间猛烈灌注下来打在行人身上。冬阳呀，一文不值的遍地冬阳呀，远逝者再也感受不到你的暖意和清冽了。冬阳无价就像空气，亦如自由，有之若无，失之不存。

弘一法师在《为杨白民书座右铭跋》中说，"古人以除夕当死日。盖一岁尽处，犹一生尽处。昔黄檗禅师云：预先若不打彻，腊月三十日到来，管取你手忙脚乱。然则正月初一便理会除夕事不为早，初识人事时便理会死日事不为早。那堪荏荏苒苒，悠悠扬扬，不觉少而壮，壮而老，老而死。况更有不及壮且老者，岂不重可哀哉！故须将除夕无常，时时警惕。自誓自要，不可依旧蹉跎去也。"今人早不知"除夕"的本意了。古人阳寿更短，处境更恶劣，对生命之倏忽之悲凉体味更深切，因而将除夕视为"死日"，而守岁看作等待"出生"。它内蕴了古人关于生死的哲学，里面自有大智慧在。

## 9

十里铺的一条岔路上。路口边的房子里持续传来打铁声，像暖冬的天空突然下起了冰雹。响脆的、叮叮当当的音节，显然是热铁冷凝后的击打之声。

但我几乎看不见那两个打铁者。房子的窗子与坡面齐平，我只能从积满尘土的灰蒙蒙的破窗子俯看一抹晃动的影子。久违了，这冬日里敲冰般的打铁之音，飞进在萧索而寒瑟的晴空底下。然而，在过去看来无比坚硬的打铁之音，现在却被比它更强大的力量驱赶到旮旯里。那横冲直撞的力量从四面八方围拢而来，仿佛一只巨型苍蝇在天顶盘旋。那个农耕时代以及文化生态随之土崩瓦解了，弥散了。

忽想起嵇康也喜欢打铁。《晋书》说他"性绝巧而好锻"，又说"康居贫，尝与向秀共锻于大树之下，以自赡给。"可见打铁这门俗活儿，在嵇康并非"作秀"。因此，司马昭宠臣钟会来造访他，也是在铁匠铺里。叮叮当当——嵇康只顾打铁，头也懒得抬。钟会自觉尴尬，正准备走时，嵇康发话了："何所闻而来？何所见而去？"钟会答道："闻所闻而来，见所见而去。"晋人实在有大幽默。此对话无话找话，但嵇康之厌恶，钟会之阴险皆藏于言外，绝不说破。打铁之于弹琴，看似风马牛，但在嵇康这儿，却视同一物。广陵散！叮当叮当！广陵散！当叮当叮！……

二○○一年十二月

## 吉他呜咽

　　既然美的东西不止于美，那么恶的东西也不止于恶——它弥散在空气中，甚至以善的面目出现。不久前，智利大诗人聂鲁达的墓穴被掘开，以验证他是否死于军政府毒杀。棺木开启持续约一个半小时。调查法官马里奥·卡罗萨、国内外法医鉴定专家和监督员，以及聂鲁达的外甥雷耶斯、当年的司机阿拉亚等人均在场。正是后者怀疑诗人死于毒杀。

　　一九七三年的"9•11"，皮诺切特发动军事政变，聂鲁达好友、前总统阿连德罹难。几天后聂鲁达因病住院，不久被宣布死亡——死于前列腺癌引发的心脏病。四十年后，司机阿拉亚提出质疑并非空穴来风：皮诺切特政变后，宣布解散国民议会，禁止各类政治活动，对反对派实施血腥清洗，三千多左翼人士被秘密处决，另有一千多人失踪。皮氏霸道地宣布："如果没有我的允许，这个国家一片叶子也不能动。"聂鲁达作为准共产党员，其死距政变发生日仅仅十二天！聂鲁达是皮诺切特的眼中钉，肉中刺，即便技术鉴定排除死于毒杀，那也是因为这位诺奖得主影响太大，军政府不敢下手而已。诗人洛尔迦生前说过，聂鲁达是一位"离死亡比哲学近，离痛苦比智力近，离血比墨水近"的诗人。在我看来，聂鲁达眼见西班牙悲剧在智利重演，民主横遭践踏，同伴顿成新鬼，悲愤交加以致心脏病发作，也许更接近事实。

不过，聂鲁达的命运似乎比他的至友洛尔迦要好，至少他死后尚有葬身之地。一九三六年西班牙陷入内战，洛尔迦返回故乡格林纳达后惨遭杀害：行刑地在"山脚下的一块空地上，周围是橄榄树林"，时间是黎明之前，埋尸点据说是位于两个村镇中间的峡谷——那是一片有半个足球场大、掩埋着许多左翼遇害者的乱坟岗。

吉他的呜咽 / 开始了。/ 黎明的酒杯 / 碎了。……/ 要止住它 / 没有用，/ 要止住它 / 不可能。它单调地哭泣，/ 像水在哭泣，/ 像风在雪上 / 哭泣。/ 要止住它 / 不可能。……

（加西亚·洛尔迦《吉他》）

几乎同时，另一位西班牙诗人伊诺霍萨遭到共和党人残杀，包括他的父亲、一个弟弟，还有一位亲属，同时被拉到墓地秘密枪决。共和党人在屠杀反对者方面丝毫不亚于佛朗哥，其潜逻辑是："你不赞同我，你就是法西斯；我杀死你就是反法西斯！"就这样，"西班牙吉他"被来自左右两翼的黑色子弹无情地打成了蜂窝。但是，那"呜咽"的低诉仍汩汩流淌——"要止住它 / 不可能"。洛尔迦这首早年写下的诗，不幸成了动荡年代的诗人惨淡命运的谶语。在经历七十年的漫长严冬后，这首诗的痛诉和哀伤终于化作一泓春水：西班牙在卡洛斯国王登基后逐步摆脱了党派血斗和专政梦魇，通过了"历史记忆法案"，由此开始大规模的"复原历史记忆"的行动。历史固然可以被铁幕遮蔽一时，但是谁遮得住潮汐般无边涌起的自由呼声和民间记忆？

那年七月，聂鲁达在住所聆听洛尔迦朗诵诗作，两个月后才获悉洛尔迦遇害，他愤慨地表示："我们永远不能忘记，永远不能原谅他们杀害了我们中最伟大的一个，……我们永远不能忘记这桩罪行，永远不能原谅。永不忘记，永不原谅。永不。""改变我的诗歌创作的这场西班牙战争，就这样以一位诗人的失踪而开始了。"诗人没想到,那颗打穿西班牙"吉他"的黑色子弹并没有停下来,它在南美大陆像蝗虫一样呼啸,让任何阻挡它的身躯乃至树木喷出血浆。

洛尔迦之死成了西班牙现代史上的一道巨创。然而,佛郎哥死后十余年,对佛氏的罪行未曾追究,对长枪党和共和党互相残杀中的遇害者未予昭雪。西班牙尽管恢复了民主制度,但整个国家仍沉浸在一片死寂中。二〇〇九年,作为"恢复历史记忆"的一部分,搜掘洛尔迦遗骸的工作正式启动。一位格拉纳达南部的历史学家卡巴耶罗,用三年时间检索警察和军队档案,找到六名行刑队员(有职业警察和志愿者)和三名囚犯,从而将洛尔迦最后十三个小时的生命碎片拼接起来。洛尔迦的埋葬地,确切地说是位于比兹纳和阿尔法卡两个村庄之间的战壕地沟。

卡巴耶罗发现,导致洛尔迦之死的直接原因,是格拉纳达当地富族之间长期的政治对立,包括诗人父亲的加西亚家族——正是其父的政敌、右翼罗尔丹家族唆使长枪党逮捕并杀死了洛尔迦。仅凭他的藏身处——长枪党朋友、诗人特萨雷斯的家里——便足以表明,洛尔迦并没有强烈的政治倾向。行刑队由长枪党徒及嗜钱如命的杀手组成,大部分人从不读诗,也不知道洛尔迦是谁。他们在处死洛尔迦几小时后的清晨来到一家酒吧聚饮,其中一位是洛尔迦远房堂亲特雷斯卡斯特罗。他事后夸耀道:"我们刚刚打死了加西亚·洛尔迦。我还照他屁股打了两枪,这个女男人。"所谓"女男人",是指同性恋者。这位亲手杀害洛尔迦的凶手,死后照常被埋葬在洛尔迦家族的墓地里。

历史的诡秘在于,在所有的政治风潮中,总有可憎的借刀杀人者和告密者的身影,总有阴谋家披着共和的面纱干丧尽天良的事。佛朗哥固然要为反对者之死负责,但共和党人也难辞其咎。在内战中,共和军每到一个村庄,首先把村政府劫掠一空,其次是杀死神父、强奸修女并捣毁教堂,他们将书籍堆在空场上焚烧，高喊口号："打倒文化！人民万岁！"

　　它哭泣，是为了 / 远方的东西。/ 南方的热沙 / 渴望白色山茶花。/ 哭泣，没有鹄的箭，/ 没有早晨的夜晚，/ 于是第一只鸟 / 死在枝上。/ 啊，吉他！/ 心里插进 / 五柄利剑。

（加西亚·洛尔迦《吉他》）

　　"恢复历史记忆"最棘手的，恐怕与下述情形相关：佛朗哥的遗体葬在阵亡将士山谷的一座地下教堂里。而这座教堂，是佛朗哥强迫内战中被俘的共和军战士建造的。作为佛朗哥时代最大的遗迹之一，在这座教堂周围的地窖或地道中，还埋葬着大约四万名内战的死难者。他们生前是死敌互相残杀，死后成鬼依然纠缠在一起。左派希望将双方的遗体分别埋葬，可是至今也未能奏效。时间不会倒流，历史悲剧却会重演。想当年，政治死结，党争癌变，家族对立，加剧了社会走向分裂和暴力。内战本应该避免。暴力本可以避免。然而，它还是尸横遍野地发生了。它并非始自西班牙，也没有终于西班牙。再好的吉他，只要"插进五柄利剑"，它还能弹拨出像山茶花一样洁净美妙的音乐吗？

二〇一三年五月一日

## 为一条鲱流泪

　　杜拉斯称自己的写作是"快乐的绝望之路"。绝望与快乐原本水火不容，可杜拉斯何以将如此相反之物维系在一起？在人类的精神世界里面，真的存在一种"快乐的绝望"吗？在杜拉斯散文集《外面的世界》里，有一篇为美国摄影家拉尔夫·吉布森作品集所作的序言，其中特别提到一幅"蓝色衬衣上的熏鱼"的作品。她认为，外国人来巴黎都会去看埃菲尔铁塔，于是它成了"世界上拍得最滥的事物"，她总是梦想看到从埃菲尔铁塔上掉到地上的一枚螺丝钉，或者看到塔脚下其他什么卑微之物。而拉尔夫·吉布森正是在这一点上超出她的想象，一条"蓝色衬衣背景上的熏鱼"竟成为"照片上的主角"。在法国海边熏烤鱼干，恐怕是再寻常不过的景观了，但这幅作品何以如此深地打动了杜拉斯？

　　这是一条鱼，一条鲱，它被渔夫的网给逮住了，之后被烟熏了。这是发生在北滨海省——就是在那里发生的惨剧，人们称之为"bouffi"，也就是"小肥佬"。人们把这放在木头容器里风干，把它和它的伙伴们排成一排。然后人们把它和没去皮的土豆一起烤了吃，趁热吃，就着新鲜的黄油。

　　拉尔夫·吉布森的鲱有一只非常生动的眼睛，它看着蓝色衬衫上的那份

蓝，眼中亮着快乐：它以为又找到了它童年的海洋。我呢，它让我流泪，这条鲽。（《拉尔夫·吉布森》）

在"一条鲽"上，我感受到杜拉斯的悲悯和绝望，因为这条鲽至死都不知道自己身陷绝境，却仍被"蓝色衬衫上的那份蓝"所欺骗，所诱引，眼中"亮着快乐"。这条鲽毕竟太单纯，太善良了。在这里，"蓝色衬衫"既指向一种酿成"惨剧"的强权力量，更指向一种精神陷阱和圈套。在我看来，只有在作品中同时看到快乐和绝望的人，才能产生一种强烈的悲情和荒诞感，而不至于将它误读成表现海边风情的写实作品。其实，这幅摄影的内在张力使它弥漫着浓烈的象征意味：世上那些卑微而古拙的生命，大都处在被损害、被侮辱、被诱骗的境况中，只是它们仍将"蓝色衬衫"视为福祉。你能完全怪他们吗？你能仅仅"哀其不幸，怒其不争"吗？

也许，杜拉斯在目击这幅作品的瞬间，也将自己想象成"一条鲽"了。她既是游在深海中的鲽，也是栖停在"蓝色衬衫上"的鲽。如果她没有这两种境遇的体验和对比，就不可能产生那么持久的绝望感以及表现这种绝望的快乐。

不错，贯穿杜拉斯一生写作的核心词正是"绝望"。然而，杜拉斯心中的绝望，并非仅为日常生活中四面楚歌式的无望与绝路——"我觉得这个世界令人厌恶，而我却从来没有找到过这个令人厌恶的世界的出路"，在我看来更多的是对时代危局和生存困境的清醒认知与切身体验。正因为她认知了它，体验了它，进而表现了它，这给她带来了一种痛感和快感。

事实上，人一降生在这个世界，便被既定的绝望事实所包围：比如奥斯维辛、南京大屠杀，比如法国对阿尔及利亚的奴役，前苏联入侵东欧，美国轰炸河内；比如独裁体制，克格勃，关押政治犯的古拉格群岛；比如工业化带来污染与物种灭绝，科技革命带来伦理困境等等。因此杜拉斯断定，"我不是一个在希望中生活的人。我从来搞不明白为什么有人会因为没有希望而自杀。我们可以身处绝望之中却从来不动自杀的念头。并不是只有希望才能给人以满足。"（《巴塔耶、费多和上帝》）她同时质问道："为什么你们就有道理？为什么我们就是错的？没有人知道怎么才能拯救我们，拯救大猩猩，拯救鲸鱼，拯救大海，拯救童年，拯救燕子，没有人。"（《这个黑色的大家伙》）人作为生存者寄身于这个世界，他必须被动地面对这一绝望事实。尽管不是所有的人都意识到这种绝望，或者将这种绝望当作绝望。

在她看来，最大的绝望是精神的奴役与人的异化。她说："他们已经奴化了，这才是最可怕的事情，永恒将因此不再存在，战争刚结束的时候德国人都不会演奏斯特拉文斯基的音乐了，他们什么都不会了，因为罪恶将他们与其他人远远隔开。……这里的绝望如此之深，以至于我们不得不相信这是人类最大的绝望了。"（《罪恶的幸福梦想》）跟那条鲱一样，杜拉斯还是太天真了，太善良了。她应该读过同在巴黎的保罗·策兰的《死亡赋格》："他高叫把死亡奏得美妙些死亡是来自德国的大师 / 他高叫你们把琴拉得更暗些你们就像烟升向天空"——很显然，德国纳粹屠杀犹太人是在音乐伴奏下进行的，甚至在屠夫中也有音乐家和哲学家的身影。正因为此，保罗·策兰战后竭力排遣锥心的绝望，但最终还是被绝望所压倒：一九七〇年四月的一天，策兰从塞纳河桥上投水自尽。十天后，一个钓鱼者在下游七英里处发现了他。当人们打捞起他鲱鱼般的尸体，天空一定蓝得像"蓝色衬衫上的那份蓝"。

保罗·策兰注定是"一条鲱"。一条从奥斯维辛游来的绝望的鲱。至于"蓝色衬衫上的那份蓝"，他见得太多了，他不可能再相信它了。然而他无法揭穿所有的"蓝色衬衫"或者让鲱鱼们相信他的揭穿，他只能选择投河而死。这是存在于一个人心灵的巨大悲剧。但他的幽魂仍无法摆脱再次成为"一条鲱"的命运——也许化作杜拉斯在拉尔夫·吉布森摄影集中所目击的那一条。

其实，战前战后的塞纳河里有许多悲惨的鲱鱼。杜拉斯也是"一条鲱"，而且是目击了许多鲱鱼惨状的那一种。她有一双"非常生动的眼睛",透过"蓝色衬衫上的那份蓝"看到了最可怕的黑暗。二十世纪五十年代末,杜拉斯在大街上亲眼看到两个法国警察"在捕捉猎物。猎犬一般朝天的鼻子四处嗅着异类,在这个阳光灿烂的星期天里,似乎暗示着有什么不平常的事情要发生了。果然,一只小鹌鹑!他们径直向猎物走去"。于是,大街边一个装满鲜花的手推车被他们掀翻了,只因为贩卖者是阿尔及利亚人(当时阿国仍是法国殖民地)。后来杜拉斯通过访谈,了解到更多令人震惊的真相。比如一个犹太聚居区的幸存者告诉她:"昨天我听说有很多阿尔及利亚人被溺死在塞纳河里。我一点儿也不感到震惊。"因为发生这种事情已司空见惯了。在标榜自由、平等与民主的蓝色法国,丑陋的种族主义歧视照样盛行。一个阿尔及利亚工人说:"一个月前,一位同伴被抓了,一个警察朝他头上踢了一脚,把他一只眼睛踢飞了,此后他再也没有回来。我敢肯定警察一定在树林里把他给杀了,他身上的伤太多了。而他的尸体一旦被找到,当局一定会说是阿尔及利亚人之间寻仇。我还想知道什么权利呢?如果我想知道,我就要到大驯马场去了。"大驯马场在哪儿?原来那是位于塞纳河畔的警察署代称,因此他告诫自己:"一定要当心,不要到没有人的街道上去,而且不要一个人。大家都知道,比如说塞纳河边的什么地方或大驯马场这样的地方。"他示意警察署里有一个秘密地窖,是专门用来严刑拷打嫌犯的处所。

下午两点钟,我被抓了,被带到大驯马场那里,我挨了打,不知道为什么。昨天,我的一个同伴也被抓了,被打了——现在,二十四小时过去了,他仍然昏迷不醒——他也不知道自己为什么会被抓、被打。事情就是这样的。他们抢去了我一个同伴五万法郎的积蓄,我还有一个同伴被抢了一万法郎,另一个被抢了三百法郎,都是他们身上所有的钱;他们撕毁了我们的购物卡,还有居住证。都是这样的。在警察署,有一个家伙拿着大锤。他们说:

"伸出左手。"然后把我们的手表摘掉。那个拿大锤的家伙便把手表砸碎了，和别的被砸碎的手表放在一起。（《两个少数民族聚居区》）

在两个阿国工人的陈述中，我们看到了最日常化的恐怖："我既不戴围巾，也不系领带。这样我就不会被勒死了。出门的时候，不能戴手表，不能系领带，不能戴结婚戒指。所有的人都这样，我们都是这样的。""下班回来乘地铁，如果我们是车厢里惟一的阿尔及利亚人，我们知道我们就是这个车厢里的鼠疫。"他们承认，恐惧感已经深植于内心，并成为身体的一部分。说到底，这种日常化恐怖类似于将鲱鱼捕上来的那个拖网，以及"风干"它的"木头容器"——烟熏后的鲱鱼们将被排成整齐的一溜儿。

杜拉斯的写作观，在介入现实的向度上与布莱希特相似，在文本的不确定、过程性和隐秘性上则与罗兰·巴特相通，尽管她对后者不以为然。比如《卡车》，无论是小说还是改编成电影，都机智地表达了他对现实和政治的看法："《卡车》的司机一直狂热地追随法国共产党的解决办法。他扼杀了自己所有的自由意识。""《卡车》提出了工人阶级的责任问题，也一样提出了观众的责任问题，观众是属于哪个阶级的？一样的墨守成规，一样的障碍，几千几百年来莫不如此。正是这样的观众，政权和观念在他们的手里交替传递。"这倒与鲁迅对市井闲谈的庸人的看法相一致。而布莱希特提出陌生化"间离"手法，正是为了使观众打破三维幻觉，从而引起对剧情和现实的思考。杜拉斯对"外面的世界"的关注与评判，主要基于"想要揭露某一阶层、某一群人或某一个人所忍受的不公正——不论是什么范围内的不公正"（《前言》），其文笔是敏锐、犀利的，同时也是温暖、忧郁的，甚至带有鲱鱼群遭到大鲨闪击时的爆裂与破碎。从某种意义上说，杜拉斯面对的绝望也日常化了，因为她的锐利使她能在采访、阅读和拍摄电影中随时发现绝望。杜拉斯的绝望是霍乱和阿米巴痢疾竟像阳光一样普照着大地，是载着一千具尸体的火车从拉合尔开往德里，也是一万七千士兵在一战期间因拒绝政府命令遭枪杀。她的绝望像塞纳河，也像埃菲尔铁塔遮蔽下的那些贫民窟和锈钉般的异国打工者。归结起来，这些绝望源自新闻界在撒谎同时又在拼命卖新闻，更因整个世界都在撒谎，不论左翼还是右翼。她甚至表示，"今天我会在窗户上挂床黑床单的"。

杜拉斯的绝望里包含着对意识形态圈套的警惕。"我们以为自己知道什么是工厂，其实我们什么也不知道。我们以为自己知道什么是女人、孩子，以为自己知道做一个黑人意味着什么，以为自己知道一个马里人在雪铁龙厂做工意味着什么。我们不知道。我们落入了这样的圈套，我们把自己埋得那么深，哪怕对于我们自己，我们也一无所知。在我们周围都是怎样的关怀啊！所有的人都想教我们如何'思考'政治事件，教我们判断时下的准则。"（《恐怖的知识》）在所有的圈套中，她最警惕的是，"由国家——不管是什么样的国家——来对个人负责是个圈套。"（同上）因为人们害怕丢失自己，总是求助于政治上的计划，或者某个政党、某个政治领袖。这正是圈套得以"套现"的心理基础。杜拉斯对此深恶痛绝，她甚至反对人们创造众神和诗歌："真切、可怖的需要就是过日子。是全人类的绝望。绝望有它的'理由'。要是生是死的起源，那么逃避死亡又有何益？人们编造了众神、诗歌和自杀，这真是可憎。但知道这一切都不过是些圈套，人们可以活得更好。"（《我过去常想……》）看来杜拉斯的愤恨是不计后果的。

在杜拉斯看来，"大家都很绝望，这已经成为一种人的普遍状况。……我想必须跳出这类的绝望。"所谓"跳出"，便是正视绝望同时抽身而出，进而反观它。这无异于在悬崖边上跳芭蕾舞。她说："在自己的身后有一块绝望之地。是这样的，对绝望的认知。这也是一种流放，放逐于他人或自己。又是一种游戏。快乐，强烈的快乐。"（《真实的缺失》）在一篇访谈中，她表示，必须从那种孩提时代就不得不如此的存在中寻找方向，并从既定的观念中跳出来，同时战胜对强权的心理恐慌："契机就是我们一向灌输的对匮乏和无序的恐慌。必须战胜这份恐慌。我可以说，当一个人不再害怕，他就可以反过去伤害所有的政权了。在这点上所有的东西都是平衡的，个人要想跳出来，也只能靠自己，只要他能够漠视送到他面前的一切：政治的，商业的。必须减少恐慌，只要有恐慌，政权就会占了上风。在恐慌与政权之间有一种直接的关系。"（《快乐的绝望之路》）

然而，快乐的绝望并不是一种万能的药方。它是只能如此，不得不如此，非如此不可。众所周知，绝望和自杀是挨得最近的因果关系。要直击绝望，就必须正视自杀。杜拉斯认为，"快乐的绝望并不是活下去的理由，而是不自戕的理由——自戕是天真的，是精神的贫乏。生命在那里，在每个人身上，它是给予的，尽管简单却奇妙，……我们无法走出去，生活就是劫后余生，不可能有另一种生活方式。自杀是愚蠢的，在否定的时候却给了生命某种意义，什么都没有，除了生命。……生活没有别的答案，除了活下去。"（《我过去常想……》）与加缪的观点相似，杜拉斯对自杀行为持否定的态度。

也有人将自杀原因归咎于"上帝死了"，或者"上帝缺席"。杜拉斯对此不苟同："并不因为上帝不存在人们就得自杀。因为'上帝不存在'这一说法没有任何意义。什么都无法替代上帝的不存在。他的缺席是无法替代的、绝妙、必须、天才的。让我们处于快乐之中，因为'上帝'这个词引起的快乐的绝望之中。……《卡车》中的女人，她就是日复一日地生活在没有上帝的快乐之中，没有计划，没有任何比较，总是乐于去看，去看白天、黑夜，去遇上卡车司机和法共和法国总工会的肮脏的家伙。"（《我过去常想……》）小说《卡车》写的是，在巴黎街头，一个女子拦下一辆卡车要搭便车，她上车后，便与司机滔滔不绝地聊了一小时二十分钟，无所不谈。这个原型，杜拉斯承认取自她自己。然而，在如何对待上帝的问题上，杜拉斯是自相矛盾的。"我呢，给我的存在以新鲜感的——我希望它只在我死后才停止——就是人们创造了上帝，还有音乐，还有写作。它根本不是源自十字军、马克思或是大革命，毋宁说它源自所有波德莱尔的诗歌，一首兰波的诗，所有贝多芬、莫扎特、巴赫，还有我自己。"（《我过去常想……》）

不过，绝望在杜拉斯这里还有另一种意义：它是一种高度的纯粹和自由所衍生的情感状态："一无所有意味着拥有雅典，拥有大海，拥有爱情、快乐，也意味着拥有单纯的绝望。"（《美丽娜》）这其实是一种审美愉悦了。问题是绝望无处不在，艺术同样也面临着绝望的状况。对当代艺术的绝望竟源于艺术家对于绝望的絮叨和麻木："我的，以及所有人的政治绝望已经成了电影的陈词滥调。从意大利新写实到美国的新写实派，电影一直沉浸在一种政治绝望之中。我们应该很平静，大家都很绝望，这已经成为一种人的普遍状况。"（《快乐的绝望之路》）陈词滥调意味着一种淹没，意味着另一种遗忘。

杜拉斯是一条会写作的鲱。"我只会做一些悲惨的梦，要么去爱，要么去恨。但我不相信梦境。我写作。"（《我》）她的写作将塞纳河的另一面呈现给世界——当我们为一条鲱流泪时，它正在为塞纳河和世界流泪。

二〇一一年十一月十三日

## 被暴雪打断的阅读

在寒假的闲暇中读《杰克·伦敦小说选》。小说中充斥着零下六十度的逼人寒气，"没有一丝风吹动这片结满白霜的树林；林外的严寒和沉寂，冻结了大自然的心脏。"如果我把墙上的双鹿牌温度计放到书里面，我想它会立刻痛快地爆掉。那是靠近北极圈的加拿大淘金小城——道森，以及包围它的白皑皑的、无边寂寥的荒野。一百年前，年轻的杰克·伦敦与众多淘金者、拉雪橇的群狗一起蠕动在风雪中。"小河湾的水面已结起了薄冰，冰层正在随着飞逝的光阴加厚。每天早晨，那些辛苦的、手僵脚硬的人，全要扭转苍白的脸瞧瞧湖面上是不是已经封冻。"与之对照，如今的冰层正随着不断加厚的光阴而变薄变脆，冰山在无声无息地崩溃，布满红藻的海平面在上升。

可是没过几天，惯于暖冬的长江流域就遭遇了暴风雪。现实似乎在模仿小说中的世界。这种想法让我感到惊讶。窗外呈现着罕见的暴雪止息后的寂静，而我仿佛在寒冷的驿棚中读淘金者的小说。总之，里里外外都灌满了肆虐的冰雪。在读到那个叫梅森的淘金者被大松树压死之后，电视里播报了各地发生雪灾的消息。高矗的高压输电铁塔结满了厚厚的冰凌，湖南有三个电工爬上去敲冰，铁塔突然从云霄中像油条一样瘫软下来，仨人随之在寒空中划出三道弧线……

杰克·伦敦的小说里一直在下雪。他写了一个叫大卫·拉斯蒙森的美国蛋商，贩运一千打鸡蛋到道森去赚大钱，途中经历了难以想象的挫折与险境："他跟人斗，为的是留住他们；他跟狗斗，为的是不让它们走近鸡蛋。此外，他还要跟冰、跟寒气，跟他那只不会好的冻脚的疼痛斗争。新的肌肉一生出来，立刻长了冻疮，结成硬块，终于烂成一个流脓的大洞，几乎连他的拳头都塞得进去。"他的原则是，谁也不能靠近装满鸡蛋的箱子，包括他自己：即便饿得要死，他也不会动它，宁愿吃别人途中丢弃的马皮。例如，在途中横渡本乃湖时，冲天的大浪将船置于将倾欲覆之中，前面已有一艘船翻沉了，于是两位随行记者放弃了敲冰和戽水，将所有的行李和面粉、腌肉、炉子等东西扔到水中，当其中一个准备扔蛋箱时，拉斯蒙森拔出了手枪，"住手！告诉你，住手！"这时帆翼的缆绳突然断了，它的下桁横扫过船面时打断了记者的脊梁，他掉到冰水中死掉了。蛋商的盘缠提前花光，他只得返回出发地再次贷款。重新出发仍面临同样的风险。两个印第安人被拉斯蒙森雇作雪橇夫，在雇主手枪逼迫下历尽艰难，走过冰桥时，"积雪之下掩藏着一个未结冰的空洞，一个印第安人就此送了命。他沉得很快很干脆，好像刀子插到薄薄的奶油里面，立刻给浮冰下的河水冲得看不见了。"在蛋商那里，贩鸡蛋到道森城"淘金"是他心中的最大目标，此外一切皆可不择手段。结果其中一个在雪途中丧命，另一个趁着月色逃走了。

读到这儿，阅读被连续的暴风雪打断了。记者对电工亻的死亡现场作了追踪报道。血迹冻结在积雪中，旁边的一堆铁塔像麻花一样扭曲着。我判断他们是临时工或者合同工。果不出所料。在整个垄断企业的结构里面，来自农村的合同工处在最受漠视的底层，最苦、最累、最危险的活儿都得他们去干。处在顶端的是大权独揽的少数几个人，他们拿着令人咋舌的高额年薪，坐在温暖的空调屋里遥控指挥，有险情就下命令，有功劳就归自己名下，有人死了就表彰慰问，然后号召学习，再发一笔抚恤金完事。据报载，这几个电工本已回到乡下老家准备过年，一接到公司电话便在交通严重瘫痪的情况下，与一百多位老乡租车赶往城区，到达某站点时又接到公司要他们返回乡下抢险，任务完成后公司又通知他们去省城。此时，高速公路已封闭，他们只能坐长途客车然后转火车，颠簸十多个小时后赶到省城。出事前，他们已连续工作好几天，每天早上五时起床，工作到晚上十时甚至更晚才下班，有时中午还吃不到饭。他们敢于面对围裹而来的漫天冰雪，却无法明白左右自己命运的阴沉力量。

拉斯蒙森终于到达了道森城，鸡蛋卖上了好价钱，一举净赚一万八千美元。可是傍晚时，一个买蛋人告诉他："喂，告诉你，他妈的！你知道吗，那些鸡蛋都是坏的！"拉斯蒙森不敢相信这是真的。当他用斧头劈开所有箱子后，发现确是臭鸡蛋后，他上吊自杀了。作者写道，"在他的意识里，他的前景是道森，他的背景就是那一千打鸡蛋，而在这两者之间飘动着的他的自我，总是竭力要把这两者拉拢来合成一个闪闪发亮的金点。而这个金点就是那五千块钱，这是他的思想的顶点，也是他可能有的一切新念头的出发点。除此以外，他不过是一部自动化机器。"（《一千打》）换言之，他的预算成本中，不可能计入人的价值，包括别人的性命和自己的性命。因此，途中死掉两个人是不足挂齿的，他自己为鸡蛋变臭而上吊也顺理成章。

但真正的杀手是无形的，弥漫的，隐秘的。当现实的鸡蛋来得比小说中的鸡蛋更"臭"，我们该怎么办？事实上，当生存真的变成了臭鸡蛋，却不一定能马上闻到臭味。在不平等的畸形契约中，最危险的活儿注定只能由草民来承担，其安全保障又因话语权被剥夺而变得更恶劣了。他们的生存罩在一片灰蒙蒙的雾气之中："只看到一望无际的灰色苔藓，偶尔有点灰色的岩石，几片灰色的小湖，几条灰色的小溪，算是一点点缀。天空是灰色的。没有太阳，也没有太阳的影子"。（《一千打》）

杰克·伦敦后来自杀了。但并没有多少人读懂他的死亡，以及他对人性冷酷到冰点的绝望。然而一百年后，这种绝望却带给我一些暖意。在二十世纪以及当下世界，恐怕连这种绝望也很少有了。尤奈斯库在剧本《未来在鸡蛋中》写一对夫妇，妻子生出来的是一篓篓鸡蛋，丈夫则负责孵蛋，然而他孵出来的不是小鸡，而是数不尽的"银行家和猪猡，联邦主义者和唯灵主义者，楼梯和皮鞋"，传达的正是一种生存的荒诞感和悖谬感。暴风雪仍在呼啸。我在一扇窗户后面读到两种完全不同的文本。问题不在于现实继续模仿小说，而是现实已变得让虚构望尘莫及，作家们的想象力已普遍衰弱了。

二〇〇八年三月三十一日

## 双城苍茫

　　几年前的一次阅读经历让我遭遇了古城的梦魇。它袭击了我，仿佛日全食那样遮盖了我蛰居的江城，半窗秋光顿时黯淡下去。"那时候节季已经进入了晚秋，那一年的 A 城，因为多下了几次雨，天气已变得很凉冷了。"（《迷羊》）在郁达夫的《茫茫夜》《秋柳》和《迷羊》等小说中，皖城安庆被简称为"A 城"，城池周边被统称为"A 地"。

　　质夫登船后第三天的午前三点钟的时候，船到了 A 地。在昏黑的轮船码头上，质夫辨不出方向来，但看见有几颗淡淡的明星印在清冷的长江波影里。离开了码头上的嘈杂的群众，跟了一个法政专门学校里托好在那时招待他的人上岸之后，他觉得晚秋的凉气，已经到了这长江北岸的省城了。在码头近傍一家同十八世纪的英国乡下的旅舍似的旅馆里住下之后，他心里觉得孤寂得很。

　　　　　　　　　　　　　　　　　（《茫茫夜》·作于 1922 年 2 月）

　　船到 A 地的那天午后，天忽而下起微雪来了。北风异常的紧，A 城的街市也特别的萧条。我坐车先到了省署前的大旅馆去住下，然后就冒雪坐车上大新旅馆去。

小说中的 A 城，有点类似皖城在江上的倒影，仿佛扬子江波涛中的一抹塔影。"这清冷的 A 城内，拢总不过千数人家"。上世纪二十年代，郁达夫三次来皖省首府投亲并任教，但寓居的时间都不长。他在纸上构筑的 A 城，成了我重识皖城的另一路径。那时的达夫就徘徊在皖城与 A 城之间，倘没有近乎漫游并羁留 A 城的内在阅历，达夫作为个人的存在是不完整的，甚至连带着皖城也不完整了。达夫死在南洋这么多年，质夫仍活在 A 城，并在一个秋夜的风声鹤唳中仓皇出走。如今，皖城早已变得面目全非，仿佛随巨河漂逝而去，感伤是免不了的。说白了，没了 A 城，不断翻新的皖城再华彩也显得乏味，或者它不再是那个皖城了。至于我，仍居住在当年达夫曾经暂寓的江城，不仅 A 城成了我的白日梦，而且双城之间的歧路和多重迷雾，也令我沉陷其中。可以想象双城叠加后的坚硬和脆弱，喧嚣和静秘，以及可能受制于一只手的非理性波动。两种相反相悖的逻辑互相缠绕，使时空也在语言中扭成类似枞阳门叫卖的麻花儿。在皖城与 A 城的水天交接处，我必须隐身纸上，记下那些急速流淌或迟滞于斯的事物，并试图给孤独的质夫发一个短信，请他在招商局码头边的那个小旅馆里等我。

**【诡秘的城堡】** A 城越来越像城堡了。只有它依然故我，拒绝大浪淘沙对城脚的侵蚀，固守着独属于它自己的隐秘。无论处于政治狂热还是经济高烧中，人们都习惯于对皖城动手动脚，刷标语，毁古物，挖路面，拆老屋，但 A 城依然故我，孤峻而自闭，决绝地显现一种独立意志。在 A 城，除非你沿着质夫在秋夜中游移的石板路进城，否则你几乎找不到入城的门。"白天他若要进城……，颇非容易，晚上进城，因城门早闭，进出更加不便。"（《秋柳》）这没什么道理可说。你必须从北门进出。如果达夫活转过来，他还是没办法。更荒诞的是,这个城堡的最高行政长官却是质夫的"父亲生前最知己的伯父,在 A 省驻节,掌握行政大权。"(《迷羊》)

这种感觉影响了苍子对皖城的解读。不过,一座完全陌生的 A 城会在隔渊相望的地方缓缓浮起。皖城已无任何城门可言,但无门之门却更坚固、更难把握了。

这有点不可思议。后来他发现,质夫的内心充满对 A 城的疑惧和悚栗,进城惶急失据,出城亦茫然无措:"每天晚上,到了夜深,要守城的警察,开门放我出城,出城后,更要在孤静无人的野路上走半天冷路,实在有点不便,于是我的搬家的决心,也就一天一天的坚定起来了。"(《迷羊》)反复读之, A 城的诡秘像烟雾一样弥漫开来,即便在某个细节或场景中也可触摸到,比如:"在黑夜的空城里走到天亮的晚上,……,不得已只好在漆黑不平的路上,摸来摸去,另寻了一条狭路,绕道走上了通北门的大道。绕来绕去,不知白走了多少路,好容易寻着了那大街,正拐了弯想走到旅馆中去的时候,后面一阵脚步声,……"(《迷羊》)这一点,在达夫来皖城第一天的日记中也得到佐证:"在江湖上闲散得久了,一到了此地来服务的时候,很觉得恐惧的。像我这样的人,大约在人生的战斗场里,不得不居劣败的地位。"(1921 年 10 月 2 日)事实是,达夫来时正值皖城风起云涌时:为反对军阀"倪家党"贿选议员以及李兆珍继任省长,全城举行了罢学罢工罢商的罢市运动。这在《茫茫夜》中有了交待: A 城"学生联合会有澄清选举反对非法议员的举动。因为有了这举动,所以不得不驱逐李麦的走狗想来召集议员的省长韩士成。"还有,"李星狼、麦连邑杀学生蒋可奇",是指"六二学潮"中被杀的学生姜高琦。

可以说,质夫从 A 城出走并逃离 A 地几乎是必然的。"一九二一年十二月二十八日的晚上,城中的招商局码头上到了一只最新的轮船,一点钟后,要开往上海去的。……不多一忽船开了,码头上的杂乱的叫喊声,也渐渐的听不见了。质夫跑上船舷上去一看，在黑暗的夜色里，只见 A 地的一排灯火，和许多人家的黑影，在一步一步的退向后边去。他呆呆地立了一会，见 A 省城只剩下了几点灯影了。"（《秋柳》）令人惊愕的是，质夫在 A 城的命运竟预言了达夫后来在皖城的遭际：一九二九年秋他应聘为安徽大学教授，不到一个月就被教育厅长程天放侧目，欲以"赤党分子"罪名加以迫害。幸亏从好友邓仲纯处获悉这个卑劣的阴谋，达夫及时逃离了皖城才幸免于难。后来他做诗为证："京尘回首十年余，尺五城南隔巷居。记得皖公山下别，故人张禄入关初。"达夫自注："遇邓仲纯，十年前北京邻舍也。安庆之难，蒙君事前告，得脱。"在堂而皇之的名义下，权力者可以为任何非正义的杀戮找到借口。郁达夫成了待宰的"羔羊"，于是他只能选择逃亡，并以质夫的名义在纸上第二次逃亡。

如此看来，A 城在苍子阅读前就更像城堡了。如今他身处皖城与 A 城之间的模糊地带，像一个骑着纸马的悲情骑士，一个荷戟彷徨者。他认定小孤山以下的巨河上，必有一张老光碟在 A 面和 B 面之间不停翻转，那儿有遗落在深巷里的凄伤故事，也有游荡已久的旧朝幽灵。


**【北门之北】**倘对号入座的话，那么苍子是住在 A 城的北门以北。据老人说，北城门既高且深，上面建有亭阁和炮台；出城门有吊桥，下面是宽约十五米到二十米不等的护城河，两岸垂柳依依。但皖城早没了北城门（集贤门），一点痕迹也没。当他站在空旷处面对这片"无"，城门的幻影反倒在脑海中迅速葳蕤——那沉陷的中轴线正好穿过北正街上坡处，灰蒙蒙的城楼影子投向喧嚷着的红男绿女和滚滚车流。

出了北门，A 城"向北的那一条乡下的官道"，如今成了通向集贤关的通衢。这是苍子在皖城生息的主要街道。他第一次阅读 A 城就产生了亲近感，因为他与质夫任教的法政学校相距不远，并且同为异乡人。不过"移植"

二十多年，他早没了异乡的感觉。他说不上来是被皖城同化而自以为是呢，还是感觉日渐迟钝、麻木。当然，一个人移植他乡能否生根开花，在很大程度上还取决于女人。质夫心底有正气又有些颓废，他的性苦闷总是与怜香惜玉纠缠在一起，"目下断绝女人有两三个月之久的质夫，只求有一个女性，和她谈谈就够了，还要问什么美丑。况且昨晚看见的那海棠，又好像非常忠厚似的，质夫已动了一点怜惜的心情"（《秋柳》）。质夫逢场作戏，达夫擅长描写情色，在假道学横行的前"五四"时代，其《沉沦》描摹性心理，跟"放足"的潮流一样充满解放的激情。补充说一点，那时皖城的烟街柳巷不少，官方并不介意，甚至还搞出匪夷所思的"花絮"来：一九一一年秋革命爆发，省垣风雨飘摇，皖抚朱家宝焦头烂额之时，正值"省垣四大名妓"评选揭晓，一本专刊《艳奁花影》更像废铜烂铁上浮出的绿蕊。

质夫和达夫都饱受压抑，因此不可能在 A 城呆久。

一九八四年深秋苍子移居皖城。那时北门女人在春秋季喜欢穿风衣，大风从北关浩浩荡荡地长驱直入，她们像芭蕉那样在风中摇摆并且绿肥红瘦。苍子早年相识的女人大都集中在北门以北，其中一个钢琴教师，后来成了他的妻子，八年后成了他的前妻。这之后他相继认识了几个女人，其中 X 爱好写作，有女人味，相处得比较浪漫。她说她家乡梨花开得铺天盖地，素白得叫人心慌，很像初恋的感觉。她父亲曾为空军军官，因接触过放射性物质，转业不久就得白血病死了，最后是否葬在梨园不得而知。世上既有无花果，当然也有无果花吧，于是 X 成了他命运中的"无梨花"。

然而历史上的集贤北门总与突围相关。一九〇七年，徐锡麟起义攻占军火库陷入困境，也曾想到炮击北门夺取一条生路；后来马炮营起义失败，也与拿不下集贤门直接相关。几乎在同时，陈独秀这个叛逆之子离家出走，他衣衫单薄地穿过北门，踽踽行走在刀子样的北风中。苍子认识一个朋友叫章惠，他得过小儿麻痹，走路一瘸一拐，在一家陶瓷厂做临时工，干制陶、烧字的活儿。

章惠对皖城历史和收藏相当痴迷，有一次在建筑工地发现了"杨氏试馆"石匾，此物乃马炮营起义的重要见证：杨氏试馆是革命党人联络和聚众开会的秘密机关，位于三祖寺巷 20 号。若干年后见到他哥，他说章惠死了好几年了。

当苍子独自在黑暗中倾听巨河的涛声，便是皖城与 A 城重叠之时。一阵紧似一阵的浩大江风撞脸而来，那些看得见和看不见的故人旧物汹涌而起，瑟瑟有声。除了浩大、怒响的涛声，还随风飘来船夫的号子、抬工的吆喝和一群悲鹳的鸣叫。质夫和达夫想必也听见了。正是它们和他们以及衰朽和新生，嚣和静，祭歌和童谣，恒定和变数，裹挟在无边落木潇潇下之中，又播撒在随滚滚巨流而来的独木舟上。

【出城券】问题是，质夫时常为进出城犯愁，因为那时须持"出城券"。有天晚上质夫想到北门外散散心，"幸亏这一条路是沿着城墙沟渠的，所以黑暗中的城墙的轮廓和黑沉沉的城池的影子，还当作了他的行路的目标。……走到北门城门外的时候，忽然想起城门是快要闭了。若或进城去，他在城内又无熟人，又没有法子弄到一张出城券，事情是不容易解决的"（《茫茫夜》）。另一次，他在城中吃花酒至夜深，"向风世要了一张出城券，质夫就坐了人力车，从人家睡绝后的街上，跑向北门的城门下来。守城门的警察，看看质夫的洋装姿势，便默默的替他开了门。"出城券大约就是通行证，但也不全是；类似月票，但不是可购之物。说到底，出城券代表了一种奇怪的权力，一种维持城堡统治的权力。且看"军阀和议员，连警察厅都买通了的，我听见说，今天北门站岗的巡警一个人还得着二元的贿赂呢"。这无疑败坏了质夫出城的感觉。质夫下车出了城门，在一条高低不平的乡道上，跌来碰去地走回学校去。"他的四周都是黑沉沉的夜气，仰起头来只见得一湾蓝黑无穷的碧落，和几颗明灭的秋星，一道城墙的黑影，和怪物似的盘踞在他的右手城壕的上面，从远处飞来的几声幽幽的犬吠声，好像是城下唱送葬的挽歌的样子。"（《秋柳》）

苍子原指望在龙山路口小邮局的古董地摊上发现出城券。可是没有。本城收藏家们甚至不知出城券为何物。这不能不令人遗憾。看起来，当下皖城人很难想象 A 城人手持出城券的样子。然而二十世纪九十年代初，苍子也有过类似的"券"：一种自行车牌，被警局誉为具有"防盗功能"的车牌。它分成两半：车上固定一半，锁车后从中间抽掉另一半，两半合一才能看清车牌号，据称小偷窃车后无法拥有另一半，因此极易被查获。相关部门大张旗鼓地宣传，并指定时间、地点让市民拿钱更换，扬言要在街头严查、扣留无牌车，"罚你没商量"。排了好长的队花钱换了塑料新牌，不久便发觉上当了：其一，再笨的小偷也会将固定的一半撬掉，另一半形同废物；其二，规定期限过后，交警根本没在路上盘查。原来是变法子捞钱。后来大卖特卖城镇户口，再后来是圈地造屋卖房，也是此类把戏。想想看，草民多么容易受到权力愚弄和损害，哪怕是最易识破的低劣圈套。

奇诡的是，A 城人认为平常至极的，当下皖城人已觉得稀奇古怪了；A 城人以为怪诞不经的，当下皖城人已习之若素了。在苍子看来，只要身处城堡之中，你必得持有各种出城券或通行证，诸如当年的票证和粮油证等等。无论如何它劫持你，你成了它的幸福的人质。这么一想，达夫何以让 A 城主角叫"质夫"，是颇有意味的。"人生而自由，却无往不在枷锁之中。"还是卢梭说得对。


【巷口】近二十年来，皖城迷宫似的深街幽巷谜一样地消失了，看不到了。没了这些蛛网状的深街幽巷，那些名人故居、历史遗址、亭台寺庙，便丧失了原生的背景和纵深，成了名副其实的"孤儿"。在 A 城，达夫写道："一出后门，天上的大风，还在呜呜的刮着，尤其是漆黑漆黑的那狭巷里的冷空气，使我打了一个冷痉。"（《迷羊》）

徐悲鸿二十世纪三十年代也曾在"狭巷"徘徊。那年悲鸿来到女弟子孙多慈家中暂住了一段时间，孙父以师礼相待，但求婚遭到拒绝。孙多慈爱悲鸿，但缺少那么一点冲破世俗的勇气。当时孙家住在汪家塘方家大屋，那儿也是街巷辐辏之地。想想看，悲鸿因求婚受挫而彳亍于皖城幽巷，该是怎样一种感受？也许那曲曲弯弯的古旧"狭巷"，正与他充满焦虑、迷乱、孤独和彷徨的内心相吻合。"在清冷的巷口，立了几分钟，我终于舍不得这样的和她别去，所以就走向了北。"（《迷羊》）"巷口"是执手无语的离别之地，也是让人彷徨张望之地："在巷口立了一阵，走了一阵，又回到巷口去了一阵，这时短促的秋日，就苍茫地晚了。"

质夫的感觉真好。回过头再看，岂止是"短促的秋日"，人的一生也如此，经不起几番折腾便"苍茫地晚了"。其时悲鸿也好，达夫也好，距人生的终点不过十来年光阴。这不能不令人扼腕。问题是身处其间的彷徨者该走向哪个巷口？二十年前，苍子曾站在四方城的某个巷口东张西望，急于找到走出"迷宫"的路。他奇怪，巷口与巷口之间竟没行人。就在目迷神渺的一刹那，忽听一片叹息般的秋叶的凋零声，青灰色的寂寥便慢慢围拢而来，低荡着一种幽暗且忧伤的东西。


独立市桥人不识，
一星如月看多时。


当年达夫徜徉于皖城的书肆报铺之间，苦心搜求清代诗人黄景仁遗著《两当轩集》，一直未得手。后来还是学生张友鸾几经周折，为他搞到这本诗集。达夫最欣赏黄景仁《癸巳除夕偶成》中这两句诗不是偶然的。诗中弥漫开来的寂寞、孤独与清傲，正与达夫的心境契合。黄仲则一生坎坷，贫困潦倒，三十五岁病殁于流浪的道途。达夫慨之叹之，专门为他写了一部小说《采石矶》，重现那一星孤悬的清寂和留在苍黄人间的眼神。

**【行旅的码头】**必须承认，苍子踌躇于 A 城与皖城之间的小径，成了纯粹意义上的旁观者。他眺见质夫的身影在 A 城的江边下船时，达夫正逃离皖城直奔码头。"萧条的寒雨，凄其滴答，落满了城中。黄昏的灯火，一点一点的映在空街的水潴里，仿佛是泪人儿神瞳里的灵光。以左手张着了一柄洋伞，……偷偷摸摸，走近了轮船停泊着的江边。"（《迷羊》）凄清伤感的景致以及风声鹤唳的冷紧氛围，足以让他对 A 城抱有忧惧和留恋混合的情感。然而到了世纪末，在几乎所有的江城码头，客轮、候船厅、轮渡这些强悍的事物，已被崇尚高速的时代远远抛在身后。如今还有谁买船票在江上航行？还有谁梦见在细雨霏霏的轮笛声中送别友人？说实在的，它们早被淡忘了，如同旧历中渐漂渐远的荷灯。若不是写作此文，苍子不大可能想到它。当年坐客轮旅行恍然有隔世之感。有天晚上，他想踏勘当年达夫逃离皖城的招商局码头，爬上华灯璀璨、角亭相望的防洪墙漫步，但见巨桥横越，铁驳如梭，却见不到一艘客轮哪怕是一叶小舢板儿。江空沉寂，万物渐失，一切皆静悄悄的。

从前在黄昏听数百只乌鸦从灰蒙蒙的江空飞鸣而过，在他是难忘的经历。近年常读到这样的报道：鸟贩子在江南江北的湖区暗置"天网"捕捉鸟类，不少鸟儿撞入其中惨烈挣扎，最终死在"天网"上，没死掉的统统被捉入笼子。他认定所有孤单飞过的，正是那些幸存者的后代。苍子见过这样的"天网"，它们由竹竿撑起长约百米，网线细若无痕，一旦鸟儿撞上，几无挣脱的可能。目击网眼上挂着一具具羽毛翻张的风干的鸟尸，你不会认为这世界仍完好如斯。

巨河就在眼前，可你忽觉离它愈来愈远了：无须在此汲水，也不必借舟渡江，自然也不用在此惜别。

记得那年秋天与 X 去江边看芦苇。秋光熟透了，阳光橙黄橙黄的，但芦苇实在太稀缺了，从前那种苍茫苇荡是很难寻觅了。后来找到一小片芦地，再后来江风猛刮起来，他和她躲入苇丛。在那儿，有混乱的内心所必有的风吹草动，也有宛若旧年的凄清虫鸣。他发现从飘忽不定的苇尖看巨河，它奔走的姿态更接近一群苍鹭在梦中飞过霜天的姿态；而大渡口在深秋会变薄，变轻，飘逸着一片迷津般的幽蓝。也许，这就是 A 城和皖城不可分离并持有恒定本质的内在秘密？

【羊】在 A 城的菱湖，质夫看见"远近的泥田里，还有许多荷花的枯干同鱼栅似的立在那里，远远的山坡上，有几只白色的山羊同神话里的风景似的在那里吃枯草"。（《茫茫夜》）这景物深蕴着宗教意识，后来成了小说《迷羊》的题旨之一："我们的愁思，可以全部把它交出来，交给一个比我们伟大的牧人的，因为我们都是迷了路的羊，在迷路上有危险，有恐惧，是免不了的。只有赤裸裸地把我们所负担不了的危险恐惧告诉给这一个牧人，使他为我们负担了去，我们才能够安身立命。教会里的祈祷和忏悔，意义就在这里。"

在新千年，在菱湖公园门口，苍子看见摊主烤羊肉串忙得不亦乐乎，一边是鲜红羊肉在火中烤出油滋滋的膻香味，一边是饕餮食客的满面油光。不远处，还有生意火爆的肥尾羊火锅店，以及麦当劳、肯德基。这儿没有吃草的羊，也没有佛陀和上帝在俯视。当然庙宇是有的，教堂是有的，还有一只全球化巨兽在打盹。他坚持认为，羊的真正悲哀在于它一再充当替罪羊，在历史事变中让真正的元凶逃逸，并不断潜入这片饱经磨难、怪圈轮回的"A地"。他尊重达夫内心的选择和质夫更隐秘的祈祷方式。"神欢喜一个有罪的人悔改过于欢喜九十九个正直的人无须悔改。"

今夜天空的铅灰色将注定渗透到一行行墨迹中，而隐秘的逃亡正在成为他的暗疾。

**【西门哀歌】** 西门是三水（长江、皖河、鸭儿塘）汇合之地，是皖城人眺望和抚摸落日的地方。落日在最后一道古城墙上烙下它通红的面影，但西风从未停止吹拂，它总是在衰败、枯寂中呼啸而入，将去冬的落叶和残秋的草屑一并吹起、旋升，掠过鸭儿塘、前街的大片棚屋和四方城的酱坊、茶楼，将大观亭废址上墨绿的枸橼树吹得一个劲摇晃。

与东部新城相对，西门一直处于苍凉似血的黄昏状态。自从石化厂建在老城西北，这儿便终年饱受废气污染；加上最近二十年大拆迁一浪高过一浪，皖城仅西门残存着旧街区和一截古城墙（它反讽式地立于第二监狱内），成为鸡血石般的回光返照。

这光景恍若一场大火中仍在冒烟的残留物，或者吹箫人飘挂在苇荡深处的凄婉余韵。如今再看西门，便如同岁月相框中的一帧遗照……。说实话，今人已很难想象质夫如何出入西门了，"在西城外各处小山上跑累了，我就拖了很重的脚，走上接近西门的大观亭去，想在那里休息一下，……。原来这大观亭，也是 A 城的一个名所，底下有明朝一位忠臣的坟墓，上面有几处高敞的亭台。朝南看去，越过飞逸的长江，便可看见江南的烟树。北面窗外，就是那个三角形的长湖，湖的四岸，都是杂树低冈。"（《迷羊》）倘说振风塔是皖城之舟的桅杆，那么没了大观亭的巨舟，便失了尾舵，伤了元气。

西门是挽歌之门，迷津之门。西门的正名叫"正观门"或"八卦门"。一二七九年，文天祥被俘后押送北上，船经皖城时在西门江边停靠，由此转陆路。他即兴吟了一首《安庆府》："风雨宜城路，重来白发新。长江还有险，中国自无人！枭獍蕃遗育，鱣鲸蜇怒鳞。泊船休上岸，不忍见遗民。"云悲涛愤！铮铮铁骨！他戴着木枷穿过西门，拖着沉重步履走在深街陋巷，走在四年前被知府范文虎拱手献给伯颜的哀城里。也是在西门，民国初徐锡麟的遗骸从马山墓穴被取出，在西门外的同善堂重新备棺殡殓，在凛冽西风的吹送下由都督特派员和烈士胞弟徐锡骥以兵舰接回故土。然而，徐锡麟为之奋斗的民国又怎样呢？这里说一件"小事"就够了：一九三四年前后，时任省政府主席的刘镇华，因其姜刘氏与卫兵发生暧昧关系，竟在夜晚亲带卫兵强携刘氏到地藏庵后面的小土山上（今西门第一制药厂附近），将她推入事先挖好的土坑，倒入石灰，然后用土掩埋并压下大石头，刘镇华在现场监视许久才离去。那个卫兵的结局也可想而知。

独秀晚年发现，他一生致力于铲除愚昧和专制，倡导科学和民主，也归于失败。他死后五年，棺木由一条民船载着从重庆漂流而下，抵达皖城后从西门进入，暂厝于太平寺，后安葬于北门之北那荒草恣肆的旷野。历史本该在此稍作停留并沉思，至少听听惨淡夕照下的归鸿哀鸣吧，然而没有。它慌不择路地匆匆而行。皖城如同慢慢烧至熔点的青铜铸模，等待两代人被铸好后再消失于那不断重复的黄昏。

巨河仍滚滚东去，只是又打了一个死结般的涡漩而已。

二十世纪末的黄昏，西门那片低矮拥挤的贫民窟，一度成为民间诗人聚会的老巢儿。三教九流，男女混杂，烟雾腾腾，一派高谈阔论、指点江山、荤言无忌的私密景象。这儿听不到市声，也不会受到监视。他们衣着不整，面孔"愤青"，骑着破旧自行车，抽着劣质烟，跷着二郎腿，吹起诗和女人直到夜深不忍散去。当然，这样的民间狂欢并没有持续多久，它不可避免地消失于推土机下，树倒猢狲散，诗人们"流离失所"，西门也结束了它不见经传的小诗歌年代。说白了，诗到底与富贵无缘，也与权力无涉。倘当了官，当了老总，便牛逼得目中无人，再聚会也变味了。于今想来，那不定是西门最温厚的黄昏，也许已成为纸上 A 城的一部分。"走进西门的时候，本来是幽暗狭小的街上，已经泛流着暮景，店家就快要上灯了。西门内的长街，往东一直可通到城市的中心最热闹的三牌楼大街，但我以为天已经晚了。"（《迷羊》）

是的，天已晚了。这时候只需树上一二声衰弱的蝉鸣，便会让你浮见万木萧索的一川秋景。接下来的事情不必多虑了。苍子的回想在哪儿结束，达夫的小说便在哪儿开始。

**【两条直角相遇的回廊】** 苍子后来发现，将皖城与 A 城榫接在一起的，其实是被人们忽略的一些很小构件。比如，A 城同仁医院和皖城海军医院皆有"两条直角相遇的回廊"。它既坚实又虚幻地浮现在双城之间，还隆起一点坡度，尤其拐弯的迷人直角将你带入幽深，像热带鱼群一样游来游去。"回廊槛外，西面有个小花园，南面有块绿草坪，沿边种着些外国梧桐，这时候树叶已凋落，草色也有点枯黄了。"（《迷羊》）苍子每次去海军医院看病或看望病人，都要经过这个"两条直角相遇的回廊"。

世纪初的一个秋天，苍子的双胞胎诞生在这家医院，"回廊"成了姐妹俩泅渡到这个世界的见证。他写道："一百年前的同仁医院早换了名字 / 但哇哇的啼哭还是惊动了那个传教士 / 和走廊里花言巧语的'医托' / 一百年流光如婴儿发黑的胎便 / 那遗传之物如同一声嘹亮 / 直达苍黄穹顶，继而隐入眸子深处。"他注意到墙角那个塑料袋是在夜幕褪尽之后。没想到那里面血糊糊的一团，竟是姐妹俩的胞衣——倒像是她俩从彼岸泅渡到此岸的泳衣。它被委弃于铁摇床的脚边，塞入无物不可装的红色塑料袋。

九月之夜仍然燥热，苍子来到塘边那片树林，坐在清凉微湿的石椅上，感受树隙间洒下的暗绿星光。后来索性躺着，仰视那些像皖城也像 A 城的苍郁古木，竟有将望远镜拿倒了的感觉，眼前的一切愈来愈远，渐与百年流光浑为一体，直到一颗凉浸浸的露珠击中了眉心。

**【旅馆】** 旅馆的本质类似苍茫的草色，在一年一度的季风中或荣或枯，时浓时淡。如果大地上没有千奇百怪的旅馆，谁能想象候鸟在迁徙中会找到栖停的湿地或岩穴？旅馆让苍子想到"逗留""客居""浪迹""羁旅"这些词。它是伤感的，愁郁的，寂寞的，充满了雾气、逝水和游离的气息。质夫第一次抵达 A 城，下榻的旅馆是"码头近旁一家同十八世纪的英国乡下的旅舍似的旅馆"。后来第二次来 A 城，"只见灰尘积得很厚的一盏电灯光，照着了大新旅馆的四个大字，毫无生气，毫无热意的散射在那里。"哲人说，活着已属不易，要解释如何活着就更困难了。然而，浪迹者能够借助旅馆看清他自己拥有的东西太少，未曾拥有和无法拥有的东西又太多。几年前，苍子在距皖城几十里的浮山找不到一家旅馆，为此只能在农家过夜。窗外虫鸣急如骤雨，他恍若置身古老的客栈。

他认为，旅馆不应仅仅理解为空间概念，那些消失、遗弃在年代深处的旧寓所，总给人以乌暗客栈的感觉，所谓"客里似家家似寄"。古人言，"夫天地者，万物之逆旅也；光阴者，百代之过客也"，感悟殊深也。

时间正在涂改一切。想想看，"茶房""吊膀子""茶博士""打无线电""牙行""万牲园"这些称谓，在当下皖城无人能懂，或者极易被误读，但在 A 城却再普通不过了。如今皖城人称"网虫""驴友""劈腿""小三""屌丝""微博"，在 A 城肯定无人领会。奇诡的是，在红尘滚滚的当下，旅馆的意义也被悄悄偷换了，那些开钟点房的人大都是本地人，他们既非旅客也非游子，他们需要客房从事秘密的勾当。然而旅馆的本质不可能被改变，正如窨井不能改变水井的本质，立交桥也不能改变河桥的本质。


【深秋的薄暮】"一九×× 年的秋天，我因为脑病厉害，住在长江北岸的 A 城里养病。正当江南江北界线上的这 A 城，兼有南方温暖的地气和北方亢燥的天候，入秋以后，天天只见蓝蔚的高天，同大圆幕似的张在空中。"（《迷羊》）

A 城外的深秋景物，如今在皖城之内了。两城人都感到巨河北岸的秋风一天一天地转凉、变冷，并习惯了薄暮时分的水起云落。"寒风一阵阵的紧起来，四周辽阔的这公园附近的荷花树木，也都凋落了。田塍路上的野草，变成了黄色，旧日的荷花池里，除了几根零残的荷根而外，只有一处一处的潴水在那里迎送秋阳，因为天气凉冷了的缘故，这十里荷塘的公共游地内，也很少有人来，在淡淡的夕阳影里，除了西飞的一片乌鸦声外，只有几个沉默的佃家，站在泥水中间挖藕的声音。"（《迷羊》）"挖藕的声音"似乎带有潜藏的性意识，达夫常用"藕"来形容女子的肉体，而质夫对秋天的病态敏感也与风尘女子相关："我只晓得手里抱着的是谢月英的养了十八年半的丰肥的肉体"，肉欲，怜惜，愧疚，忧郁，最后都纠结在一起成为抚触秋天的酵母了。

A 城外的秋光老了。

苍子对秋天的气味很敏感。医生说他是天生的过敏体质，由上一代遗传给他然后由他遗传下一代。是的，女儿亦如此。他受不了在落叶乔木下舞弄红绸的布道者，受不了遇见在 A 城消失又在皖城出现的鼓噪者。比如那个"刻舟求剑"的楚人，何以要遭受那么多的嘲讽和奚落？当剑从舷边滑落下去时，他也许正迷惑于水妖的歌声，抑或在想象中挥洒着飘逸如水草的剑舞。他抓着空空的鞘大叫：我的剑！我的剑！渡舟上的人一律用怪怪的眼光盯着他：瞧，这个可笑的笨蛋，像个疯子！有一点他们说对了，他是一个落在流水后面的人，一个不合时宜的家伙，一个孤独者。

人的一生有堆石头的时候，也有扔石头的时候，到后来只会捡石头了。帕斯卡尔说：河流就是前进着的道路，它把人带到他们想要去的地方。照我看，帕斯卡尔未免有些天真了。这么多年我一直住在巨河北岸那条灰蒙蒙的街道。我不想顺流而下，不想去追逐那条万众瞩目的金鱼。但我也不会在早晨空着肚子诉说梦境。本雅明是对的。A 城也许是我想去的地方，那儿有质夫寓居的旅馆，远眺巨河的天柱阁，也有用石头垒砌的幽蓝建筑。如果哪条河流愿意带我去的话，我想在大观亭把栏杆拍遍，然后挎着楚剑，手提一壶酒，去会见那些死了多年的幽灵，并把那些扔掉的石头捡回来。

太阳在变脸，早年的河流已成故道，还有谁站在恒定的根基之上？

质夫仍在 A 城写着小说，"回到学校之后，他又接着了一封从上海来的信，说他著的一部小说已经出版了。"写作中的逃亡是更隐秘的逃亡，不可能总有"行灯"照着。当质夫被迫出走 A 城，"四个学生拿了一盏洋油行灯"来送行，这种灯大约类似马灯吧，那时灯笼已废弃，"行灯"照着质夫在黑暗中仓皇移动的脚。看来，"逃离"是同时生长在皖城和 A 城的茁壮植物，问题是谁也无法逃离他所置身的诡秘城堡。写作注定成了一种逃离方式。"我是我想成为的那个人和别人把我塑造成的那个人之间的裂缝。/ 或半个裂缝，因为还有生活……/ 这就是我。"佩索阿深谙其妙！在我和他之间必定有个裂缝，正如在质夫和达夫之间也有个裂缝。那么，所有的裂缝加起来的总和，是不是等于将皖城和 A 城分离又黏合的那种虚无之力？

二〇〇六年六月

鳄鱼和桃太郎

　　早年章太炎研究龙之图腾的起源，提出"龙即鳄鱼"的观点。此说后来确实发现不少实证。袁世凯死后，章太炎被解除软禁，随即游历南洋，末后从南洋带回一个硕大的鳄鱼标本，悬挂在用作会客或授课的书房的正壁。其实，太炎先生对龙和鳄鱼的研究，并非仅出于学术上的动机，更出于对失落的原生强力和华夏精神的探寻与挽救。以之观照其人，他早年跌宕豪纵的革命生涯和痛斥强权的霸气，被称作"鳄鱼似的大师"（曹聚仁语），倒相当贴切。

　　霍塞在《出卖上海滩》一书中描述二十世纪初的上海时，曾这样写道："鳄鱼已有多年没有在上海出现过，但这时突然又出现于黄浦当中。迷信的中国人都暗地称快说，这就是洋鬼子快要丧失他们在中国的威权的征兆。"其时，国人寄托于实存的鳄鱼而不是虚幻的龙，正显示了对失落已久的野悍强力的渴求。连洋人都注意到鳄鱼在中国人心目中的奇特位置。

　　一九二一年春寒料峭之际，日本作家芥川龙之介作为《大阪每日新闻社》海外视察员，抵达中国第一站的上海。在游览期间，他专程拜访了筑居沪上的章太炎。芥川在其后发回大阪的文章《上海游记·章炳麟》中，多次写到太炎书房的"壁上趴着一条硕大的鳄鱼标本"。而黎元洪手书的横幅，就悬挂在鳄鱼标本的下方。对这种"不知出自何种爱好"的装饰，芥川感到奇怪和不解。

整个谈话过程值得玩味。太炎对芥川的来访似乎有些冷淡：在这个春寒的雨天，盖着薄瓦片的房间特别冷，既没有铺地毯，也没有生火炉，四方形红木交椅连个坐垫也没有。芥川那天穿的又特别少，不过一件斜纹哔叽的薄薄的两用衫，因此冷得瑟瑟发抖。反观太炎自己却穿着一身背面镶了厚毛皮的黑马褂儿，外面还罩着一件鼠灰色的大褂儿，坐的是一张铺有毛皮垫子的藤椅。芥川除了感觉自己冷，还感觉鳄鱼比他更冷。它毕竟是冷血动物，却趴在彻骨寒冷的书房，很像一个讽刺。

谈话是太炎唱独角戏。他侃侃而谈，纵论当时中国的政治问题和社会问题，他说："今天的中国，遗憾的是，政治上正在堕落。腐败成风。甚至可以说比清末更甚。至于说到学问、艺术方面更显得停滞不前。"作为倾听者，芥川和译员西本省三既被先生的高谈阔论所吸引，又对先生那么暖烘烘地穿着，以及悠然伸开双脚的姿态羡慕不已。他还注意到先生挥手时指甲很长。因为冷，又因为鳄鱼，芥川显得有些心不在焉。他一边洗耳恭听先生的高见，一边时不时瞧着趴在壁上的那条鳄鱼，于是脑海中掠过一个与中国问题风马牛的念头：那鳄鱼一定熟知睡莲的芬芳，以及太阳的光明和水的温暖。因此，"我现在冷得瑟瑟发抖，那鳄鱼该是最能体会的了。鳄鱼呵，成了标本的你，该是比我要幸福。可怜可怜我吧！可怜可怜苟且偷生的我吧！……"芥川本来身体就弱，来中国后小病不断；何况他还多愁善感，且精神脆弱。

我们不难读出芥川文中的幽默和微讽。事实上，章太炎在谈话中，除了谈中国问题，还抨击了日本的殖民主义。然而这部分内容发表时被报社删掉了。三年后，芥川在《女性改造》杂志上发表文章，提到章太炎谈话中最重要之点："我最嫌恶的日本人，是讨伐鬼之岛的桃太郎。对于喜爱桃太郎的日本国民，也不能不抱有些许反感。"桃太郎是日本家喻户晓的民间故事：一个贫穷的老婆婆洗衣时，从河里捡到一个漂下来的大桃子，回家剖开一看，里面有个男婴，被称作"桃太郎"。后来桃太郎长大了，主动要求去捉杀本岛之外的鬼岛上的鬼们。他一路上收罗了小狗、猴子和雏鸡，并最终登上鬼岛将鬼们制伏。芥川评论道，他不止一次听到外国人褒贬日本的军人、画家，"可是从来也没有听到过任何日本通，像章太炎先生那样，对从桃子里生出来的桃太郎放一箭。不仅如此，先生这一箭比起所有日本通们的滔滔雄辩，要富有真理得多。"

在日本民族的灵魂深处，缠绕着一种"桃太郎"情结。这一点，正好被军国主义者所利用。明治二十年后，"桃太郎"一直被选入小学课本。桃太郎征伐鬼岛，几乎成了日本近代对外发动战争的象征。本尼迪克特认为日本民族具有"菊花与刀"的二元性格，但是这种分裂性格是怎样维系的呢？本尼迪克特没有指出。其实，仔细辨析"桃太郎"这一形象，便不难发现，"桃太郎"爱吃神奇的"糯米丸子"，吞下后就力大无穷。日本民族靠的正是这种自大虚妄的"糯米丸子"，维系着愚忠又叛逆、尚礼又好斗、爱美又黩武的性格分裂。日本战败后，政客和国民很少认真反思战争罪行，在灵魂深处不认为自己战败，以致公开祭拜靖国神社，甚至挑战二战后的国际秩序。当然，芥川不在此例。他受太炎此说的影响，三年后发表了小说《桃太郎》，讥讽军国主义及其强盗逻辑，不愧为有正义感的鬼才。这引起了内山完造的共鸣。他在《中国人生活风景》一书中指出：所谓的桃太郎征伐鬼岛，带回金银财宝，是地地道道的军国主义强盗行为。

然而，芥川至死也没有读懂章太炎的"鳄鱼"。晚清危困之时，虚幻的龙影在坚船利炮下魂飞魄散，反不及潜伏着并随时闪击的鳄鱼更有益。至于鳄鱼是不是龙的源头，倒在其次了。倘桃太郎当年侵袭鬼岛时撞见凶猛的鳄鱼或群鲨，恐怕早就葬身海底了。一个个体，一个斗士，乃至一个民族，倘没有鳄鱼的利齿和强力，终不免会成为被奴役的对象。时至今日，仍有人讨厌太炎和鲁迅师徒俩身上的"鳄鱼气味"，也就不奇怪了。

二〇一二年十月十七日

# 巴特的诡笑

罗兰·巴特给我的印象一直是冷峻的、严谨的、捉摸不透的、零度式的。这与几种中译本封面上那个右手夹雪茄、面部微侧且目光锐利的法国人是一致的。巴特以及他写作的表情似乎就是这样子。用作者的肖像表情来比附一种写作风格，显然不符合巴特自己的想法，因为他曾宣布"作者死了"。而巴特作为作者确实死了（他死于一九八〇年），并且至少死了"两次"。最近笔者读到他写于五十年代、影响甚大的书《神话——大众文化诠释》。这本书是巴特唯一的一部从神话学和符号学角度描述、剖析社会现象的力作，从中能明显感到巴特写作表情中的另一面：在痛快淋漓地解读现代神话的"冒牌事实"时，他发出开心的、有点诡秘的笑。他在初版序中声言："我并不确定事情进行是否如谚语所说'熟能生巧，巧则心喜'，我只相信，它们深具意义。"那么"巧则心喜"的巴特自然要笑了，尽管那也是一种反讽的、暧昧的笑意。

"活在我们这个矛盾已达极限的时代，何妨任讽刺、挖苦成为真理的代言。"当巴特说出这句愤激之言时，法国正处于大众文化急骤产生的二十世纪五十年代。在媒体、艺术和常识领域，充斥着种种以"自然法则"包装的冒牌事实和集体征象，而那些对自然和历史的每个环节做出混淆视听的理论解释，更隐藏着布尔乔亚的意识形态权力的滥用。问题是，既成的理论体系要么高高在上，要么触及现实便捉襟见肘，而象牙塔中的研究者又大都不愿或无力涉足当下的社会现实。我们不妨体味一下当时巴特被厌恶、孤独、焦虑所包围的心境，他强烈地感到一种"意识形态批评的需求已锐不可当的此刻"。巴特似乎从小就被养成一种与世格格不入的性格：法国人绝大多数人信天主教，而他信的却是基督教；在惯用右手的世界，他恰恰是一个左手撇；早年得了肺病，使他成年后被拒入伍，等等。但肖像上巴特用右手夹雪茄的动作引起了我的注意。这是否可以视为他发出的具有符号学意义的特殊信号？

　　巴特这本书主要包括两部分：其一是三十四篇剖析时事和时尚的绝妙文字，真可谓形形色色，包罗万象。诸如摔跤世界，肥皂粉与清洁剂，婚姻大事，玩具，葡萄酒与牛奶，嘉宝的脸蛋，脱衣舞，占星术，爱因斯坦的大脑，深层广告，牛排与油炸马铃薯片，喷射人，权势与放纵，巴黎不曾淹水，两则青年剧场的神话，罢工的使用权人，照片与选举诉求，茶花女，布尔乔亚的声乐艺术，非驴非马的批评，布热德先生的几句话，等等。巴特努力逼近那些人云亦云的对象，挖掘它们，直到刨出那似非而是的根部。其二是一篇题为"现代神话"的理论阐述。巴特通过符号学的基本概念来研究神话的一般特征，揭开中产阶级的意识形态，在现代神话中如何以乔装打扮的匿名方式，冒充并强加于社会其他阶层的意识之上，进而达到隐形控制和中产阶级化的秘密机制。这一点，与马克思所处的那个时代已大不相同了。一切都不像过去那么泾渭分明，不像一八四八年革命巴黎街垒两边的情形。巴特深受马克思主义影响，但他又与马克思主义保持一个独立的思想者必须保持的距离。正是这一点，保证了他写作中思想的新锐性。在我看来，在本书批判性的条分缕析中，左与右的对峙并不是首位的。给我留下深刻印象的，并非巴特运用符号学和神话学的基本概念来剖解现代神话的内在隐秘；而是巴特笔锋所至的锐利、酸劲、反讽和穿透力，还包括强劲张力带来的复杂和晦涩。

他不拘泥于既成理论那一套，纵意而为，涉笔成趣，令人忍俊不禁。具体描述、解析中的巴特与理论玄思中的巴特几乎判若两人。有时是前者摆脱了后者的控驭，成了一匹脱缰的野马，比如《摔跤世界》《巴黎不曾淹水》，有大量的纵情的诗意描写；有时甚至是前者在颠覆后者，如《嘉宝的脸蛋》一文，几乎是巴特在引领我们欣赏嘉宝的脸蛋，在比较她与奥黛丽·赫本的脸蛋有何不同。而这恰恰应该视为巴特写作充满活力的最好证明。

在我看来，巴特所谓的现代神话，其实是现代社会通过传媒制造出来的超级符号以及它在人们心理中投下的迷恋与迷思。巴特只不过"仍然使用传统意义上的'神话'这个字眼"而已。我注意到巴特颠覆了"神话"这一古老概念的几个主要判断：

其一，神话是一种言谈，是通过历史而选择的一种言谈。"神话并非凭其讯息的客体来定义，而是以它说出这个讯息的方式来定义：神话的形式是有限制的，并没有所谓'实质上的'神话"。这里，巴特与马克思对神话的解释大相径庭，因为后者恰恰是"凭其讯息的客体来定义"的。以巴特的定义来考察各民族的古神话（如古中国神话和古希腊神话等），无疑也是确切而精微的。所有的古神话，难道不正是一种通过历史而选择的言谈的产物？在这一大前提下，神话便暴露于并被置入更高层面的研究言谈结构的符号学的视域之内。正是对神话形式构成的符号学解析，巴特试图找到现代神话生成和运作的隐秘机理。

其二，神话是一种被窃后失而复得的语言。为了便于表述和区别，巴特将第一符号学系统的能指、所指和符号，置换为第二符号学系统的形式、概念和意指作用。他认为，神话是建构于第一符号学链条上的第二符号学系统。在两种符号系统的转换过程中，存在着一种扭曲、变形或者掠夺的行为。神话将语言学符号（能指）中的意义和历史性掏空了，使之变得一无所有。但这种空洞化不是意义的灭绝，而是扭曲、疏离它们，抛却它的偶然性，为再度生根其中获取养料提供基础。这里涉及神话生成的一条根本原则：将历史转化为自然。当转换达到自然化、正当化和合理化（也即乔装打扮）时，神话便产生了。只有这样，现代神话才能在人们不知不觉中，干它们偷梁换柱、隐匿控制的活计。

其三，神话是一种去政治化的言谈。只有去政治化，掏空其中的现实和历史，神话才能用自然填充它，并自动意味着什么。但去政治化只是表层现象，它可能导致更深层的"政治"，或者还原为"政治"。

那么，解神话就是拆解这一超级符号的隐秘机理，以及破除它在人们心理中的迷恋和迷思。巴特的三十四篇妙文就是在做解神话的工作。例如《蓝色指南》一文，巴特是在进一步印证《现代神话》曾分析过的这个中产阶级神话。他指出，在这本西班牙导游性的"蓝色指南"中，文化古迹被过滤为基督教的，多面性的人群被类型化（巴斯克人是冒险的水手，卡塔卢尼亚人是生意人等）。更重要的是，历史客体在其中蒸发。那么它是怎样蒸发的？巴特在注解中引述马克思的观点为补证："……我们必须注意这个历史，因为意识形态浓缩成一种错误的历史概念，或者是它完全抽象化。"蓝色指南的神话正是"剥削了谈论所有历史的客体"，而"'土著'已将他们的舞蹈准备成一种异国风情的庆典"。这不禁使我想起更多的"旅游手册"来。比如云南地区的民族风情游，不过是将原生态的生存历史简缩化为一种矫情的民俗展示。身穿鲜艳民族服装的少女翩翩起舞，让你在错觉中认知这个民族的文化和历史，以至于我们一想起某个民族，就想到它的舞蹈、服饰或乐器，而根性之物却反而被忘却了。

与此相似的是，巴特对电影《失去的大陆》所做的分析。《失去的大陆》是一部有关"东方"的大型纪录片：几名蓄胡的意大利人去亚洲的马来半岛探险、游历。巴特一针见血地指出：影片通过为这个所谓的"东方"涂抹色彩和渲染异国情调，使它成为"摊平的、平滑的、色彩绚丽的，像张古老的明信片"；由此进行使之解体和诱拐它与西方合一的行动，从而"否定了历史的任何指证"。比如，他们图解的文化仪式、文化事实，从未与特别的历史秩序、一种明确的经济或社会地位相关。比如渔夫总是被"淹溺在色彩鲜艳的日落中而成不朽"。作为渔夫的特定的生存内涵被过滤掉了。这样一来，"东方与西方，都是一样的，只有色调上的不同，它们主要的核心是一样的。"因此巴特说："造成不负责任的方式是明显的——为这个世界着色也是否定它的方法之一。"

巴特无疑是二十世纪最富理论创新并不断挑战自我的少数思想家之一。他的锐利和洞察力，就在于发现并剔除现代神话上的一层厚厚油彩，将这种遮蔽的隐秘机制暴露于光天化日之下。即使是"爱因斯坦的大脑"和他的著名公式（$E=mc^{2)}$），也同样进入巴特的视野：那个人类最智慧的"大脑"，是如何被现代神话俘获、掏空和巧取豪夺的？"似是而非的是，这个最伟大的智慧提供一个最时髦机械的意象，这个力量过强的人，被剔除于心理学之外，被引介到机器人的世界里。"正是在这种巧妙拆解中，我听见了巴特那幽默而尖利的笑声。

在《写作的零度》一文中，巴特也贯彻了这一思想。他认为："真被看作包孕一种普遍性的萌芽，或者按人们喜欢的说法，一种具有繁衍能力的本质，它通过简单的复制衍化出不同的秩序，或渐渐疏远，或成为虚构。正是通过这种方式，那个时代处于盛世的资产阶级才可以把自己的价值看作具有普遍意义并把它的道义中所有名称都转移到它的社会的绝对异质的各部分。这确实是神话的机械主义。"正像他是左手撇却用右手夹雪茄一样，巴特肯定不会因噎废食，他曾调侃道："雪茄是一个资本主义的象征，就算是吧。可如果它能带给人愉悦呢？是不是应该不再抽它……？要是那样想就不够辩证了，那就相当于将澡盆里的孩子连同洗澡水一起倒掉。"

问题是，作家和戏剧家怎样才能避免和抵制生产新的神话呢？

巴特的基本方式大致有两种：其一是作家和戏剧家不要自以为是，自以为自然，自以为真实，而应该不断告诉他们这是虚构的故事，像摔跤运动员那样显示双方对打是假的、设计好的。这很类似于布莱希特提出的"陌生化"方法：演员既是剧中人，又是旁观者。后者不时告诉观众自己对角色的理解，以达到间离效果。在《两则青年剧场的神话》中，巴特嘲讽了布尔乔亚戏剧"演员被他所扮演的角色所'吞噬'"的现象。其二是零度写作。他认为，"从根本上说，只有零度才能拒斥神话。"所谓零度状态，是指没有风格，没有主观颜色，用直述语气，而不是虚拟语气和祈使语气。零度作品，必须是一种中性的、纪实性的笔法。据说海明威实践了这一理论，他的作品达到了一种无风格的零度状态。但无风格是否正是一种风格？零度写作会不会导致一种"神话"，如同十九世纪自然主义者那样？因此我不大喜欢开处方时的罗兰·巴特，这时他笑得就有点生硬而干涩了。

杜拉斯在《物质生活》一书中批评道："罗兰·巴特，我同他本人有过友谊，但我始终不能欣赏他。我觉得他永远属于那一种一式不变的教授思想方式，非常严谨，又有强烈的偏见。他的书《神话学》系列，我看过以后，就无法再读了。……不论怎么说，他是一位作家。某种已经僵化、写作循规蹈矩的作家。如此而已。"究其原因，她认为"在罗兰·巴特那里，所缺少的就是这些东西，也没有这样的动向，更没有比自我更为强烈、贯穿在表现中的青春期的那种冲动"。

其实，杜拉斯与巴特在文学见解和先锋性上有不少共同点，而杜拉斯黏糊糊的感性正是巴特不及的，巴特的手术刀式的辨析和智性也是杜拉斯所欠缺的。也许这种"不及"和"欠缺"正是形成写作个性所不可或缺的。某种"全面"或过度"平衡"，其实正是平庸的表现，有创造力的文字往往走的是偏锋。

二〇〇二年五月三十日

## "天国"的戏班

　　人常言，戏如史，史如戏，但真能把史和戏交相演绎并混为一体的，恐非太平天国诸王莫属。一百五十年过去了，这段史实看似尘埃落定，其实褒贬皆有。随着太平天国运动之黑幕史料曝光，后人更看清了其中的生旦净末丑，看清了鹰落在地上仍是鹰，鸡飞得再高仍是鸡。

　　先看太平军的攻城战吧。皖省首府安庆自古为战略要地。咸丰初年，太平军在攻打前先攻怀宁首镇石牌。他们派遣鄂东北伶人乔道良、乔玉秀父女来石牌刺探敌情，混入邱木匠为首的黄梅戏班，扮演一些配角，暗蓄力量。时机一成熟，太平军便不费吹灰之力拿下石牌。攻安庆城时，写戏秀才潘仁师牵头组织了一支以伶人为骨干的参战队，弹腔艺人陈训和、潘政法和黄梅艺人李盛荣、张述东等潜入城内，找到伶友李老八、邱才良等人密谋策反，争取一批清兵倒戈。咸丰三年（1853 年）正月十七日，太平军里应外合攻克安庆城，巡抚蒋文庆吞金自杀未遂，被太平军击毙。程小苏在《安庆旧影》里记载，"太平军东下，舟次江北岸，安庆之剧院，弦歌始缀，人如鸟兽散。"可见安庆人演戏观剧是不要命的，但换个角度看，它是不是伶兵李八借演戏精心设的局？有这个可能。那战云密布、锣鼓铿锵的场景，如今想来仍戏味十足呵，它绝不亚于攻陷特洛伊城的"木马计"。攻占安庆后，伶兵李八受命担负了守城任务。

据李洪春《京剧长谈》一书云：英王陈玉成随后在军中成立了"同春班"，骨干演员有查凤仙（花旦）、张述东（小生）、李盛荣（小丑）等，负责人为乔玉秀，夏月润的父亲、演马超戏最著名的武生夏奎章，成了同春班教习。他们唱的声腔有徽调、西皮、二黄、吹腔、弹腔等。其中最重要的是连台戏《洪杨传》用昆曲演唱。角色装扮不勾脸，不挂胡子，与诸王真人相似，念白通俗别致，武打亦用砍刀、藤牌、匕首、九节鞭等实战兵器，给人身临其境之感。

伶兵打败清军的战例并不罕见，例如在苏州黄土桥，当地的乡绅马健庵组建团练，与太平军对垒，屡获胜局。太平军利用马健庵庆功召戏班助兴，伶兵们无须伪装即进入马团练的老巢，正当丝竹悠扬之际，忽听一声呐喊，台上才子佳人立马成了骁将悍卒，直取马健庵的人头而来，杀得鬼哭狼嚎。咸丰十一年（1861年）正月，陈玉成自舒城走英霍间道，探知清军总兵余继昌将骄兵怠，决定利用"元宵逐龙灯之戏"施巧计。他下令"同春班"伶人打扮成玩灯者，自率太平军"雉发易服杂众中观灯逐戏"。其时，灯如海人似潮，李盛荣和乔玉秀表演折子戏《看灯》特别吸引眼球。当灯戏演至高潮，英王发出暗号，戏里戏外一片杀妖声，现场余继昌的士卒措手不及，悉数被歼，"昌字营"瞬间灰飞烟灭。

《梨园外史》（陈墨香、潘镜芙著）颇多戏史掌故，其中写到伶人李八守城的一桩趣事，读来忍俊不禁。当时清军中也有伶人从戏，有一次，李八捉住了几个清军伶人，亲坐帐内审讯"伶俘"，审着审着就改成说戏了，一说戏那"戏瘾"更忍不住，便冲"伶俘"们说：本藩给你们唱一段好不好？谁知那几个"伶俘"听了，个个高喊"国妖"，但求速死，绝不听戏。后来"伶俘"被清军劫走，清军将领表扬他们有气节，那几个"伶兵"笑道：您老有所不知，听李八唱戏如受钝刀，比剐还难受，故求速死！

看来李八的名气不小，唱功不咋样，但仍不失伶人本色，颇有几份憨迂可爱。

据英国人伶俐的回忆录《太平天国革命亲历记》载："洪杨各王……袍服则掠得戏班中所服者，天王则服各色龙袍龙帽，诸王则分用红袍、紫袍……"天王及诸王几乎疯魔了，分不清哪是戏剧哪是现实了！他们嫌真戏太慢，于是抢戏班的龙袍凤冠过一把瘾。别以为这是闹剧，实乃正剧吧。你瞧锣鼓一响就坐龙椅了，生旦净末丑悉数上场了。这场景看上去有些不可思议，但英人伶俐亲身参加过太平军战斗，其妻战死沙场，并与忠王李秀成见过面，这段记述应该是可信的。

然而，攻占南京建立天朝后，坐上龙椅的天王洪秀全竟如同"变脸"艺人，制定了《太平条规》，其中有专门针对演戏的条款："凡邪歌邪戏一概停止，如有聚人演戏者全行斩首。"同时下诏："土木石金纸瓦像，死妖该杀约六样；邪教粉色烟酒戏，堪舆卜筮祝命相；聘佛娼优尼女巫，奸赌生妖十九项。"在《资政新篇》批注中，他同样表示"禁演戏修斋建醮"。他想斩断与草戏、优伶的瓜葛藤蔓了。在尚未直捣皇城，与清军一决雌雄之际，一场天京宫廷血斗的脚本早就预备好了，只等诸王们分配角色以便粉墨登场了。不过，在那本连台戏《洪杨传》中，天王的脸不是越唱越红，而是由红变白，且越唱越花了。

处境尴尬而又艰险的是太平军中的伶兵伶将。看不透现实的黑幕注定了他们的命运。他们在草台戏中演绎了无数遍的凄凉结局，最后一次轮到自己用断颈抛颅来上演。事实正是如此。他们大部分都战死了，热血漂橹，最后的台词被寒霜一遍遍地录制在冻风中！

那个喜好戏剧的翼王石达开率部入西南，征战之余观戏又演戏。据地方史料记载，他在广西曾至县长荣圩（石达开故乡，今兴业县）常到娘娘庙观剧，有时搭戏台连演数日，还即兴挥毫写下一联："不论地场，可家可国可天下；寻常人物，能文能武能圣神。"他下令演戏并非纯为娱乐，有聚众再起的意思。后来，他在大渡河绝壁下主演了一出折子戏，磅礴悲怆，气干云霄。而年轻气盛的英王陈玉成，竟被一个擅长"变脸"的奏王苗沛霖出卖！这个被伶俐称作他所见过"最漂亮的中国人"，他的头颅像天国最后一声悲叹飞扬在河南延津的树头。在天京危局中，英王仍不忘把戏本藏在府邸的隐秘处——1968年春，南京秦淮区拆修旧屋时在金沙井巷英王府的夹墙里，意外发现了不少残破的戏谱和唱本。我在想，那些"天国"的戏班戏子们，在他们悲壮而黯淡地进入天国后，他们是否仍在唱那首自编的歌谣——

　　天父杀天兄，江山打不通；
　　长毛非正主，依旧让咸丰；
　　打起包裹回，还是当艄公。

　　一九七五年，在安庆石化厂工地挖出了大量残缺不全的遗骨，那儿正是当年太平军将士的战壕和墓坑，我想其中必有一块是李八的，那重回阳间的芦苇般的"戏骨"会不会有点儿发蓝？至于出土的鼓槌和铜铙，让人们恍若听见他们没有唱完的悲剧仍在上演。若干年后，在炼油厂那喷向天空的滚滚浓烟中，我仍能听到一声声凄怆的慢板在飘旋……

二○一五年一月三十一日

# 再会冤家

　　《小辞店》是全本《菜刀记》中的一折。奇特的是，这折以真人真事为基础的小戏脱离全本而独自上演，虽然被官衙视为诲盗诲淫而屡遭禁演，但在民间草台却经久不衰，堪称经典。一百五十年来，剧中人仍是那么几个，但扮演的伶人已不知换了几茬，时代之帷幕也不知更替了几回。我惊讶于没有留下名字的剧作家，在礼教森严的封闭王朝敢于触及炙烫而危险的"婚外情"。江水滚滚东逝，被黄梅戏、庐剧、楚剧不断演绎的这出折子戏，一直在沿江一带常演不衰。

　　在剧中，新婚不久的商人蔡鸣凤外出贩翠花，寄寓在江边小镇柳凤英开的店中。柳的丈夫是个赌棍，整日鬼混，蔡柳日久生情便私配鸳俦。三年厮守后，蔡鸣凤要返乡，柳凤英恨他隐瞒婚情，难分难舍。蔡鸣凤返乡后，却被其妻朱莲的情夫陈大雷用菜刀杀死。在剧外，男主人公的原型蔡鸣凤的墓，新千年后在湖北浠水绿杨桥村被发现——它掩蔽于一人多深的灌木丛中不见天日。从碑上所刻"朱蔡十九世祖明凤大人之墓"，可见当时蔡氏宗族颇忌讳蔡君的"婚外情"，两个世纪后其子嗣对上上辈的所作所为仍羞于启齿。不过，后人还是拿出民国初刊印的族谱，其中有"启公，字鸣凤……葬于仓安山，甲山庚向"等记载，生卒、墓址与碑刻竟然吻合。事实上，《小辞店》在浠水一带是禁演的。进入全球化时代后，蔡墓受到官方高度重视，被视为拉动全县旅游经济的新亮点，并将"蔡鸣凤传说"列为非物质文化遗产。问题是，浠水也像全国其他县乡一样，有大量的外出打工者，他们中的不少人衍生出新的"小辞店"情节，但谁会关注他们的婚变、婚外情或者性饥饿？

在剧中，那个婚姻不幸的柳凤英，在听到蔡鸣凤冤死后赶到公堂作证，陈述她和蔡君三年的婚外恋，从而"引爆"道貌岸然的公堂，令县官和衙役们一片哗然。大胆！好一个水性杨花的"淫妇"，竟敢私闯公堂！柳凤英的结局可想而知。在命案真相大白后，她受到的惩罚是卖做官妓。这个多情而善良的柳凤英在押解途中偶遇蔡鸣凤墓，人鬼相对，悲愤难抑，不惜以头撞碑殉情而死！

黄泉路上，蔡郎哥呵
再会冤家再会冤家！

以"冤家"呼之，含有几多爱恨几多酸辛！在剧外，上个世纪四十年代，一个叫鸿六的旦角将柳凤英演得惟妙惟肖，以至于梨园内外都不再叫她鸿六，而改称"凤英"，于是鸿六索性更名为严凤英。但严凤英的婚姻并不顺遂：最初她与王兆乾相恋，分手后生下一子，为此承受巨大的社会压力，剧团开会批她，让她做检讨，不准她穿列宁服。她回家就把列宁服给剪了，换上旗袍、高跟鞋，还烫了发，甚至用抽烟来反抗。其后她顶住各方压力，与南京才子甘律之结秦晋之好，甘氏来到合肥开了全省第一家消防商店。那时严凤英已成名，且名气愈来愈大，然而好景不长，省领导找她谈话，正告她：你要黄梅戏还是要资本家？那时候甘律之因无法在合肥经商而回到南京，过着提心吊胆的穷困生活。在强大的"组织"面前，严凤英退却了，选择将结婚戒指寄还甘律之。深爱妻子的甘律之看到婚戒后知道无力回天，1956年俩人正式离婚。柳凤英因礼教禁锢而无法撕裂不幸婚姻，严凤英却因政治干预而斩断情丝自拆温巢，但两人走向自戕的结局是一样的。区别仅在于，柳凤英撞死墓碑前，是奔着与蔡鸣凤做阴间夫妻的，是重回"小辞店"；严凤英吞下安眠药后并不想死，告知后夫王冠亚欲送急诊，而后夫却先报告"组织"——军代表，导致她再遭批斗而死，是永别"小辞店"。据说后来噩耗传到南京，前夫甘律之痛哭流涕，好几天茶饭不思！他会不会唱："黄泉路上，凤英呵再会冤家再会冤家！"

在剧中，最让人痛恨的是凶手陈大雷，但他同时也是个被忽略的受害者。陈大雷与蔡妻朱莲乃表兄妹，从小青梅竹马，但在家长制社会，朱父嫌陈大雷家贫，是个杀猪匠，一锤定音硬将女儿许配给蔡鸣凤，婚后蔡鸣凤经商远走，朱莲与陈大雷旧情复发，做起露水夫妻来，其后的悲剧肇始于此。事发后，朱莲恨乃父，竟在公堂上诬称生父谋财害命。而朱母唱道："小贱人害亲夫心狠手辣，丧天良诬生父千古奇冤……那昏官却认定赃证俱在，可怜我老头子屈打成招口难言，眼睁睁冤沉海底难分辨。"虽然朱父与凶杀无关，但在深层的社会背景上，朱父作为父权象征也应该站在被告席上！在这个延续几千年的男权家长制社会，家长的权威无处不在，无时不在。扯掉戏幕，我们在剧外看到的那个"组织"，以及那个军代表，同样也是父权制在特定时代的触角和抓手。那个军代表在严凤英死后，还下令剖腹找发报机，丧尽人性，是连《小辞店》里的昏官也想不到的。有人将柳凤英与托尔斯泰笔下的安娜·卡列尼娜相提并论，实在是风马牛，因为安娜的命运实在比柳凤英好太多。至于严凤英所经历的悲剧命运，托翁的想象力恐怕还显贫弱了点。

《小辞店》作者没留下名字，他在剧中还是给朱父洗刷干净了，让"正义"伸张了，却将柳凤英安排了一个"卖做官妓"、撞死碑前的结局。我疑心作者的本意还是训诫，并向"家长"讨好。但"乃父"并不领情，照旧封杀禁演。"文革"结束若干年后，严凤英家属忽想起要搜寻当年的军代表刘某，却发现冤家转业到了贵州某地，已"寿终正寝"；一说转业到江西南昌某小区，毫无悔意，正"颐养天年"。我在想，找到这个冤家又怎样？逮捕并给他判刑又能怎样？

二〇一五年一月三十日

# 独弈者说

一

写作是一种独弈行为。

孔子说，"不有博弈者乎？为之，犹贤乎己。"但那是双人的博弈。而写作必定是一个人的陷入、沉浸。写作行为只关涉个人，只关涉个人的探临此间与孤悬在上。既然写作者如此投入、较劲，那么他必有无对手的对手在。写作者必须一个人呆在室内，或者将自我一分为二进行厮杀，或者与世界握手言和从而达成默契，或者面对一种比自身更强大的隐形力量，触摸它并使之现身。

二

那么，写作的对手藏在哪儿呢？在我看来，距写作者最切近的对手是语言。

进入写作，其实就是进入语言。他首先面对的是词典意义上的一堆词语、日常用熟的句式和表达习惯。陀思妥耶夫斯基曾感慨道："我经常痛苦地发现，我连二十分之一想表达，甚至也许能够表达的东西，都没有表达出来。"陀氏的痛苦在我看来正是语言的痛苦。文学语言与作为工具的交际语是形同质异的。默温说过："十七八岁你所认为的情感，它们是你的情感，但它们离词语还远得很。"这里的"词语"，是指进入语言内部后呈现的"词语"，溶入了个人印痕的语言叙述方式。

语言作为写作者最强劲、诡谲的对手，也必然隐藏着这一语系自身的弱点。洞悉这一弱点，也许比知晓它的优势更为必要。博尔赫斯曾坦言："我作为一个阿根廷作家，必须用西班牙语创作，因此我很了解它的弱点。"这也正是歌德为什么说他"必须驾驭世界上最糟的语言——德语的真正本义。

当维特根斯坦说出"我们正在与语言搏斗。我们已卷入与语言的搏斗中"时，写作者们说不定已伤痕累累，正躺在某个地方苟延残喘。

三

语言是世界的一部分，又是世界本身。语汇的改变，是语言的世界图像的改变的一部分。因此，写作者早已同"世界"交上手了。德里达将"书写"的词语比做无底棋盘上的棋子，只说出了词语的另一种漂浮状态。其实，进入写作的处所后，他开始远离世界，远离它的物质性外壳；与之同时，由印象、记忆、理性、无意识等构成的"世界"，这些以"隐形语言"方式蜂拥而来的存在物，便进入写作的当下现场，让漂浮的词根扎下"根"，并试图通过文学的语言／形式显露"真迹"。

世界作为对手，包含了两个互相矛盾的方面：他者世界和自我世界。这正是独弈者腹背受敌，因而感到困窘、迷惑的地方。陀思妥耶夫斯基甚至将自己比作"女骑手，为了射箭，张弓伤了乳房"。其实在纸上，棋手即骑手。

与"世界"的搏斗，是在语言之中进行的，并将它们对象化、虚拟化，从语言的单一维度转换成多向维度。实际上，写作者首先必须找准世界与语言的契合点，然后才能进入"棋盘"，挪动"棋子"，这样才可能与"世界"

交得上手，否则拳头只能打在一堆棉花上。穿透，分解，重构，超越，呈现……，搏击的结果是对"世界"的返回与超出。

## 四

棋局中的"马"与现实中的马之间的差异以及二者的关系，常常成为当代西方人文学者阐明人文观点的一对重要喻体。一时间，"走马"被用来作为神话、语言、艺术诸种结构和运作规则最通用的类比或象征。

什克洛夫斯基认为，"文学作品的动作在一定的场地上进行。现代戏剧中各种脸谱的人物类型，它的全套角色相当于各种棋子。情节相当于棋手们运用经典棋谱中的各种棋步。难题和波折则相当于对手所走的棋步"，"'为什么李尔王认不出肯特和他的儿子爱德华'？可以这样回答："因为要写戏。至于这是否现实，莎士比亚对此毫不关心，正如下象棋的人毫不关心马为什么不能直走这个问题一样。"这一观点成为俄国形式主义的重要命题之一。

后来博尔赫斯的观点也与此类似。他在小说《特隆·乌克巴尔，奥尔比斯·特蒂乌斯》中，命名了一个奇异的乌托邦世界——特隆。他说，"与特隆的接触，以及特隆的风习，已经使这个世界解体。人类被它们规范所迷惑，已经忘记或正在忘记这种规范乃是棋手之规范，而非天使之规范。""棋手的规范"正是"下棋的规范"，也是艺术之为艺术的规范，进一层说是乌托邦自身所具有的与现实不同的规范。博尔赫斯为了证实特隆的存在，不惜以"棋手的规范"来创造一个道具："我"在巴西人的酒馆住下后，有个酗酒的旅客来了，第二天发现他死在走廊上。然而，从醉鬼的腰带掉下来几枚硬币和一个指头大小的亮晶晶的金属体。有个小孩想捡那锥体，却拿不动。"一个大人勉强拿得动它。我把它放在手心里，坚持了几分钟：我记得它重得惊人"。"我"确认，这枚很重的圆锥体，所用材料不属于这个世界，它在特隆的宗教里属于神的象征物。这个细节看似真实，煞有介事，实际上是高度虚无的产物。而这正是博尔赫斯的高妙处。

在我看来，"走马"与现实之"马"的关系，既非什克洛夫斯基永不相交的两条平行线关系，也非庸俗写实派那种镜子式的反映与被反映关系。文学的封闭性和开放性是相互扭结、相互依存的。文学"走马"自然有自己的走法，与四条腿的马的走法毫无共同之点。但文学"走马"所造成的幻象，或作为世界的内在可能而具有实存性，或构成对现实的拒斥与否定而从反面提供了对存在的阐释，或仅为一种无意旨的游戏而使"驭手"获得一种精神自由。伟大的经典作品，它们自成一体的封闭性是向所有时空和人性开放的：任何时代的人类生存经验之"马"，都能在其中的"走马"中找到影迹或回声，尽管二者看似毫无共同之处。

五

换言之，文学写作之"走马"必定是在纸上，是在纸上对历史和现实进行重构与变构。福柯在乌托邦的反面，指认现实世界存在着"异托邦"，一种"另类空间"。它们以异质的、碎片的方式并列或错置于社会内部，诸如地下诗社、民间乐队、咖啡馆、草台戏班、马戏团、研究会等，都可以归入"异托邦"。

在我看来，文学写作建立的"异托邦"，称之为"纸托邦"更恰当，以便与其他异托邦加以区别。我发现，每个独立的、有向度的写作者都努力建构自己的纸托邦，无一例外。伟大的作家总是以他们各具特色的纸托邦，改变或颠覆了人们关于历史和现实，时间和空间的概念。仅就时空交集而言，在我眼里，博尔赫斯的纸托邦类似一个纸漏斗，你看不见哪头大哪头小，但深蓝的虚无总是呈涡状盘旋着、汲吸着。马尔克斯小说老让我想起旧式照相机——其纸托邦类同于可以伸缩自如的黑色暗箱，百年暗史一节节地从诡秘中慢慢显影。

读卡尔维诺的感觉是跟一个顽童打交道，他告诉你怎样玩"尖脚猫游戏"，那个重叠着许多奇怪小方格的纸板箱如同他的纸托邦，每个小方格兼具阴阳两面，幻现着有史以来许多神奇而有趣的物事。奥威尔的《一九八四》先知般地揭蔽未来版的乌托邦，森严的"纸堡"引发了新一轮反乌托邦思潮。

纸托邦是异托邦中最具异质和挑战性的精神建筑，也即打破迷津同时又呈现迷津的个体空间。写作者每一部作品都可以视为朝向这种建构所作的不懈努力。卡夫卡的写作拒绝现存秩序和文学秩序，因而是在巨大的绝望和文学的悬崖上搭建着自己的"纸城"。鲁迅的写作毕其一生都是针对那个有门无窗的"灰纸屋"——那墙壁已辨不出颜色，形同敞开的门扉更像画上去的，他朝它飞镖，用显微镜精研上面的血迹和痰斑，然后放一把火。

六

笔者注意到这样的情形：在建构个人纸托邦的过程中，有时需要加入到一个异托邦群体。上个世纪八十年代中叶，中国诗歌地平线上出现了群体云集、旗号林立的景观，有的具备了流派性，有的只是写作团伙而已，但最终留存下来的，必定是建立了个人纸托邦的独异诗人。由此可见在异托邦内并不能解决写作上的所有问题，尤其关涉精神背景、才能和写作素养，都无法依靠异托邦空间来解决。

其实，开拓新的文学路径，便意味着突破写作上的禁区，而这首先是"将"自己"一军"。前些年，有人曾为"纸手铐"发生过纠纷。我相信世上确乎存在"纸手铐"、"纸脚铐"之物件。但隐形的"纸脑铐"才是最可怕的。倘自以为不曾与它"缠绵"过，自以为纸上涂鸦已获得完全的免疫力，那只能证明权力的毒素已渗透你的腹地，你被无形禁锢的程度有多深，因为对于自由的真义你尚无蚀骨的体验。

当下的网络时代也是如此。看起来我们已进入无纸化写作，其实改变的只是具体的纸与虚拟的纸而已。无论操作手段和传播方式发生怎样革命性的变化，文学写作的本质都不会改变，个人纸托邦的建立仍取决于个体的精神品质与美学素质。对写作威胁最大的，莫过于扼制或消解这种纸托邦的话语威权和市场意识形态，莫过于使思想扁平化、使写作趋同化的惯性力量。

正因为此，指向当下、历史和灵魂的写作先天地具有自明性。揭蔽这种自明性，写作者须意识到本然的困境：在迷津。在迷津作为人的本命、处境以及思之历程，其实就是在场，在思，在民间，并最终显现为在者。当然对于一头猪而言，是不存在任何迷津的。

## 七

"独弈者"这个称谓，意味着孤独是写作中的本然状态和原初动力。因为离开了"个人"状态而回到群体之中，无论从思想品格还是个性风格上讲，都是现代性写作的终结。孤独既是"进入火自身寒冷"之燃料，同时也意味着一种距离，一种内在精神的状态。杜拉斯说过，"最近一个时期，对我来说，是一些恶劣的日子，那就是一本书写完出现的那种孤独感，好像书已合上却继续滞留在我身体中，再次又弃我而去。对此我讲不清楚。"（《物质生活》）

但从另一角度说，一个写作者达到相当的高度后，便可以体味到"独弈不独"的境界。这时，不确定的潜在"对手"，出现了，上场了，秘密的读者也被置入"阅读期待"之中。这个过程充满了难以言说的快感。

一个写作者意识到孤独时，一般是他退出写作状态之后。因为他清醒地意识到自己游离于群体之外，世俗的诱惑，民间的狂欢，功利的磁场都对他构成压力。马尔克斯在演讲中说"而我获奖，是上天又在敲打我、提醒我：天意莫测，人如棋子，大多惨淡收场，要么不被理解，要么被人遗忘"。这是对自己相当清醒的认识。一个写作者在文本中可能很强大，但在世俗中可能相当虚弱、黯淡，甚至不堪一击。同时，如果他是一个先锋性作家，那么文学上的特立独行，会使他感到双重孤独甚至双倍迷惘。这无疑对写作者的精神深度和强度构成了考验。

八

无论什么体裁的写作都是一种重构行动。在小说和诗歌那儿，这种重构即是虚构，而诗歌被称为"最高虚构的艺术"，其虚构主要体现在对语言的变构上，而在散文那儿，重构绝不可与虚构混为一谈。我姑且将散文的重构称为"实构"。因为散文必须以真实为基础，以真实为形象。我反对任何关于散文可以虚构的观点。虚构是小说的利器和命根子，但却是散文的克星和致命伤。一个很大的误区在于，持散文可以虚构观点的人，实质上是将重构完全等同于虚构，以为虚构才是现代散文突围的方向，并把它当作现代散文借此区别其他散文的标志。这实际上是将小说与散文之间最后一道界桩拔掉了。

这似乎也是写作理论至今尚未廓清的一个盲点。虚构仅仅是重构的一种，而非全部。那么真的存在着叫"实构"的重构方式吗？

在我看来，散文写作是据实而构，由构而虚：这个"实"以基本的存在事实为真，而"构"是处理这些存在事实的方式，尤其是细部和氛围的重构方式；这个"虚"是由"实构"而生发出来的情韵、意味的空间。小说是据虚而构，由构而实。这个"虚"是入世甚深者超乎其上之"虚"，"构"即是"御风而行"，取乎其神而造之，并由此达到本质真实之"实"。小说之"虚"拥有体裁上的巨大吞噬力，这就是为什么真实事件进入小说后会因处理不当而给人虚假之感的缘故。

# 九

　　然而，散文最容易出现的问题又恰恰在"实"上。我们看到大量描摹与复述生活和个人经历的作品，大量地吟诵风花雪月的咏物之作，它们仅仅是描写方法和角度不同，稍高一点的也不过是风格不同，共同的是它们的类型化语境，可以相互替换和复指，中心物象成了一个超级能指，无所不能，"放之四海而皆准"。例如杨朔的散文，不管它的物象怎么变换，最终都奔向那个黑洞般的巨大能指。在市场经济时代，散文是一种没有"象牙塔"可以躲入的文体，因为它像地毯一样富于延展性，不像诗歌和小说。它完全暴露在众声喧哗之中，似乎理所应当地成为一个"魔袋"或者"快餐盒"：你要它装什么它就装什么。而为了反对这太"实"的弊病，用"虚构"来加以抵制显然又将散文引向另一歧途。

　　重要的是重构：把经历过的或者存在过的重新体验、重新思悟、重新构思，因而它既是过去也是当下，既是此也是彼，既是实也是虚。但它必须是"我"的，个人的，不可被他者和自己反复替换的"唯一"：某一次"独弈"的产物。"实力表现在即兴创作里。一切决定性的打击都是用左手打出去的。"本雅明所言也许强调的正是一次性过程。

　　因此说，"独弈"之"独"，关乎精神品质和个人立场，关乎内在而不是外在的超逸境界；"独弈"之"弈"是形式和技巧，以及对"搏杀"过程中快感的寄寓。它呈现的是哲学和历史学所忽略的存在之迷和思之迷。别指望写作者告诉你"弈"之结局是什么样子。纳博科夫说：我的回忆只能"更接近我的小说，而不是过去的我"。文学不会让你看到最终的结果和结论，它永远处在显现、呈现与敞现之中。

一九九九年